| 主编·汪剑钊 |

金色俄罗斯
Золотая Россия

绿指环
——白银时代戏剧选

Зелёное кольцо

[俄] 吉皮乌斯 等 / 著

余翔 / 译

四川人民出版社

图书在版编目（CIP）数据

绿指环：白银时代戏剧选/（俄罗斯）吉皮乌斯等著；
余翔译. —成都：四川人民出版社，2020.10
（金色俄罗斯）
ISBN 978−7−220−11951−4

Ⅰ.①绿… Ⅱ.①吉… ②余… Ⅲ.①剧本−作品集
−俄罗斯−近代 Ⅳ.①I512.34

中国版本图书馆 CIP 数据核字（2020）第 148320 号

LÜZHIHUAN BAIYIN SHIDAI XIJUXUAN

绿指环：白银时代戏剧选

［俄］吉皮乌斯 等著 余 翔 译

策划组稿	黄立新　张春晓
责任编辑	熊　韵
装帧设计	张迪茗
责任印制	祝　健
出版发行	四川人民出版社（成都槐树街 2 号）
网　址	http://www.scpph.com
E-mail	scrmcbs@sina.com
新浪微博	@四川人民出版社
微信公众号	四川人民出版社
发行部业务电话	（028）86259624　86259453
防盗版举报电话	（028）86259624
照　排	四川胜翔数码印务设计有限公司
印　刷	成都东江印务有限公司
成品尺寸	140mm×203mm
印　张	11.5
字　数	180 千
版　次	2020 年 10 月第 1 版
印　次	2020 年 10 月第 1 次印刷
书　号	ISBN 978−7−220−11951−4
定　价	66.00 元

金色俄罗斯
Золотая Россия

致敬"金色俄罗斯丛书"译介团队，感谢所有参与者为传播
俄罗斯文学、增进中俄两国人民文化交流而做的努力！

汪剑钊　丛书主编、译者，北京外国语大学外国文学研究所教授，博士生导师。

张建华　丛书顾问、译者，北京外国语大学教授。

刘文飞　丛书顾问，中国俄罗斯文学研究会会长。

张　冰　北京师范大学俄语系教授，博士生导师。

赵晓彬　哈尔滨师范大学斯拉夫语学院副院长，博士生导师。

杨玉波　哈尔滨师范大学斯拉夫语学院副教授，文学博士。

郑艳红　中国社会科学院文学博士，绥化学院外国语系教师。

张　猛　北京外国语大学外国文学研究所博士。

李　莉　北京师范大学文学博士，杭州师范大学教授。

顾宏哲　辽宁大学俄语系副教授，硕士生导师。

赵艳秋　复旦大学俄语系副主任，文学博士。

侯炜红　中国社会科学院外国文学研究所俄罗斯文学研究室主任，文学博士。

池济敏　四川大学外国语学院副院长，副教授，文学博士。

飞　白　云南大学外语系教授，浙江省比较文学与外国文学学会名誉会长。

黄　玫　北京外国语大学俄语学院教授，博士生导师。

杨晓笛　北京外国语大学博士，太原理工大学教师。

李玉萍　洛阳理工学院外国语学院教师。

王立业　北京外国语大学俄语学院教授，博士生导师。

邱　鑫　黑龙江大学俄语学院文学博士。

郭靖媛　北京外国语大学外国文学研究所硕士。

薛冉冉　浙江大学外语学院副教授，博士。

温玉霞　西安外国语大学俄语学院教授，博士生导师。

潘月琴　北京外国语大学俄语学院副教授，博士。

余　翔　北京外国语大学外国文学研究所博士。

李春雨　厦门大学外文学院助理教授，博士。

董树丛　北京外国语大学外国文学研究所硕士。

冯昭玙　浙江大学外文系教授。

杜　健　北京师范大学俄语语言文学专业博士。

韩宇琪　北京师范大学俄语语言文学专业博士。

徐　琪　厦门大学外文学院教授，文学博士。

徐曼琳　四川外国语大学俄语系教授，文学博士。

欢迎更多的译者加入"金色俄罗斯丛书"……

（按译作出版时间排序）

四川人民出版社　　文学出版中心

金色的"林中空地"（总序）

汪剑钊

　　2014 年 2 月 7 日至 23 日，第二十二届冬奥会在俄罗斯的索契落下帷幕，但其中一些场景却不断在我的脑海回旋。我不是一个体育迷，也无意对其中的各项赛事评头论足。不过，这次冬奥会的开幕式与闭幕式上出色的文艺表演给我留下了深刻的印象，迄今仍然为之感叹不已。它们印证了一个民族对自身文化由衷的热爱和自觉的传承。前后两场典仪上所蕴含的丰厚的人文精髓是不能不让所有观者为之瞩目的。它们再次证明，俄罗斯人之所以能在世界上赢得足够的尊重，并不是凭借自己的快马与军刀，也不是凭借强大的海军或空军，更不是凭借所谓的先进核武器和航母，而是凭借他们在文化和科技上的卓越贡献。正是这些劳动成果擦亮世界人民的眼睛，引燃了人们眸子里的惊奇。我们知道，武力带给人们的只有恐惧，而文化却值得给予永远的珍爱与敬重。

　　众所周知，《战争与和平》是俄罗斯文学的巨擘托尔斯泰所著的一部史诗性小说。小说的开篇便是沙皇的宫廷女官安娜·帕夫洛夫娜家的舞会，这是介绍叙事艺术时经常被提到的一个经典性例子。借助这段描写，托尔斯泰以他的天才之笔将小说中的重要人物一一拈出，为以后的宏大叙事嵌入了一根强劲的楔子。2014年2月7日晚，该届冬奥会开幕式的表演以芭蕾舞的形式再现了这一场景，令我们重温了"战争"前夜的"和平"魅力（我觉得，就一定程度上说，体育竞技堪称是一种和平方式的模拟性战争）。有意思的是，在各国健儿经过十数天的激烈争夺以后，2月23日，闭幕式让体育与文化有了再一次的亲密拥抱。总导演康斯坦丁·恩斯特希望"挑选一些对于世界有影响力的俄罗斯文化，那也是世界文化遗产的一部分"。于是，他请出了在俄罗斯文学史上引以为傲的一部分重量级人物：伴随拉赫玛尼诺夫第二钢琴协奏曲的演奏，普希金、果戈理、屠格涅夫、托尔斯泰、陀思妥耶夫斯基、契诃夫、马雅可夫斯基、阿赫玛托娃、茨维塔耶娃、布尔加科夫、索尔仁尼琴、布罗茨基等经典作家和诗人在冰层上一一复活，与现代人进行了一场超越时空的精神对话。他们留下的文化遗产像雪片似的飘入了每个人的内心，滋润着后来者的灵魂。

美裔英国诗人 T. S. 艾略特在《诗的作用和批评的作用》一文中说："一个不再关心其文学传承的民族就会变得野蛮；一个民族如果停止了生产文学，它的思想和感受力就会止步不前。一个民族的诗歌代表了它的意识的最高点，代表了它最强大的力量，也代表了它最为纤细敏锐的感受力。"在世界各民族中，俄罗斯堪称最为关心自己"文学传承"的一个民族，而它辽阔的地理特征则为自己的文学生态提供了一大片培植经典的金色的"林中空地"。迄今，在这片土地上生根发芽并长成参天大树的作家与作品已不计其数。除上述提及的文学巨匠以外，19 世纪的茹科夫斯基、巴拉廷斯基、莱蒙托夫、丘特切夫、别林斯基、赫尔岑、费特等，20 世纪的高尔基、勃洛克、安德列耶夫、什克洛夫斯基、普宁、索洛古勃、吉皮乌斯、苔菲、阿尔志跋绥夫、列米佐夫、什梅廖夫、波普拉夫斯基、哈尔姆斯等，均以自己的创造性劳动进入了经典的行列，向世界展示了俄罗斯奇异的美与力量。

中国与俄罗斯是两个巨人式的邻国，相似的文化传统、相似的历史沿革、相似的地理特征、相似的社会结构和民族特性，为它们的交往搭建了一个开阔的平台。早在 1932 年，鲁迅先生就为这种友谊写下一篇"贺词"——《祝中俄文字之交》，指出中国新文学所受的"启发"，将其看作自己的"导师"和"朋友"。20 世纪 50 年代，由于意识形态的接近，中国与俄国在文化交流上曾出现过一个"蜜月期"，在那个特定的时代，俄罗斯文学几乎就是外国文学的一个代名词。俄罗斯文学史上的一些名著，如《叶甫盖尼·奥涅金》《死魂灵》《贵族之家》《猎人笔记》《战争与和平》《复活》《罪与罚》《第六病室》《丽人吟》《日瓦戈医生》《安魂曲》《没有主人公的叙事诗》《静静的顿河》《带星星的火车票》《林中水滴》《金蔷薇》和《钢铁是怎样炼成的》等，都曾经是坊间耳熟能详的书名，有不少读者甚至能大段大段背诵其中精彩的章节。在一定程度上，我们可以说，翻译成中文的俄罗斯文学作品已构成了中国新文学的一个重要组成部分，成为现代汉语中的经典文本，就像已广为流传的歌曲《莫斯科郊外的晚上》《三套车》《喀秋莎》《山楂树》等一样，后者似乎已理所当然地成为中国的民歌。迄今，它们仍在闪烁金子般的光芒。

不过，作为一座富矿，俄罗斯文学在中文中所显露的仅是冰山一角，大量的宝藏仍在我们有限的视域之外。其中，赫尔岑的人性，丘特切夫的智慧，费特的唯美，洛赫维茨卡娅的激情，索洛古勃与阿尔志跋绥夫在绝望中的希望，苔菲与阿维尔琴科的幽默，什克洛夫斯基的精致，波普拉夫斯基的超现实，哈尔姆斯的怪诞，等等，大多还停留在文学史上的地图式导游。为此，作为某种传承，也是出自传播和介绍的责任，我们编选和翻译了这套"金色俄罗斯丛书"，其目的是进一步挖掘那些依然静卧在俄罗斯文化沃土中的金锭。可以说，被选入本丛书的均是经过了淘洗和淬炼的经典文本，它们都配得上"金色"的荣誉。

行文至此，我们有必要就"经典"的概念略做一点说明。在汉语中，"经典"一词最早出现于《汉书·孙宝传》："周公上圣，召公大贤。尚犹有不相说，著于经典，两不相损。"汉朝是华夏民族展示凝聚力的重要朝代，当时的统治者不仅实现了政治上的统一，而且也希望在文化上设立标杆与范型，亟盼对前代思想交流上的混乱与文化积累上的泥沙俱下状态进行一番清理与厘定。客观地说，它取得了一定的成效，虽说也因此带来了"罢黜百家"的重大弊端。就文学而言，此前通称的"诗三百"也恰恰在那时完成了经典化的过程，被确定为后世一直崇奉的《诗经》。关于"经典"的含义，唐代的刘知幾在《史通·叙事》中有过一个初步的解释："自圣贤述作，是曰经典。"这里，他将圣人与前贤的文字著述纳入经典的范畴，实际是一种互证的做法。因为，历史上那些圣人贤达恰恰是因为他们杰出的言说才获得自己的荣名的。

那么，从现代的角度来看，什么是经典呢？商务印书馆出版的《现代汉语词典》给出了这样的释义：1. 指传统的具有权威性的著作：博览经典。2. 泛指各宗教宣扬教义的根本性著作。不同于词典的抽象与枯涩，意大利著名作家卡尔维诺归纳出了十四条非常感性的定义，其中最为人称道的是其中两条：其一，一部经典作品是一本每次重读都像初读那样带来发现的书；一部经典作品是一本即使我们初读也好像是在重温的书。其二，经典作品是一些产生某种特殊影响的书，它们要么自己以遗忘的方式给我们的想象力打下印记，要么乔装成个人或集体的无意识隐藏在深层记忆中。参照上述定义，我们觉得，经典就是经受住了历史与时间的考验而得以流传的文化结晶，表现为文字或其他传媒方式，在某个领域或范围具有一定的权威性和典范性，可以成为某个民族、甚或整个人类的精神生产的象征与标识。换一个说法，每一部经典都是对时间之流逝的一次成功阻击。经典的诞生与存在可以让时间静止下来，打开又一扇大门，带你进入崭新的世界，为虚幻的人生提供另一种真实。

或许，我们所面临的时代确实如卡尔维诺所说："读经典作品似乎与我们的生活步调不一致，我们的生活步调无法忍受把大段大段的时间或空间让给人本主义者的悠闲；也与我们文化中的精英主义不一致，这种精英主义永远也制定不出一份经典作品的目录来配合我们的时代。"那么，正如沙漠对水的渴望一样，在漠视经典的时代，我们还是要高举经典的大纛，并且以卡尔维诺的另一段话镌刻其上："现在可以做的，就是让我们每个人都发明我们理想的经典藏书室；而我想说，其中一半应该包括我们读过并对我们有所裨益的书，另一些应该是我们打算读并假设对我们有所裨益的书。我们还应该把一部分空间让给意外之书和偶然发现之书。"

愿"金色俄罗斯"能走进你的藏书室，走进你的精神生活，走进你的内心！

译　序

一

人们总是惊叹于事件的戏剧性，而将这些略显夸张而又充满虔诚的惊叹从观众喉咙里勾出来的，看似是诸多偶然因素碰撞迸发出的火花，实则是在其中蕴含着并不难解释的结构，它就像表面被华丽的纸板和布料包装起来的舞台架子。因此，真正值得我们惊叹的，不是事件与事件戏剧性的偶然，而是跨越漫长的岁月，二者必然和壮观的遥相呼应。这种必然便出现在俄罗斯戏剧当中——在十九世纪末二十世纪初的白银时代和二十世纪末二十一世纪初的俄罗斯文学里，一个共同的词汇统摄着当时的戏剧文本与舞台："新戏剧"。对于国内学界而言，近年来俄罗斯颇具气候的"新戏剧"浪潮已经成为研究的热点，但是另一个"新戏剧"，一个世纪之前，活跃在梅耶荷德的舞台上，活跃在象征主义、表现主义和未来主义作家笔尖的那个现代派戏剧高峰，似乎仍旧被一层厚厚的尘土所覆盖着。在这个混乱、冲突和激情的白银时代，诗歌成为了宠儿，它被不断精细地打磨和擦亮，它银色的光辉夺人眼球，在它的光芒下，戏剧只是透过尘土的缝隙，偶尔反射着一点亮光。但是这层尘土应该被清理，好让那被尘封的也在时代的晦暗中与诗歌和散文一道熠熠生辉。

戏剧创作是俄罗斯白银时代文学创作中的重要一环，这不仅仅是因为俄罗斯文学史上至关重要的两个人物——契诃夫与高尔基——出现在这一时期，我们更应该看到的是，在《樱桃园》和《在底层》之外戏剧创作的变革与扩张。而促使俄罗斯戏剧跨出现实主义和自然主义的藩篱，举起现代主义的火炬的先锋就是勃洛克、吉皮乌斯、安德列耶夫、勃留索夫、索洛古勃、伊万诺夫、马雅可夫斯基、苔菲、茨维塔耶娃等一批杰出的诗人和小说家。尽管他们互相持有不同的文学创作理念，分属不同的流派，甚至在立场上针锋相对，正如勃洛克在《论剧场》一文中所提到的，"我们之间没有达成一致，不仅是在独立的群体间，甚至在每一个独立的灵魂中都升起了壁垒，而我们应当以团结和统一的名义将其摧毁；这些壁垒将我们的力量打散……当我们向对方说'我爱你'的时候，其实已经将刀刃刺向了他的背部"，然而在他们中间，超出流派之外，始终有一种意志和信仰高悬其上：将戏剧从规则范式和传统美学中解放出来，将对戏剧的权威从导演和演员手中夺回来，将戏剧的功能从提供大众社交消遣转变为对生命价值的探索。而要实现这一点，就必须完成戏剧的作者转向，正如索洛古勃所认为的，在戏剧艺术中须由"统一意志"来决定，而这个意志归属作者。正是在这一意志信念的指引下，白银时代的戏剧开始从外部转向内部，从美学教条主义转向追求生命价值，将戏剧从业已流于形式的娱乐回归到其本初的崇高仪式。这是属于白银时代的戏剧精神。

而产生这种统一的精神意志是因为作家们面对着一个共同的敌人——十九世纪末资产阶级无聊而庸俗的市侩习气。象征主义流派重要理论家梅列日科夫斯基在《未来的无赖》一文中对此做过先知式的预言："市侩——是西方文明的最终形式"，它是未来社会中盘踞于人类社会的无耻之徒，它最终会取得胜利。在市侩统治之下，人的智慧和精力将会损耗，个性将荡然无存，人们将只对商贸的利益和无聊的享福产生兴趣，在当时的剧场里，人们谈论着政治、校园生活、亲戚等日常事务，唯独对舞台上所进行的艺术表演视而不见，剧场成为人们社交娱乐的场所，人们去剧场，就如去餐厅和舞会一般，戏剧存在的必要性受到了严重的质疑。因此，当契诃夫还在为贵族精神唱挽歌的时候，这些现代主义者已经将目光瞄准了最具威胁的未来的敌人。也是在这一前提下，白银时代的戏剧家们开始对戏剧进行复兴、革新和扩张，希望为戏剧存在的意义找到新的支点，让戏剧重新获得它精神洗礼的功能，剥去舞台上的艺术假象，让观众从感官娱乐回归到对质朴与真实的探求中。

二

　　国内学界对白银时代的戏剧文学创作已有部分的译介成果，但是主要依附于白银时代的诗歌、小说和总体艺术创作研究之下，这也是说它尚被"尘封"的一个原因。最早对白银时代戏剧创作进行总体阐述的，是周启超先生，他在《俄国象征派文学研究》一书中用一节的体量对象征主义流派的戏剧创作从正剧和悲剧两个题材进行了概述。而较为细致的总结出现在汪介之教授的《远逝的光华——白银时代的俄罗斯文学与文化》中，汪教授从戏剧创作、剧场艺术和总体风貌的角度阐述了世纪之交俄国戏剧的风貌特征。余献勤老师的《象征主义视野下的勃洛克戏剧研究》则是一部以勃洛克的戏剧创作为轴心深入探讨象征主义戏剧的专著。对俄国白银时代戏剧文本的翻译也主要集中在契诃夫、高尔基、安德列耶夫和马雅可夫斯基等人身上。1984 年出版的《安德列耶夫小说戏剧选》中收录了列·安德列耶夫《人的一生》与《走向星空》两个剧本，而 1986 年出版的《马雅可夫斯基选集》中则收录了诗人的《臭虫》《澡堂》等四个剧本。在孟京辉导演和倪大红先生的合作下，《臭虫》在 2000 年迎来国内首演，从此它也成为白银时代俄国戏剧在国内鲜有的代表性剧场作品。除此之外，便难以见到对白银时代戏剧创作进行集中译介的作品了。

因此，本书的剧本挑选和翻译工作是艰巨的，首先排除了契诃夫和高尔基的戏剧作品，原因很简单，国内对此二位早已有大量经典而系统的译本和专著出版，可谓珠玉在前。本书剧本的挑选集中在那些尚处于"尘封"中，或者是部分被译介的作家的文本上。之所以挑选了书中六位作家的七个剧本，是希望尽最大努力反映每个作家的创作个性、理念，反映他所代表的文学流派的价值追求与美学观念，在有限的篇幅里呈现白银时代戏剧创作的多样性，并在展现广度的同时保有深度。象征主义流派中，勃洛克的《滑稽草台戏》是不能回避的一部作品，而索洛古勃的代表作《死亡的胜利》不仅践行着他的"死亡哲学"，也透露出其"唯意志剧"的剧场理念。勃留索夫的《地球》是一个层次丰富的作品，对它的解读可以有很多个角度。表现主义戏剧的代表安德列耶夫剧作颇多，尽管他在俄国戏剧史中占有重要地位的《人的一生》已经被译介，但仍有许多遗珠，《安那太马》便是其中对宗教哲学思想和终极价值探讨较为深入之作。与此同时，女性作家也在白银时代的戏剧创作中占有一席之地。有别于上述几个现代主义的作品，书中收录了吉皮乌斯与苔菲的剧本，这其中流淌着果戈理、屠格涅夫和契诃夫的俄罗斯伟大的现实主义创作传统的血液。希望这样的选择能够较为丰富，又不失深度地呈现那些尚在"尘封"中的白银时代戏剧佳作。

三

本书将亚·勃洛克的《滑稽草台戏》作为开篇第一个剧本，以凸显勃洛克和他的代表作在白银时代戏剧文学中的重要意义。该剧本完成于1906年，并于同年被当时在科米萨尔热夫斯卡娅剧院工作的梅耶荷德搬上舞台，获得了巨大的成功。这个仅半个多小时就能演完的短剧集中而丰富地展示了勃洛克的戏剧创作理念。该剧以皮耶罗、阿尔列金与科伦宾娜的三角恋情为基础，在舞台上向我们揭开了四个维度的空间：以皮耶罗为代表的现实生活，以神秘主义者为代表的宗教神秘世界，以科伦宾娜为代表的彼岸世界，以及作者闯入舞台讲话的第四维。整个剧本在高度自由的结构中获得了一种感伤而又讽刺的悲剧效果。

作为戏剧家，勃洛克同身为诗人时的自己一样具有强烈的使命感，他认为作家是命中注定要将自己的内心暴露在大众面前，从而去滋养那些精神上极度干渴的群体。他在《论剧场》中曾袒露，"作家注定要将自己的内心从里到外翻出来，将自己精神的珍藏同人们分享……而作家，或许，是最完整的人，因为他必须经受特殊的折磨，无偿地痛苦地将自己充满人性的'我'耗尽，并将它溶解在大众苛刻而不知回报的'我'当中"。而挡在作家面前的便是剧院工作者、导演和演员。导演总是从作者手中夺过话语权，并把作者从舞台上请到侧幕那边去。勃洛克将演员称作"伪装者"，他们毫无生气地演绎着早已程式化的角色，而这些角色在现代生活中也失去了活力和意义，正如勃洛克所言，麦克白的英雄主义放在当下，便是没有教养，精神生活彻底停滞，自私而肉欲的粗俗力量。为此，勃洛克打破常规，在戏剧进行中突然让作者从幕布后面出来，对观众道歉，宣称演员没有按照自己的意愿进行表演，而当他还没说完就被人抓住脖子后领拉回幕布后面了。这种舞台外的因素突然介入，仿佛在戏剧空间中又剖开一道，展露出另一个空间。将观众从草台戏中抒情而充满神秘主义色彩的氛围中拉回现实；更重要的是，勃洛克借闯入舞台的"作者"之口，表达了对导演和演员擅自做主，不顾作者意愿的粗暴行为的不满，从而达到了很好的讽刺效果。

主人公皮耶罗、阿尔列金和科伦宾娜都是意大利民间喜剧中的人物，他们三人之间的爱情纠葛成为剧本的主要事件。这种抒情性在勃洛克的戏剧风格中尤为重要，他把象征主义诗歌的抒情性带入戏剧中，在戏剧领域"寻找合适的内心表达，揭示被烦琐的日常生活所遮蔽的人类心灵的'世界本质'和'潜流'"[①]。他让皮耶罗与阿尔列金的内心独白以抒情诗的形式出现，这让老套平庸的爱情故事披上了古希腊戏剧的崇高品格和悲剧色彩，让这个本来充满俗世气息的民间喜剧获得了俄罗斯式的忧郁气质。所以当最后场景定格在皮耶罗身上，他默不作声掏出笛子吹奏"有关他那惨白的脸，有关不堪的生活和自己未婚妻科伦宾娜的曲子"的时候，我们能够如此直观地感受到来自角色内心的感伤情调。这是一种现实毫不留情地强加于皮耶罗—— 一个小丑，微不足道的小人物，身穿宽大的白色戏服的丑角之上的感伤主义。而导演梅耶荷德发现了这一点，并精准地道出其中的奥秘："我现在可以把勃洛克的《杂耍艺人》[②] 排演成卓别林风格的戏剧。您再读读《杂耍艺人》，您一定

---

① 余献勤，象征主义视野下的勃洛克戏剧研究 [M]，广州：世界图书出版广东有限公司，2014 年，第 173 页。

② 即《滑稽草台戏》。

能从中发现卓别林电影情节的一切因素……"① 当我们仔细品味那些剧中的诗句，设身其中时，不难发现，皮耶罗与卓别林身上确实拥有许多共同之处，他们同样是无足轻重的小人物，同样被命运所驱使，同样行走在无声之中，他们的行为可笑滑稽，但内心的真实与环境的残酷形成鲜明的对比，一种沉默的感伤，带笑的悲伤和讽刺从中生出。

作为一部象征主义戏剧，勃洛克自然在文本中植入了象征主义的美学元素，但他并没有执着于推销这些既定元素，而是寻求多种元素的和谐复调，寻求自由的结构和对戏剧定式的打破。"永恒女性"索菲亚在剧本中以科伦宾娜这个乡村少女的形象出现，而与此同时，科伦宾娜又被赋予死神的角色，她的降临是一群神秘主义者翘首以待的伟大时刻，因此她的身上实现了"美—人—死亡"的三位一体，她既是皮耶罗的未婚妻，又是阿尔列金的情妇，倏尔变成了毫无生气的硬纸板，又成了在窗外霞光中升起的死神，最后消失不见，只留下皮耶罗一人。科伦宾娜的形象在舞台上不断进行着外形和内涵的剧烈变化，同时在这种多维度的互动对话中，舞台元素快速切换着，戏剧在多声部的此起彼伏中行进，又最终归于寂静。勃洛克便是用这种自由度极高的变化戏谑地拆解着人们对戏剧定式化程式化的思维，他告诉观众舞台上发生的都是虚假而不定的，他总是在适当的时机拆穿一个接一个的艺术假象，而等一切喧闹止息后，留下的只是皮耶罗的笛声，是"'产生于灵魂深处'的鞭挞一切的悲剧性反讽"②。

---

① A. 格拉特柯夫辑录，童道明译编，梅耶荷德谈话录［M］，北京：中国戏剧出版社，1986年，第72页。

② 徐琪，梅耶荷德《滑稽草台戏》的舞台空间阐释［J］，新世纪剧坛，2014年第2期，第33-37页。

《滑稽草台戏》是勃洛克"抒情戏剧"的代表，是一部俄罗斯"带眼泪的笑"式的戏剧作品，勃洛克认为："在西方，还没有人能将哲学理论建立在抒情的基础上，作家和评论家们也从没写过抒情戏剧。而在俄罗斯——一切都不是这样。"① 勃洛克就是在这样一个抒情而感伤的民间草台戏班上构建着他的戏剧理念，进行着关于美学与价值的哲学思考，为白银时代的戏剧文学，为俄国的民族戏剧写下了重要的一笔。

与勃洛克"作者本位"的戏剧理念不同的是瓦·勃留索夫，他认为戏剧的核心人物应当是演员，"演员的自我创作感觉就是戏剧的内容。而剧作家是演员的助手，将文学剧本搬上舞台——就是将既定的内容置于个性化表演的容器里"②。但是更多时候，勃留索夫同勃洛克站在了一个战壕里：他们都是现实主义，自然主义坚定的反对者。1908 年，勃留索夫撰写了题为《舞台上的现实主义与假定性》的文章，提纲挈领地提出了在当时舞台上存在两种类别的戏剧——现实主义戏剧和假定性戏剧。此文几乎是划分了白银时代戏剧艺术的两个阵营：一边是契诃夫与高尔基，另一边是梅耶荷德和现代主义者们。勃留索夫认为现实主义戏剧过分在意模仿的功力，试图将日常生活的真实场景搬上舞台，细致地摆上三面墙、桌子、沙发、装饰等，它试图通过模仿生活与自然来欺瞒观众。但事实上，这种模仿手段只是"半现实主义"，只是将部分生活、自然根据剧情的需要安排在舞台上，他们不但不能还原自然，反而成为视觉的羁绊，影响观众理解戏剧内核。在此，勃留索夫大胆地提出

---

① Блок А. А., О литературе. М.：Худож. Лит.，1989. — С. 138.

② Бродсткая Г. Ю., Брюсов и театр. // Литературное наследство. М.：Изд. Институт мировой литературы им. А. М. Горького Российской академии наук. 1976. Том 85. С. — 167.

了一种仿古的概念——假定性戏剧——"真正现实主义的场景本质上是假定的"[①]。他倡导戏剧应当回归到古典与莎士比亚时期，那时候的剧场并没有如此之多的技术手段可言，我们认识奥赛罗，不是通过他的穿衣打扮，甚至不是通过他的语言（现实主义戏剧的另一大特点），而是通过他在舞台上的行为。对戏剧的认识是通过纯粹而真实的表演，而非造型艺术。由此可以回归到他的"演员本位"观点上——舞台艺术的真正归属是演员的艺术创造[②]。

由此我们可以发现，在剧本《地球》中，勃留索夫较少地运用了场景提示词，减少了对"现实的琐碎"的种种描述，简洁地为我们描述了一个资源枯竭、人类面临灭绝的未来世界场景，其中的画面场景需要依靠我们的想象来实现，作者并未多做赘述。而《地球》这部作品的特殊性在于，它蕴含着丰富的反乌托邦和生态主义观念，就创作时间而言，它甚至超前于扎米亚京的《我们》。剧情发生在未来地球，人类的祖先在地心安装了巨大的发动机，利用热能为地球提供一切能源，人类在地面建起了覆盖整个地表的互相连接的乌托邦城市"戈洛德"，同时自然也从人类生活中消失了，就连阳光和空气也是人造的。随着地核热能的耗尽，人类面临着抉择。三方力量进行着最后的角力：执政官、神秘主义的隐修会、科学院的智者，他们各自执有救世的哲学。勃留索夫在剧中对人类命运的进程做了精辟的描述："在过去的年岁里……当人类在外部拓展自己的统治领域，而在内部拓展自己认知范围的日子里——人类的使命就是协助大自然的工作。那时人类是作为建造者出现的，就像

---

① Брюсов В. Я., Реализм и условность на сцене. // Книга о новом театре. СПБ.: Изд. 《Шиповник》. 1908. С. —248.

② Там же. С. —259.

地球本身。随后，当人类达到自己的成熟期……当他已将所有奥秘从大自然和心灵深处抓取殆尽，——人类的任务就成了在他所能企及的这一高空旋梯上竭力维持自己的现状。此时人类成了守护者。"而作为人类智慧的集大成者，智者提奥皮克斯基在最后时刻顿悟，人类在发展的过程中汲取了地球所有资源，获得了所有智慧，达到了科技的顶峰——建成了这座无所不能的戈洛德城，但是这一过程也注定了人类悲剧性的终结，最后智者化身用洪水覆灭世界的上帝，他亲自下令转动发动机阀门，打开了城市的天顶，让地球暴露在外太空，人类瞬间因为没有氧气而灭绝——他用人类自己所创造的机器终结了人类命运。该剧本成于1904 年，充分展示了顽固的统治阶级、宗教神秘主义势力和知识分子之间的斗争，表达了知识分子在世纪之交对社会剧烈动荡的危机意识和对人类发展的反思，也体现了作为象征主义者对终极价值、彼岸世界的向往。

费·索洛古勃的戏剧创作是紧紧围绕他的"唯意志"戏剧理论展开的。在《唯意志剧》一文中，他同勃洛克一样，毫不留情地批判了当时剧场艺术的衰败——充斥着"陈词滥调"。而戏剧工作者——无论是作者，导演还是演员——的任务是"将戏剧场景领向它所能企及的完善境地，让它向宗教活动，向神秘剧和祭祀仪式靠拢"①。整出戏剧中有且只能有一个主要角色、一个视角、一个意志，其他出场人物只是戏剧不断向着唯一的意志趋近的台阶而已，而这唯一的意志便掌握在作者手中。另一方面，戏剧舞台上不需要演员的表演，应当展现悲剧的神圣

---

① 　Сологуб Ф. К. Театр одной воли. // Книга о новом театре. СПБ. : Изд. 《Шиповник》. 1908. С. —182.

性，展示"世界永恒的矛盾性，善与恶的永恒对峙，以及其他极端的对立面"①。由此可见，索洛古勃希望将戏剧回推到最初的仪式阶段，用神秘的宗教色彩和悲剧情节来表现象征主义者所追求的唯一价值。

在索洛古勃的代表作《死亡的胜利》中，我们能清晰地体悟到作家的理念在文本中的具体实现。剧本的序言中索洛古勃刻画了一个悲剧作者的形象，他"揭开了面具的一半，但还是没有露出自己的脸"，他穷尽气力为"唯一一件事情"呐喊，对美孜孜不倦地求索，而所有人都认不出他，对他的行为置若罔闻，只有一个蛇眼女人陪伴着他。在这一简短的序言中便可窥见索洛古勃对"唯一的意志"的追求。"作家"对美的求索与剧中的主角蛇眼女人结合在一起，象征着整出戏剧里贯穿始终的统一精神。这个蛇眼女人即是真理之美的化身，她渴望得到世人的发现，渴望得到加冕和歌颂，她化身成女工杜尔齐内亚和侍女阿尔吉斯塔，用尽计谋试图得到庸俗的诗人和愚昧的国王的发现，但即使是这两位站在人类艺术和权力顶端的人也无法识得真理之美。失败了的美最终将世间的一切丑陋之人化作了石雕。显而易见，作者的意志在戏剧中化作了主人公的意志，情节向着这唯一的意志——"美的实现"的方向运动，而其他所有的角色，只是为了展现悲剧的矛盾性，是美的化身为了达到最后的目标而借助的台阶，当这些台阶最终没能完成这一意志时，作者便借用一场悲剧的神秘主义的祭祀仪式——石化来终结。正如俄罗斯学者布罗伊特曼所言："戏剧，按照索洛古勃的看法，是从讽刺地'肯定'世界——从塑造世界的场景，'假面'开始，而以秘密的宗教仪

---

① Там же. С. —191.

式结束"①。可见，戏剧于索洛古勃而言，并非情节和表演的堆砌，更是一项携带着哲学层面的崇高使命的真理探索。

由是可见，俄国白银时代象征主义的戏剧家们主张将戏剧从对社会心理分析的倾向转向对形而上学的探索，将戏剧从娱乐社交的泥潭中拽出来，回归最初仪式性的精神洗礼，他们的努力都是为了让戏剧指向"超脱的、纯洁的感情，一种真正的精神活动"，而这种戏剧主张无疑是超前的，他们比持有类似意见，支持在戏剧中表现形而上学，表现宗教概念，保留"富有启示性的美及风韵"②的法国戏剧家安托南·阿尔托早了二十多年。

列·安德列耶夫是俄罗斯白银时代文学创作中戏剧领域的杰出代表，无论是从作品的数量体量，还是搬上舞台的受欢迎程度来讲，安德列耶夫的戏剧创作在那个时代都无疑是俄国剧坛的一面旗帜，他为俄罗斯民族戏剧的革新拓展了一条新的道路。在他众多的剧作中，最具有影响力的无疑是《人的一生》《饥饿王》《安那太马》《黑色面具》《大洋》等。不同于契诃夫、高尔基、马雅可夫斯基、勃洛克等人的是，安德列耶夫的剧作具有很大的复杂性和包容性，其中体现的存在主义、象征主义、表现主义、新现实主义和宗教神秘主义等元素让学界很难对其做出确切的界定。但是在以上几部作品中，尤其是《人的一生》《饥饿王》和《安那太马》中，表现主义的手法明显占据主要地位。

欧美戏剧专家陈世雄教授在对表现主义戏剧的特点进行概括时提到，二十世纪初的欧洲经历着精神危机，而这种"惊慌失措甚至恐惧，

① 俄罗斯白银时代文学史 II，兰州：敦煌文艺出版社，2006 年，第 383 页。
② 安托南·阿尔托，残酷戏剧：戏剧及其重影，北京：商务印书馆，2014 年，第 100 页。

绝望的情绪，在艺术上的反映就是表现主义"①。这种悲观主义情绪也的确笼罩在以上这几部代表作中。另一方面，表现主义者认为依靠经验和模仿无法展现世界，要表现事物的本质就要"创造超验的图像"②，要对现象进行变形、改造和抽象。表现主义戏剧也往往使用"无个性的，象征符号式的人物"③，这也是安德列耶夫的戏剧一度被解读为象征主义作品的原因。《人的一生》便是安德列耶夫最具影响力的表现主义作品，作者从全人类的共同生命中抽象出一个符号性的角色"人"，并将"人"的一生抽象地概括为诞生、爱情与贫穷、遭遇不幸和死这几个部分。虽然戏剧的结构很简单，每一幕之间没有情节的关联性，甚至可以说没有戏剧的情节，但是在这种简单的抽象和概括中，我们能够直达人生的本质，正如万年以前人类先民在洞窟中刻下的壁画一样，寥寥数笔，色彩单一，却又如此真实地反映着人类的生存状态，简单抽象的表现中蕴含着无与伦比的深刻，以至于勃洛克在谈及梅特林克和安德列耶夫时，表达了对这一剧本的赞赏，"梅特林克表现问题时从没有达到过如此残酷，如此粗野、蛮荒和纯粹的境地"④，他喜爱这种"粗野"和"蛮荒"，并认为已经很久没有出现过如此重要且必要的作品了。

《安那太马》与《人的一生》尽管有着很多契合点，但是就体裁而言，《安那太马》是更为复杂的一个。这部完成于1909年的剧本在同年被著名导演涅米罗维奇－丹钦科和卢日斯基搬上莫斯科艺术剧院的舞台。剧本的结构圆整，情节有序递进，作者用现实主义的笔触呈现了一

---

① 陈世雄，现代欧美戏剧史（中），文化艺术出版社，2010年，第471页。

② 同上，第472页。

③ 同上，第472页。

④ Блок А. А.，О литературе. М.：Худож. Лит.，1989. — С. 158.

个宗教哲学色彩浓厚的故事，其中又不乏表现主义与象征主义的元素。剧中的主角之一安那太马是魔鬼的形象，他的任务同梅菲斯特之于浮士德一样，就是向上帝挑战，与其打赌，考验人对上帝的忠诚。剧中的"浮士德"便是男主角大卫·雷泽尔，一个贫穷体弱的老犹太人，他一生受尽折磨，几个孩子相继死去，但他依旧笃信上帝，他每天来到海边向海浪询问生命的意义，却从未得到答案。而安那太马身上具有两面性，身为恶魔，他是大地意志的代表，他有平易可爱的一面，他通晓地上的一切尺度和计量，却对最高的理智无法参透，他渴望能够看一眼守护者门后面所掩藏的宇宙真理，他渴望成为先知。而另一方面，他畏惧最高的理智，又自负地潜藏反抗的私心，在被拒绝获得真理的嫉恨中他以大卫的生命做赌注，同梅菲斯特一样，许诺给大卫一大笔财富，并诱使他成为地上的"基督"，将财富分发给一切穷人，迫使不知满足的人民暴动而起，将他们自己塑造起来的"基督"大卫活活砸死。

《安那太马》将《圣经》旧约《约伯记》作为故事的原型。约伯敬神爱神，远离罪恶之事，而撒旦却几次三番与神打赌，夺去约伯的家产，让其无故深受迫害以考验其忠诚。剧本中也有几处直接引用圣经原文的对话。如大卫的妻子对大卫说的话源自约伯之妻："你仍然持守你的纯正吗？你弃掉神，死了吧！"这是妻子在看到丈夫受尽折磨后说出的渎神的想法。而雷泽尔同约伯一样，并不"以口犯罪"。事实上，全剧中只有大卫一人始终保持了对上帝的忠诚。妻子苏拉以口赌神，盲目的百姓将大卫尊为能创造奇迹的神，而安那太马，他对真理的畏惧和质疑则是在地上引起这场混乱的根源。但是安德列耶夫并不止于此，他并没有让安那太马在最后顺从神的旨意，而是让他继续在地上漫无目的地四处游荡，像弥尔顿《失乐园》里的撒旦一样，他依然保有那种自由的反叛精神，渴望与神分享至高理智。因此，安德列耶夫其实设置了一组二元对立：大地与宇宙，魔鬼与神，自由意志与宗教理智，质疑与服从。作者事实上借用宗教神话中的材料进行着自己对人生和价值的悲观主义的哲思，进行着"对于人世间存在的全部理智，甚至生活本身的怀疑"[①]，也如高尔基所言，安德列耶夫的作品里充满着"生活的恐惧，理智的虚妄，黑暗的统摄"。

<h2 style="text-align:center">四</h2>

二十世纪初也是公认的俄国女性知识分子进入文化圈的时代。在女性主义思想的影响下，女作家们认识到有必要将女性对世界的认识和对生活的态度展现出来。吉皮乌斯、茨维塔耶娃和阿赫玛托娃便是当时诗歌界的杰出代表，但是在戏剧领域，也活跃着这样一群女性作家，她们包括莉·季诺菲耶娃—安尼巴尔，塔·谢普金娜—库佩尔尼克，苔菲，叶·瓦西里耶娃等。本书中选取了吉皮乌斯的《绿指环》与苔菲的《扎连科办事处》和《升官》两个讽刺短剧。这几个剧本很清晰地反映了女剧作家们对俄罗斯戏剧传统的继承以及她们对时代的现实问题敏锐的洞察和犀利的反应。

吉皮乌斯作为象征派中鲜有的女剧作家，其戏剧作品主要有四部：《圣血》《绿指环》《否与是》以及《鲍里斯·戈都诺夫》。《圣血》属于为象征主义剧作家们所喜爱的宗教神秘剧的早期作品之一，是"第一次

---

① 汪介之，远逝的光华——白银时代的俄罗斯文学与文化，福州：福建教育出版社，2015 年，第 283 页。

把象征主义的宗教乌托邦理论付诸戏剧实践的尝试"①。但是遗憾的是，吉皮乌斯让这部剧作落入了与其丈夫梅列日科夫斯基相同的境遇，梅氏在小说的创作中，尤其是三部曲《基督与反基督》里明显地植入自己的宗教哲学思想，让小说成为套用其理论的容器和程式，吉皮乌斯在《圣血》中也试图进行梅氏"圣灵王国"理论的阐释，但因此牺牲了文学性，显得单一而贫乏。这个遗憾在《绿指环》当中得到了较好的弥补，吉皮乌斯不再采用象征主义者常用的仿古神秘题材，而是设置了一个日常生活场景。离婚的沃仁与情妇过着无聊庸常的生活，女儿索菲娜的出现打破了这一切，她向他诉说自己艰难的生活和母亲的不幸遭际，并希望父母复合，优柔寡断的沃仁决定让女儿跟自己生活，但又在情妇与前妻之间摇摆不定；而前妻叶莲娜·伊万诺夫娜仍执迷不悟地爱着情夫，并离不开索菲娜，孩子成了大人间争执不下的矛盾。最终，"绿指环"社团的青年谢廖沙和露霞出了主意，让沃仁的好友米卡舅舅同索菲娜假扮夫妻，这样终于一举多得。剧中的"绿指环"是一个宗教哲学社团，由一批思想进步的青年组织而成，他们反对庸碌、自私、无聊的市侩生活，选择进步、实干、变革和未来的完善，他们寻求在组织内部解决一切问题，并用仁爱之心体察那些与他们的宗旨相抵触的外部落后社会因素，将"绿指环"变成由社团内部完善的新人类的共同关爱搭建起来，对外部的社会矛盾持仁爱和抚慰态度的乌托邦组织。俄国学者玛·米哈伊洛娃对这一乌托邦构想的概括是："作者认为，优秀的人应当结成人类相互理解的'环'……吉皮乌斯描绘了一种普世的教会，它应当建立

---

① 余献勤，象征主义视野下的勃洛克戏剧研究 [M]，广州：世界图书出版广东有限公司，2014年，第46页。

在人类存在的不完善的对立面上"。由此可见，这种建立在具有"社会性的神人类"基础上的宗教乌托邦是对梅列日科夫斯基"第三启示"和"地上天国"的延续。

吉皮乌斯并没有直白地将剧本变成理论的实验室，她为这出反映时代现象的现实主义戏剧添上了更多的温情和戏剧元素，例如在解决"索菲娜的去留"问题上，我们仿佛回到了屠格涅夫的《单身汉》中，善良的文官莫什金为了养女玛莎的幸福最终决定娶她为妻——而该剧中米卡舅舅为了索菲娜的命运也答应与她假结婚，与深爱着玛莎的莫什金不同的是，米卡舅舅本就无所挂念，对一切都不置可否，但在处理索菲娜一事上，他做出了巨大的牺牲，他仿佛成了基督降临于身的人，成了"绿指环"所追求的原型。此外，吉皮乌斯还借奴仆之口讽刺了低俗的资本主义情调和混乱的两性关系，淡化了剧本的哲学理论色彩，增添了时代精神和社会气息。

另一位女性剧作家苔菲则完全不同于吉皮乌斯，她具有独特的幽默和深刻的气质，在她那些短小的迷你剧中我们既可以看到果戈理《钦差大臣》般的荒唐喧闹，也可以看到巴什马奇金身上的悲凉；既可以看到《樱桃园》似的时代命运，也可以看到《胖子与瘦子》那样的卑微拙劣。另一方面，苔菲的迷你剧具有强烈的节奏感与可塑性，它们就像是苔菲短篇小说的另一种形式，生动、机巧且富有感染力。

同果戈理与契诃夫一样，苔菲擅长刻画日常生活中的小人物，在她的不少短剧中，都会出现一个愚蠢无知、自以为是的可笑角色，比如《升官》中的廖什卡和《扎连科办事处》中的密特罗方。他们都以用人的卑贱身份登场，他们不参与剧情的发展，但总是在关键时刻突然闯入，这些行为像是故意，又像是无意，往往让主角恼火不已，可他们自己却不知道，甚至因这些可笑行为沾沾自喜。例如在《升官》里，廖什卡总是打断男房客与女士的约会，肆无忌惮地出入舞台，完全不理会别人正在进行的调情。而廖什卡却以此为荣，并深信自己的勤劳将为自己赢得升官的机会。这种卑微而粗鄙的形象在苔菲的短剧里获得了特殊的意义，他们通过自己与"主要场景"格格不入的行为，以看似愚蠢的举动完成了对上流社会的规则、资本家的伪善、男女关系的混乱等一系列被认为是"合理的"、不愚蠢的、高雅的社会现象的反讽。这种粗鄙对文明的颠覆，庸俗对高雅的颠覆，无知对理智的颠覆，小人物对主角的颠覆，恰恰是苔菲的幽默讽刺短剧的核心所在。

行文至此，深切感受到白银时代的戏剧文学创作的深度与广度，在这个课题面前，仅仅万余字的介绍只能是抛砖引玉，让大家如瞥见冰山之一角，窥得花豹之一斑而已。由于篇幅有限，本书也难以涵盖整个白银时代所有优秀的剧作家和作品，这为我们未来的工作留下了一个伏笔，我无限憧憬着这块已经初现光彩的宝藏能在不久以后完整地展现在学界和读者面前。这很难不让人满怀期待，当勃洛克、安德列耶夫、索洛古勃、勃留索夫、吉皮乌斯、苔菲的名字同戏剧联系在一起，当他们的形象跨出诗歌与小说站在舞台上的时候，的确很难不让人满怀期待，尽管那是一个短暂、混乱而喧嚣的激流时代，然而他们却以戏剧的名义，以这种同样短暂却充满力量的艺术在黑暗的天空刻下一道流星般耀眼的银光。

余翔于北京回龙观

2018 年 6 月

目录
Contents

滑稽草台戏

亚·亚·勃洛克

戏 剧

献给符谢瓦洛德·埃米里耶维奇·梅耶荷德

| 出场人物 |

◇科伦宾娜

◇皮耶罗

◇阿尔列金

◇神秘主义者，男性着紧身长礼服，女性着时髦裙子，随后佩戴面具
　着化装舞服

◇神秘主义会议主席

◇三对恋人

◇小丑

◇作者

✦

　　一个舞台上常见的房间，三面墙，一扇窗和一扇门。

　　点亮的桌子前坐着聚在一起的男女神秘主义者——穿着紧身长礼服和时髦的裙子。稍远一些，皮耶罗穿着宽松的白色大褂，若有所思，黯然神伤，面色苍白，嘴唇和下巴光溜溜的，和所有的皮耶罗一个样。

第一个神秘主义者　你在听吗？

第二个神秘主义者　是的。

第三个神秘主义者　大事将近。

皮耶罗　哦，永恒的恐惧，永恒的黑暗！

第一个神秘主义者　你在等吗？

第二个神秘主义者　我在等。

第三个神秘主义者　已近在咫尺：

　　　　　　　　　　那是窗外的风向我们传递的讯号。

皮耶罗　难以置信！你在哪里？透过迷蒙的街道，

　　　　绵延相接的路灯向前铺展，

　　　　以及，那成双成对的，是行路的恋人，

　　　　被街灯点亮的是我的爱恋。

　　　　你究竟在哪儿？为何不能跟随最后那对恋人

　　　　去往我们命中注定的地方？

我要去把忧伤的吉他弹响，

在你伴着女声合唱翩翩起舞的窗台下！

我要涂红自己月色般惨白的脸，

我要画上眉毛粘上胡子，

你听得到吗，科伦宾娜，一颗可怜的心

正把自己忧郁的歌谣拖拉吟唱？

皮耶罗沉迷幻想后回过神来。可作者神色不安地从侧面幕布里钻了出来。

作者　他在说什么？最敬爱的观众！我急着让你们知道，这个演员已经
　　　对我作者的权威做出了残忍的嘲讽。这一幕发生在冬天的彼得
　　　堡。哪儿有什么窗台和吉他？我写的可不是滑稽草台戏……我向
　　　你们保证……

他突然为自己不请而至的行为感到羞愧，又藏回幕后了。

皮耶罗　（他没注意到作者。坐在那里魂不守舍地叹气）科伦宾娜！

第一个神秘主义者　你在听吗？

第二个神秘主义者　是的。

　　（第三个神秘主义者遥远国度的圣女正在临近。）

第一个神秘主义者　哦，她的容貌——就像大理石！

第二个神秘主义者　哦，她的眼中——一片空旷！

第三个神秘主义者　哦，如此明净如此圣洁！

第一个神秘主义者　一旦到来——万物便霎时无言。

第二个神秘主义者　对。沉默降临。

第三个神秘主义者　会很久吗?

第一个神秘主义者　是的。

第二个神秘主义者　她全身洁白,如雪一般。

第三个神秘主义者　肩后——搭着辫子。

第一个神秘主义者　她究竟是谁?

（第二个凑到第一个耳边悄悄说着什么。）

第二个神秘主义者　你不会出卖我吧?

第一个神秘主义者　（诚惶诚恐地）绝对不会!

　　作者又一次惊慌地探出来,但是一下就消失了,就好像被人揪着后襟拽回去了。

皮耶罗　（跟先前一样,魂不守舍地）科伦宾娜! 来吧!

第一个神秘主义者　安静! 你听见脚步声了吗!

第二个神秘主义者　听见了沙沙声和叹气声。

第三个神秘主义者　哦,还有其他人在?

第一个神秘主义者　谁在窗边?

第二个神秘主义者　谁在门后?

第三个神秘主义者　黑得伸手不见五指。

第一个神秘主义者　点上蜡烛吧。现在来的难道不是她?

第二个神秘主义者举起蜡烛。桌子边不知何时毫无征兆地突然出现了一个异乎寻常的漂亮女孩，面色朴素安静，暗淡苍白。她一身白色。两眼目光恬静冷漠。肩后搭着一条编好的辫子。女孩一动不动地站着。欣喜若狂的皮耶罗祈祷般地双膝跪地。看得出来，他已经泪如雨下。这一切对他来说——都是无法言表的。神秘主义者们惊恐地靠在椅背上。其中一个无助地抖着腿。另一个的手奇怪地划动着。第三个眼珠子都瞪了出来。不一会儿清醒过来，忍不住私语起来：

——她到了！

——她的衣服多白呀！

——她的眼里一片空旷！

——面容凄冷，就像大理石！

——肩后搭着辫子！

——这是——死亡！

皮耶罗听见了。慢慢起身，朝姑娘走去，抓起她的手把她拉到舞台中央。他用嘹亮愉悦的嗓音说着，就像第一声钟响那样。

皮耶罗　先生们！你们弄错了！这是科伦宾娜！这是我的未婚妻！

众皆惊恐。擎着双手。礼服后摆左右摇晃。会议主席隆重地走向皮耶罗。

主席　您疯了。整个晚上我们都在等待大事降临。我们等到了。无言的拯救者——她已向我们现身。死亡已造访我们。

皮耶罗 （嘹亮的，孩童般的嗓音）我不听你编故事。我是个单纯的人。你骗不了我。这是科伦宾娜。这是我的未婚妻。

主席 诸位！我们可怜的朋友害怕地发疯了。他从来就没想过，我们这一辈子是在为什么而准备。他涉世未深，还没准备好在最后时刻恭顺地迎接苍白的女友。就让宽宏大量的我们原谅这个幼稚鬼吧。（转向皮耶罗）朋友，你不能在此逗留了。你会妨碍我们最后的聚会的。不过，请你再看一眼她的面容吧：你看，她的衣着如此洁白；她的脸庞如此苍凉；哦，她如此无暇，就像高山之巅的白雪！她的眼中泛着明镜般的空灵。难道你没看见肩后的辫子吗？你不认识死亡的模样吗？

皮耶罗 （惨白的脸上掠过落魄的笑容）我这就走。也许你们是对的，我——就是个不幸的疯子。也许是你们疯了——而我是个孤独的，不被理解的爱慕者。把我带走吧，暴风雪，吹卷大地吧！哦，永恒的恐惧，永恒的黑暗！

科伦宾娜 （跟着皮耶罗走向出口）我不会离开你的。

皮耶罗停下脚步，神情涣散。主席祈祷地双手合十。

主席 这是轻率的幻想！我们一辈子都在等你！请别抛下我们！

瘦长的青年阿尔列金穿着戏服出现了。头上的银铃清脆地叮当作响。①

---

① 阿尔列金身穿小丑服，头上的四角帽挂着铃铛。——译注

阿尔列金 （走向科伦宾娜）

> 姑娘，我的等待钉在了命运的十字架上，
>
> 在冬日灰黄的暮色下！
>
> 对你的爱如暴风雪般吟唱，
>
> 铃铛也为你圣洁地敲响！

他把手放在皮耶罗肩上。——皮耶罗仰面倒下，穿着白色大褂一动不动地躺着。阿尔列金牵着科伦宾娜的手往外走。她对他笑了。众皆失魂落魄。所有人都死气沉沉地瘫坐在椅子上。礼服的袖子抻开来遮住了手，就好像袖管里是空的一样。脑袋钻回到领子里。看上去，就像椅子上只挂着几件礼服而已。皮耶罗突然起身跑了出去。幕布合上。这时候头发蓬乱一脸焦急的作者从幕后跳到了台前面。

作者 仁慈的女士们先生们！我向你们深表歉意，可这跟我一点关系都没有！他们就是在笑话我！我写了这个最真实的剧本，我觉得自己有必要用几个字向你们解释一下剧本的梗概：这是一桩关于两个年轻的灵魂相互爱恋的事！然而第三者横在他们中间阻挠；好在障碍最后被克服了，恋人们终成眷属永不分离！可我是绝不会让自己的角色穿小丑服的呀！他们没经我同意就擅自演起这老掉牙的神话剧目！我是看不惯那些神话传说之类的下流故事！更何况——他们还玩起文字游戏来了：竟然不要脸地把女人的辫子说成是死亡的镰刀①！这是在恶心我们妇女同胞呀！仁慈的先……

---

① 俄语中"辫子"与"镰刀"为同一词。——译注

从幕布里伸出一只手来抓住作者的后脖子。他大叫一声消失在舞台前。幕布快速打开。舞会正在进行。人们戴着面具在安静的乐曲伴奏下旋转舞蹈。他们当中还有一些其他的面具，骑士、女士和小丑等。忧郁的皮耶罗就坐在舞台当中那条长椅上，它通常是为维纳斯和汤豪舍①接吻预备的。

皮耶罗　我站在两盏街灯中
　　　　　倾听他们的声音，
　　　　　他们低声细语，藏身于一袭斗篷下，
　　　　　黑夜在他们眼上留下吻印。

　　　　　银白色暴风雪呼啸
　　　　　为他们编织喜宴的宝石钻戒。
　　　　　我透过夜色看见——心爱的姑娘
　　　　　正对他微露笑靥。

　　　　　哎呀，看那雪橇马车
　　　　　他把我的姑娘拥入座位！
　　　　　我在严寒的迷雾里跋涉，
　　　　　在远处将他们悄悄跟随。

　　　　　哎呀，他用绳将她缠绕

① 德国作曲家理查德·瓦格纳的歌剧《汤豪舍》。——译注

笑着，铃儿叮当作响！
可是，当他把她包裹好，——
哎呀，姑娘却面朝下栽在了地上！

他对她并无半点侮辱，
可姑娘还是在雪中摔倒！
她失去平衡没有坐住！
我也控制不住自己的大笑！

风雪如冰针一般翻飞，
在我那硬纸板做的女友周围——
他大声惊呼高高一跃，
我在他背后绕着雪橇踏起舞步！

我们在迷蒙的街上歌唱：
"哎呀，这般不幸多叫人震惊！"
而在纸板做的姑娘上方，
高悬一颗泛着绿光的星星。

整夜里沿着积雪的街道
是蹒跚的我们——阿尔列金和皮耶罗！……
他紧贴着我如此温柔，
连鼻子都被羽毛搔痒挑逗！

他低声耳语：

"我的兄弟，我们在一起，

已经不是一朝一夕……

让我们来哀悼你的新娘吧，

你那纸板做成的未婚妻！"

　　皮耶罗忧伤地走开了。过了不久那条长椅上出现了一对恋人。他衣着天蓝色，她则是玫瑰色，他们的面具——跟衣服颜色一致。他们想象着自己置身于教堂，抬头看着圆顶。

她　亲爱的，你悄悄说"低头祈祷……"

　　　而我正脸朝着上，望着教堂的圆顶。

他　而我望着难以丈量的高处——

　　　那里，圆顶已将日暮的霞光触及。

她　那圆顶上的镀金陈年古老。

　　　那圆顶的轮廓光芒闪耀。

他　属于我们的梦幻故事安详美妙。

　　　你闭上双眼纯洁无瑕。

两人亲吻。

她　……有一个黑影站在柱子旁

　　　正翻动着狡诈的瞳孔！

　　　我的爱人，我替你担忧！

快将自己隐匿在斗篷之中！

沉默。

他　看呀，烛光如此静谧，

　　正如霞光满布圆顶之上。

她　是呀。与你的约会如此甜蜜。

　　让我自己也将你作为依靠。

紧紧依偎在他怀里。面具人和小丑们无声的舞蹈将第一对恋人从观众视线前遮挡起来。舞池中央出现了第二对恋人。她在前——戴着黑色面具身穿红线缠绕的斗篷。他在后——一袭黑衣，动作柔和，戴着黑面具身披黑斗篷。他们行色匆匆。他赶在她身后，逐渐接近，最后超过她。斗篷旋转交织。

他　放开我吧！别再折磨，别再追究！

　　不要向我预言晦暗的遭遇！

　　你尽可把自己的胜利热烈庆祝！

　　可你敢摘下面具？并把它投入夜里吗？

她　跟我走吧！追随着我！

　　我是你热情而忧郁的未婚新娘！

　　用你柔情的臂弯将我拥抱！

　　并饮尽我黑色酒杯里的琼浆！

他　我炽烈的爱情——只会向别人效忠！

　　你却对我显露烈焰般凶恶的眼光，

　　你将我引入没有出路的窄弄，

　　你还端给我这致命的毒药！

她　并非我引诱迷惑，怒火中烧的朋友！

　　我的斗篷飞扬，在身后激起旋涡

　　是你自愿想要涉足踏入

　　我那难以抗拒的勾人圈套！

他　看吧，这个巫婆！我要将面具摘去！

　　而你将知道，我是一个无面之人！

　　是你撕下我的面容，领入混沌，

　　那里向我点头示意的——是我黑暗的共生！

她　我——是自由女神！无往不利——是我的道路！

　　跟随我吧，追寻我的指引！

　　哦，你定要遵循这火焰的脚步

　　同我一道去那痴狂的梦境！

他　走吧，我顺从命运的严酷，

　　哦，旋转吧，斗篷，火焰的向导！

　　不过将有三人踏上这不详的征途：

　　你——我——和我的共生！

他们消失在斗篷的旋转中。仿佛，在他们身后的人群中又出现了同他一模一样的第三个人，浑身上下——就像黑焰吐出的柔软火舌。在舞群里出现了第三对恋人。他们坐在舞台中央。中世纪的打扮。沉思着垂下头，她紧盯着他的一举一动。——他，全身线条精练，高大而忧郁，戴着纸板头盔，——当着她的面手握巨大的木剑在地上画圈。

他　您知道那个剧本吗，我们在里面要演的角色重要吗？

她　（像回声一样安静可辨地）角色。

他　您知道吗，面具让我们今天的约会美妙极了！

她　美妙极了。

他　那么您是信任我的吧？哦，您今天比任何时候都完美。

她　完美。

他　您知晓一切，过去和未来的。您明白这些画出来的圆圈的意义。

她　意义。

他　哦，您的言辞真是令人沉醉！您真是我的知音！您的话道出了我无数的心声！

她　心声。

他　哦，永恒的幸福！永恒的幸福！

她　幸福。

他　（轻松愉悦而然有介事地叹气）大限将至。结局——是不详的黑夜。

她　黑夜。

就在此时，其中一个小丑突然出来捣蛋。他跑向男方冲他吐出了长长的舌头。男方铆足了劲把笨重的木剑砸在小丑的脑袋上。小丑飞过舞台悬在半空。从他脑袋里喷出一股蔓越莓果汁来。

小丑 （尖声大叫）救命啊！我在流蔓越莓果汁！

他来回晃荡了一下，就走了。喧闹声。一片混乱。欢快的叫喊声："火炬！火炬！火炬游行！"台上出现手持火炬的合唱团。戴面具的人群沸腾了，又是笑又是跳。

合唱 松脂，一滴接着一滴，

滴答着向昏暗落下！

脸庞，满布云朵遮蔽的阴翳，

正被暗弱的闪光照亮！

一滴又一滴，一闪又一闪！

是雨水圣洁而醇厚！

你在哪儿呀，如此耀眼迅疾！

我们炽烈辉煌的领袖！

阿尔列金从合唱团中走出，作为领唱。

阿尔列金 沿着迷幻而积雪的街道

我徘徊得失魂落魄！

眼前的世界一片动荡，

风雪在我头上吟唱！

哦，年轻的胸膛蠢蠢欲动

呼吸广博而志在山河！

渴望在荒无人烟的沙漠

举办春的宴会尽情享乐！

而这里却没人能够理解，

春天就在无限的高处飘荡！

这里没有人学会去爱，

这里的人们活在悲伤的梦里！

你好，世界！你我再次相聚！

你的心灵早与我靠近！

我走向你金色的窗沿

呼吸你春天的明丽！

他跳上窗台。窗户里能看见的远方，是画在纸上的风景。纸张破裂。阿尔列金双脚腾空飞上天。从纸的裂痕中露出一片破晓的天空。黑夜流逝，晨光熹微。在霞光满布的舞台背景处，一个身影立在日出前的晨风里摇曳——她是死亡，身上裹着白色的长衫，有着一张惨白无光的女人面孔和垂肩的辫子。镰刀发出寒光，就像一轮弯月，在黎明逝去。所有人在惊恐中四散奔走。骑士被木剑绊倒。女士们接连把花抛撒得满台都是。假面人们一动不动地，仿佛被钉在了墙上，就像是民俗博物馆里的玩偶。恋人们中的女性将脸藏进男方的斗篷里。蓝色假面人的侧影清晰地刻画在清晨的天幕。在她脚边玫瑰色假面人惊恐又恭顺地双膝跪地，用双唇去亲吻他的手背。皮耶罗就像是从地里升起来，慢慢地穿过整个舞台，把手伸向死亡。随着他的靠近，她的面容也开始展现生气。

红晕出现在惨白无光的双颊上。银色的辫子消失在漫步的晨暮里。在一片霞光中，窗槛上站着一个神态安详、静露微笑的美丽姑娘——科伦宾娜。就在此时，当皮耶罗靠近她伸手想去触碰她的手时，作者喜气洋洋的脑袋在他和科伦宾娜之间探了出来。

作者　最敬爱的观众！我的工作没有搞砸！我的权威重新获得了确立！你们看，障碍已经破除了！那位先生已经从窗口掉了下去！你们有幸成为这对恋人经过漫长分别后重拾幸福的见证者！既然他们花费了巨大的精力克服障碍，——那么从今往后他们就将永远结合在一起！

作者想要把科伦宾娜与皮耶罗的手连在一起。可突然间所有布景装饰都飞旋着腾空而起。假面人都跑走了。作者俯身看着只身一人的皮耶罗，他穿着镶有红色纽扣的白色大褂，无助地躺在空荡荡的台上。作者意识到自己的窘迫，急忙跑了下去。

皮耶罗　（坐起身，悲伤而恍惚地说）

　　你去哪儿？我怎么能猜到？

　　你把我出卖给阴险的命运。

　　可怜虫皮耶罗，别再躺着，

　　起来，去把自己的未婚妻找寻。

　　（沉默）

　　哎呀，她走了——那么明亮

（那个叮当作响的同伴把她带跑）

她跌倒了（全身变成了纸板）。

我还过去将她嘲笑。

她一身雪白面朝下栽倒。

哎呀，我们的舞步那样欢快！

而她却怎么也不能起来。

她成了纸板糊成的新娘。

现在可好，我站在这里，面色苍白，

但你们也不该把我嘲笑。

我能怎么办！她脸朝下栽倒……

我无比惆怅。而你们觉得好笑？

    皮耶罗忧思重重地从口袋里取出小笛子，吹奏着有关他那惨白的脸，有关不堪的生活和自己未婚妻科伦宾娜的曲子。

（1906）

地　球

瓦·雅·勃留索夫

未来时空的场景

描写这些未来场景的想法源自 1890 年的初秋，从那时起这些人物

形象就开始清晰起来。

| 出场人物 |

◇男性：

　　特拉卡特尔，选举产生的终身执政官。

　　提奥皮克斯基，智者。

　　涅瓦特尔，他以前的弟子。

　　提奥特尔，解放者隐修会主席。

　　卡东特里
　　特拉佐特里 ｝ 智者的弟子。

　　奥克诺马
　　马策瓦特里 ｝ 解放者隐修会成员。
　　英特拉涅尔

解放者隐修会议长。

古阿里，执政官的亲信。

疯子。

◇女性：

特兰。

阿特拉。

英特拉，解放者隐修会一员。

最后一个女巫的魂魄。

以及执政官的扈从，智者的弟子，解放者隐修会的成员，节庆的参与者，妇女，路人，百姓。

故事发生于未来的城市中。

第一幕

第一场

蓝色水池大厅。

这是一个巨大的圆形大厅。墙面上简练的线条向上延伸。大厅被一层层的回廊环抱。几个正圆的拱门将视线引向无限远处的建筑和通道。

大厅中央是一个蓝色的大水池。没有任何装饰。看不见的水源处散发着轻柔绵软的光。

一群妇女在池边等待。一个疯子在一处回廊边探着身子。

其中一个女人 （走上前）没水了？

排队的另一个 我们等了很久了。底都干了。

第三个 昨天也等了很久。然后有一小股水流了出来。水池满了一半。

第四个 今天也会有的。

第二个 这么说吧。如果池水已经少得见底，那就意味着，池子快要干枯了。这不是胡乱猜测，好好的一个水池总是满满当当的。你想取多少就取多少。

第五个 没错！这跟三角大厅的水池一样。我还是小姑娘的时候就常跑过去。那里水太多了！尽管取——别客气！然后池子就开始变干了。我们等啊，等啊。许久才流出来一点点。现在那里彻底干枯了。知道么，孩子们都在池底玩耍呢。

第二个 这个也快干了！别抱幻想了！

第一个 难道要跑到高阶走廊那里取水？那可太远了……

第六个 我去过那里。也排着队呢。比这儿的人都多。

智者被弟子们簇拥着进来。

智者 你们好，孩子们！

众人 您好，老先生！

智者 为何聚集于此啊？

第三个　我们等着取水。但就是不出水。

第二个　又一个水池要枯竭了。以后得跑过二十个大厅去取水了。近处已经没水了。

智者　家里，难道停水了？

第二个　很久以前就没水了！

众人　我们家也是！——水管都是空的！——早就忘了家里有水的日子！

第二个　在我印象里，好像，这是第十个干枯的池子了。而所有大厅里能汲水的池子不会超过一百个。很快我们都会因缺水而死！

智者　别丧气，孩子们！我们的祖先，戈洛德①城的建造者，也是同我们一样的人。在我们所居住的戈洛德上，在那些为我们提供食物、水源，照明和温暖的机器之上——没有所谓的奇迹。所有的一切都是由人类的智慧所造就的。我们要学习，要探寻，要成为我们祖先那样的创造开拓者。我知道这个水池。以前这里也发生过暂时停水的情况，不过随后又满满当当的，想取多少就取多少。再等等吧。如果水确实不来，那就请相信我这个老头，我们会把问题解决的。

智者与众弟子退到一边。女人们阴沉着不说话。

卡东特里　哎，老师，为人类而敞开的生命之门正在锁闭！那最后的末

---

① 原文将"城市"（город）一词首字母大写，特指未来地球上人类所建成的高度一体化的建筑群落。——译注

日我们几乎触手可及，到那时最后一个人将因饥饿与口渴而在这个黑暗死寂的戈洛德上死去！人们垂下了手臂，没有力气工作，因为意识到，他们是在为死亡而效力！

智者　不，孩子们！我们不是为死亡，而是为美而效力。死亡或许丑陋也或许美好。但我们，作为世代传递的象征幸福的神圣之火的守护者，唯一的职责便是：防止人性的堕落。我们是后来者，守护着它的晚霞，同先来的父辈们唱诵它光芒万丈的朝阳是一样的。没错，人类末日已至，但它将以勇武的英雄凯旋一般骄傲地终结，不会像失去意志的落网野兽那般胡乱挣扎着坠入死亡。我们的使命——几乎等同于出殡下葬，逝去的人们，他们的躯体由我们焚化为灰烬，但在其中却有最高尚者，将自己的灵魂在地球上播撒：这是至高的人性！

卡东特里　我们能做什么！我们仅仅是珍存了古代知识中极其微小的一部分，更多的正从指尖滑落遗失。我们何以顾及所有人，何以守护人类的尊严！更何况，人类现在何处？这些女人——难道称得上是人吗？就像这些大厅一个连着一个向阴暗之地深入，人类智慧中光明的思想之火也正一束接一束地熄灭，被黑暗笼罩。老师，我们尚且依附于你的存在，你的感召，你的容貌。你若不在，我们也将像野兽般四散奔走。我们将同所有人一样重回野蛮。而在最后一天，最后的人类将为最后一滴水而凶恶地撕咬，疯狂地吼叫，失去语言的天分。这才是将要发生的！

智者　如果我对你们还尚有威信，那就请你们完成我唯一的遗训：作为人而活下去，坚守这个字所包含的伟大意义。这个字当中——便有我全部的学问！在这世上，数千年以来人类的火炬一直比其他物种更为闪亮，不能让他在野蛮而混沌的黑暗中熄灭。正如此刻的我一样，——请你们用麻木孱弱的双手擎起远古的火把，立在浓雾密布的凝重暗夜里。即使人群中只剩下一个人意识到自己在永恒面前的伟大，无谓地道出"这就是——我"，——那么就请相信我！——直到那时地球仍旧存活着！

执政官被扈从簇拥着进来。

执政官 何事聚集在此？

其中一个扈从 女人们，你们在等什么？

女人们当中的一个 水！既然你有权力在此质问，就有权力为我们供水。

执政官 池子里为什么没有水？我已经下过命令，如果停水就立刻运来。（他看见了智者）老头子！你的智慧去哪儿了？水池都在枯竭，灯火也在熄灭。

智者 我呀，执政官，只不过是个谦卑的学者。我的职责是研究，而发号施令的责任在你。也许你能下令让水自己跑过来？

执政官 我没时间在这里跟你耍小聪明。不过你的学问也该派上点用场，这毫无疑问。否则它就如同儿戏一般无足轻重。老头子，我一点也不想与你争执。但麻烦你翻翻书本和图纸，找到水池的问题所在，并把它修好。这事只有你能完成，所以也理应你来做。（对女人们）还有你们——都散了吧。站在空池子边干什么！去西厅吧，那里有水。去吧！（正想走）

疯子突然堵住他的去路。

疯子 忏悔吧！天神的王国已经降临！

执政官 （哆嗦一下）我命令过，这个人要严加监管！他有病。

疯子呵呵笑着跑开了。执政官继续走着，下台。女人们也慢慢走散了。

特拉佐特里 （愤怒地）难道人类活过了数百万年，让所有人都享有了自由与平等，到头来只是为了在他历史的最后年月里重新回归奴隶社会，回到主奴分裂的境地？更糟的是我们当中没有一个人拥有以前那种锋利的剑刃……

智者 无论何时，讲何种语言，在任何国家，任何民族都选择与之相配的管理和统治方式。不能将枷锁强加于人，只能让他们自愿地去接纳。如果人类抛弃了自由，那便意味着，人类不配拥有自由。

特拉佐特里 他在对你发号施令！

智者 那我就执行他的命令。

卡东特里 为这个池子操心值得吗！他可以做出更大的贡献——他能让人类的生命延续到下一代。而在这里只有下贱侮辱人的工作！

智者 不要贬低任何工作。工作——是地球上至善之事。劳动的人，能显示出身体的美好来；而为了他人福祉而劳动的人，——则能显示出心灵的高雅。孩子们，帮我把落下的闸门抬起来。

远方沉闷的噪声变成欢呼的呐喊声。

众弟子　——这是什么？——有人在叫喊。——涅瓦特尔的名字。——
　　　　又是一遍涅瓦特尔。——近了，近了！

智者审视着。其中几个弟子奔走呼喊着。从转角处出现了一小队
人，兴奋地用手臂托举着涅瓦特尔。

托举的人们　荣耀！荣耀！荣耀！

涅瓦特尔一看见智者，就落到地上，急忙跑过去，在他面前跪
下来。

智者　我的孩子，我们都在担心，你还活着？

涅瓦特尔　我活着！我得救了！整个地球都有救了！我看见了！看见
　　　　了！所有人都会看见的。

智者　冷静下来，好好解释，大家都不明白你说的。

涅瓦特尔　我自己也不明白。我仿佛还看见了他，辉煌夺目，火光万
　　　　丈，他带着火焰王冠，那是上帝！云彩将他环绕，无边无际
　　　　的云彩！没有尽头，你在其中下落，下落，却永远到不
　　　　了底。

特拉佐特里　朋友，快清醒一下，告诉我们你云游的新经历。你消失这
　　　　么久去哪儿了，你看到了什么？

涅瓦特尔　（略微平静下来）老师，我所做的，皆受你的鼓舞。如果我

没有认识你，我便毫无知识、力量和意志可言。我把一切都从头讲起。诸位请听好。我很久前便意识到，像我们现在这样继续生活下去，是不可能的。人类的生命——正走向灭亡。我们祖先点燃的人造灯光正在逐渐熄灭，而我们却没有能力让它重新发光。那些为我们送来饮水，准备食物，更新空气，包办一切的机器——也正在停止工作，而我们没能力对它们进行维修。我们必须找到新的生活，必须把人们领向新的道路。我寻找着。长久地探索着。我深入漆黑的大厅，希望在它们后面找到自由的土地，抑或是另一种比我们更完整地保存着远古智慧的人类拼图。我走遍上百个大厅；我无数次迷路，却又不知退路在哪儿；我又无数次奇迹般地险中求生——但到处都是昏暗，到处都是寂静与死亡。我几近崩溃，失去了希望，一度回到了我们渺小的绿洲家园。

智者　我们对你的勇敢经历表示赞赏。

涅瓦特尔　我曾一度陷入绝望。我停止了信仰。但突然间一个想法让我顿悟：是否可以不再向周围，而是向上寻求出路？要想冲破我们的戈洛德城获得自由，是否可以不越过墙壁，而是越出屋顶来实现？我决定进行尝试。我决定开始新的旅程——不再去漆黑的殿堂，而是前往戈洛德的顶层。我们生活在第二到第三层之间。对于稀少的人口来说这足够了。从第三层开始便是荒野。人们不会再向上攀爬。我们甚至丧失了攀爬的能力。哦！我本该让自己习惯高空：习惯那无限延伸，让目光迷离的台阶，习惯对深渊的恐惧，习惯站在其上的头晕目眩……于是我来到了人类尚且还敢抬头向上眺望，低头向深处窥视的最高处！

特拉佐特里　朋友，别折磨我们了！这一切我们都知道！快点讲讲你的遭遇吧。

涅瓦特尔　当我坚信自己有能力后，便出发了，我抱着必死之心定要触碰戈洛德城的天顶。那是一段充满折磨的路途。道路早已被遗弃。当然，升降机也不再工作。梯子一部分腐烂了，一部分折断了。更有一些地方是不得不悬空攀爬的。我一刻不停地前行着。有的时候我的意志都已将我抛弃。我在荒野的寂静中生出慌乱的梦境来，这几乎让我精神涣散。最终，我的粮食和饮水储备也耗尽了。饥渴威胁着我的生命。戈洛德在下面向身处万丈高空的我张开了无尽的深渊。我时而能看见地上的人群，就像一抔麦粒般渺小。在顶部楼层行进，必须穿过漆黑的通道。我只能依从神秘的感召，凭着机遇和命运的指引。突然，完全出乎意料地，一扇宏伟的窗户在我面前出现了，它的外面是无尽的星空。我心中隐秘而圣洁的梦想实现了。数百年来人类的目光再一次投向了浩瀚的空间。那辽阔的黑暗从窗外涌入我的内心，那些布满天幕，星星点点地闪着光，像无数双眼眸不断开合的，皆是繁星！我跪下来。我的眼泪也随即落下。我想祈祷，正如我们远古的先祖见到此景一样：向天体祈祷膜拜。我就这样跪着，膝盖弯曲，面对星空，忘却了时间。突然发生了神奇的景象。不同寻常的光亮将天空的黑暗填满，繁星的火光变得更强烈，更辉煌，更耀眼，随即又一颗接一颗地消融在天尽头。我目睹了我们戈洛德天顶外的无边无际，它漆黑的表面，以及开始升起光束的天际线。天空的边界燃烧着，被染红了，被光辉照亮了。那一瞬间就像一把利刃刺入我的双眼。我全身拜伏在地上。当我有勇气再次抬起眼睛时，——太阳！太阳！那血红色火焰的球体，已经滚动到了弧形的天穹之上！这颗胜利的星球中蕴含着终极之美，那便是出现在我们所有传说、所有梦想和所有呓语中的东西。它蕴含着全部的生命，全部的力量以及整个未来。我明白了，太阳仍年轻而有力，正如它将光芒第一次照射在太初伊甸园的树梢上那样。我明白了，我们该做的唯有向它眺望，唯有顺从它——而它会赐予我们生命。我明白了，太阳会拯救我们！

卡东特里 太阳！你看见了太阳！哦，你现在已经高于常人！

涅瓦特尔 我看见太阳了，你们所有人也会看见它的！我向你们宣告这一消息并对你们发誓。我们所有人都将看到太阳！我要将你们从被人造光源和机器生产的空气塞满而死气沉沉的禁闭围廊间解放出来！我将引领你们走向太阳，走向古老而永恒的太阳！

所有人走向太阳！走向太阳！

✤

第二幕

第二场

解放者隐修会会议。

地下低矮的拱形大厅，只有一个出口在舞台深处。象征死亡的符号挂在墙上。灯光微弱。

十三个隐修会成员，有男有女，围着桌子坐在凳子上。

提奥特尔 请我们新入会的皈依者兄弟起立。

英特拉涅尔 我在。

提奥特尔 你同隐修会委员们是否已相识?

英特拉涅尔 已相识。

提奥特尔 隐修会的宗旨是什么?

英特拉涅尔 将人类从生命的耻辱中解放出来。

提奥特尔 隐修会众兄弟的职责是什么?

英特拉涅尔 成为解放者。把唯一的灵魂从将其规约和束缚的千百个躯体里释放出来。

提奥特尔 众兄弟最后的希望是什么?

英特拉涅尔　当期盼中最后的解放日来临之时，地球上除了十三个兄弟外再无他人剩下，——并同他们一起接受解放，最终回归于世界伟大的一统。

提奥特尔　你讲得没错。但你是否切身感受到对自由真挚的饥渴，能让你抛开对其他一切事物的渴望，不择手段地献身于唯一神圣的追求：打碎生命的枷锁？

英特拉涅尔　我感受到了。我已抛开一切。我已献身于它。我唯一希求的便是：忠于隐修会。

提奥特尔　你是否已拒绝对隐修会以外一切事物的眷恋，——包括孝悌父母，男欢女爱，以及手足之情？你是否承认唯一的兄弟与姊妹——是隐修会的同伴，唯一的父——是主宰此处之人？你是否发誓只爱他们，只对他效忠？

英特拉涅尔　我发誓。

提奥特尔　你是否发誓保守一切秘密，你在隐修会的所见所闻，兄弟姊妹的性命，我们的决议和命令，以及所有可能托付于你的职责，这些你都将誓死捍卫？你是否发誓将自己的生命献于这一事业，无论隐修会对你做何指示，你都将竭力完成？在失败时，即使面对严刑拷打，也宁死保守神圣社团的秘密？

英特拉涅尔　我发誓。

提奥特尔　议长，他是否已经完成章程规定的剩下所有入会新成员必须完成的条款任务？

隐修会议长　已经完成。

提奥特尔　英特拉涅尔，我们的新兄弟，请单膝跪地。我以先辈赋予我的权力邀请你加入我们的隐修会，祝福你，欢迎你。我们的主宰与希望，伟大的解放女神将会垂青于你。

所有人　将会垂青于你。

提奥特尔　请新成员亲吻象征主宰女神的信物。

隐修会议长将死亡的标志递到英特拉涅尔跟前。

英特拉涅尔　（亲吻死亡的标志）我发誓，只要我的意志与意识有一息尚存，都将效忠于此象征之物。战无不胜，真正永恒，万物归一的解放女神——我向你发誓，将你称颂。

提奥特尔　现在你已成为我们的兄弟。（亲吻英特拉涅尔的嘴唇）开始我们的会议吧。

隐修会议长　让我们深切悼念死去的兄弟，并选择我们眼前这位成员填补他的位置。我们的兄弟为了完成隐修会所赋予的使命而牺牲。过去的十一次解放任务他都幸运地受到命运垂青而顺利完成——除了兄弟们知情外，他的秘密行动无人知晓。但在第十二次行动中他被执政官的鹰从所捕。在审判庭上他们没能从兄弟口中扒出任何消息。我们都看见，他是如此愉悦地走向刑场。如今他自己获得了解救，我们都为他而高兴。

提奥特尔　让我们唱响欢乐的颂歌向他悼念。

所有人唱起来：

死亡，我们对你赞美对你顺从！

你——如此圣洁而不朽！

你的双唇被爱所点燃。

而有一日你赤裸身体

在众生面前显现，

你不会撒谎，不会欺瞒

不许诺任何幻想。

你浑身浴火

降临于每一个谎言。

你的脸庞，闪着上帝的火焰，

请向我显现！

以你的爱抚，温柔和威严

为我敷上你的吻痕，

请对绝望之人恶言中伤

然后再将他治疗！

你的双唇吐出利刃，

品尝过的人才能称为幸福，

谁将自己的尸体投入火中

谁便能获得自由！

提奥特尔　现在请诸位向神圣的会议汇报各自完成任务的情况。之后按惯例举行爱与自由的酒会。奥克诺马，你先说。你完成使命了吗？

奥克诺马　已经完成。我窥伺了他很久，从上一次会议到最近。他都没有一个人独处过。似乎，他猜到了什么。终于我找到一次机会与他说话，——他在发抖。他害怕我。他没有朋友，也没有情人。他一生都在人群中度过，而夜晚时分——便在锁闭的房间里安睡。但我尽力控制了他的意识。我通过他的眼睛进入其内心。渐渐地，我让他的意志习惯于服从我的指挥。我几乎就没有让他在我视线中消失过，静静地等待着合适的时机。当他经过远方的阿特拉斯大殿时，我突然命令他转身去弯曲通道。而当他反应过来的时候，已经独身一人了。他想逃跑，但是不认识路。他发疯一般扑向透明阶梯上了二层。我追在他身后。并在露台追上了他。他的脸都白了。他一下子全明白了，并试图防卫。我把绳索套在他脖子上并把他推了下去。他沿着环形阶梯跌落，还试图爬上来。于是我又推了他一把，他发出嘶哑的声音，只剩下手臂在抽搐。当我确定他已获得解放后，便摘下绳索，绕道返回，沿着野兽旋梯下去了。这一死讯已众人皆知，很多人又声称是我们隐修会所为。但是没有留下任何脚印，也没有任何人知道，死者为什么会去那些地方。

提奥特尔　感谢你，兄弟。你做了正确的事。请英特拉姊妹发言吧。

英特拉　命运向我指出的人，是与我一起生活的丈夫。我选择下毒作为实施解放的手段。我在每一杯水、每一份食物中都滴入几滴毒药。他很快就意识到，自己的生命正在被毁坏，而他首先想到的就是中毒了。他开始惧怕除我以外的所有人。他只信任我。他问我是否听说过解放者隐修会。我笑着说，这不过是无稽之谈。他摇着头，怀疑这一切都是隐修会成员所为。同时他也深信，是我妹妹想要毒死他。凑巧的是她正好给他端来了喝的。他只喝了一口就大喊，说杯子里下了毒，他抓住妹妹，质问并威胁她，他把我叫过去，哀求我救救他。我安慰着他，让他把下了毒的水一饮而尽。他请来大夫，然而我们的毒药太过隐蔽，难以辨识。为此他拒绝喝药，认为药里也下了毒。我们的会议很快就要召开。所以我必须抓紧。我将毒量加倍。于是他开始发作了。他疼得抽搐，诅咒着下毒之人，并感谢我对他不离不弃。他亲吻我的双手，让我不要离开他，让我亲自替他操办一切。不久前毒药刚刚完成了自己的使命。我确认任务达成后，就赶来参加我们神圣的隐修会议了。他无疑已经死了，他——是我们的一员了。

提奥特尔　他获得了解放。感谢你，英特拉姊妹。现在请你讲话，马策瓦特里。你是否执行了兄弟的任务？

马策瓦特里　没有。

提奥特尔　你没有执行？你没成功？失败了？

马策瓦特里　我没有执行，因为我不愿意。

提奥特尔　兄弟！我们所有人都只有一个愿望——执行隐修会的意志……

马策瓦特里　听我说，姊妹们，兄弟们！我本着善意加入你们。我曾以为，除了死亡，再没有其他的道路。我曾坚信，至高的幸福——就是最终将被囚禁的普世灵魂从万千虚无的身体中解放出来。我充满激情地萌生出隐修会的意志。我怀着莫大的感动服从这一意志。我祈祷着最后时刻的到来。但随着时间临近，怀疑也笼罩了我。我突然意识到，其他道路是存在的，或许它们还未被开启，但却是可行的。我怀疑我们的道路——并非唯一途径。既然心生怀疑，我便不能行动。我开始犹豫。我开始寻找。突然涅瓦特尔的话在我们头上炸响。姊妹们，兄弟们，你们听见他说的了吗？他看见了太阳，他提到重生，他提到新的生命，新的人类。就像沉重的金属熔化一样，我的内心也因为他的话而融化了。我对自己感到恐惧。每当我想到也许我们是错的，我的理智便会慌乱模糊。我没有离你们而去，没有。我没有背叛你们，你们看到了。但我向你们带来自己的怀疑。——听我说完，再审判我吧。

提奥特尔 马策瓦特里兄弟，你心生怀疑之时便已有罪。虔信的兄弟是不该犹豫的。不过，为了巩固你的信念，我必须向你提醒我们的真理。在过去的年岁里，当大地进行着她创作性的工作，当她不断孕育一批批新的物种，当人类在外部拓展自己的统治领域，而在内部拓展自己认知范围的日子里，——人类的使命就是协助大自然的工作。那时人类是作为建造者出现的，就像地球本身。随后，当人类达到自己的成熟期，并建成了这座可以容纳数以亿计人口的戈洛德城，当他已将所有奥秘从大自然和心灵深处抓取殆尽，——人类的任务就成了在他所能企及的这一高空旋梯上竭力维持自己的现状。此时人类成了守护者。但是人类与自然的堕落，文明成就的毁坏和抛弃，让灭绝的危险迫在眉睫。而信奉造物之母——大自然的我们，如今应当帮助她完成回溯的工作。遵照大自然的法则我们必须成为迫害者。我们的隐修会——便是大自然意志的体现，便是命运的左膀右臂。你醒悟了吗，兄弟？

马策瓦特里 可如果是我们看错了呢？如果大自然尚且年轻有力，如同往日她孕育出鱼龙和鲸鱼，以火山为呼吸，以海洋洗涤胸脯那样？我们被埋葬在封闭的棺椁内，与太阳和新鲜空气隔绝，我们何以知道大自然的情况？如果天空和自由的远方都对我们以死相逼，那么我们所有的希望——便只是死亡。但即使如此，将自己的生命投入燃及世界的熊熊大火中，不是也好过在我们自己为自己烧红的绝望炭火上翻滚着化为灰烬吗？兄弟们！我们何不将自己的灵魂带到太阳的火炉中去呢？

隐修会议长　他所说的是在反抗隐修会。请他住嘴。

众人　他说得很好。请他继续。

提奥特尔　疯子！你知道你在向什么提出挑战吗？当解放的时刻已经来临，你却携同其他人一起号召人类重新接受耻辱般的苦难和重生。兄弟们！姊妹们！你们为什么不说话了？

马策瓦特里　我在召唤人类走向生命的欢愉，走向复兴与重生！这便是涅瓦特尔话语中如破晓的朝霞一样照亮我的东西！而一代又一代的人类将重新生生不息地繁衍，在他们身上将不断响起我们时代的回声！人们将重新意识到，女人肚中孕育的是世界的希望！人们会重新感受到，爱情不是徒劳无果的！难道这些都是耻辱吗？

隐修会议长　他在亵渎神明！

提奥特尔　够了！我行使主席的权力，下令强制剥夺他的生命。他放任自己意志的行为让他无法品尝到获得解放的滋味！他——是隐修会的敌人。

一部分人　（犹豫地）隐修会的敌人！隐修会的敌人！

另外一种声音　我们支持他！——他说得对！——这是暴力！

一部分成员围住马策瓦特里并亮出利刃。他自己却手无寸铁。提奥特尔身边只剩下议长、英特拉和英特拉涅尔。

包围马策瓦特里的人群中的声音　我们受够了暴君！——你在奴役我们！——我差点杀了自己的亲兄弟！——而我是亲姐妹！——我的是母亲！——受够了杀戮！受够了流血！

隐修会议长　这是叛变？你们想摧毁已经沿袭了八代的隐修会吗？

众人　够了！——你们欺骗了我们！——我们不想死亡！——生命！生命！生命万岁！——涅瓦特尔万岁！——向着太阳！向着太阳！

隐修会议长　谁同我一道支持伟大的解放女神？（亮出利剑）

提奥特尔　停下！我以主席的名义命令你停下。这是你们真实的想法，朋友们！可你们为何将它隐藏了如此之久？为何要假装虔诚？你们喜欢怀胎和生育，喜欢婴儿的啼哭，然后又是初吻，又是初次拥抱——这全是千万代人无数个世纪来的老生常谈！你们渴望生命织出的灰暗黏稠的蛛网，它会将大地重新缠住，将解放的光芒笼罩在内，而你们将见不到这光芒，因为比起它来你们更喜欢太阳那粗鄙的亮光！为了获得性欲高潮时让人叫喊的那一瞬间欢愉，你们准备付出的代价是让所有生命都遭受苦难、贬抑和羞辱——包括你们自己和你们的后代。怯懦的你们，当接近目标时，却不敢迈出最后一步，因为一切的最后一步都让你们害怕！远方的诱惑在招呼你们，而你们呢，像野兽一样抛下一切，朝它跑了过去。你们方才用亵渎的声音唱响了神圣的颂歌，却对其意义一无所知！庸人啊，庸人啊，我极度地鄙视你们！

马策瓦特里　我们只是误入歧途，又失而复明罢了。

提奥特尔　你们——天生就是瞎子。你们只有外在的眼睛，容易被色彩和光线所迷惑。而我所见的光，闪耀着黑色的光，永远将你们微弱暗淡的太阳包围束缚——你们看不见它。就算你们再有成百上千代，甚至十万代！你们的太阳总有一天会熄灭。你们的生命总会停止，而我们隐修会的目标总会达成，但并不是按照你们的意愿，而是与你们的意愿背道而驰。我号召你们选择自由，靠近主宰的王冠，——而你们却宁愿要奴隶的镣铐和劈开圆木的斧头。

众人　我们在此向你呼喊：够了！

提奥特尔　我说完了。伟大的解放女神不需要假装驯服的扈从。她的力量盖过一切，她不需要任何手下帮忙。一切都将臣服于她。我以先辈赋予我的主席权力，宣布解放者隐修会解散。

英特拉　你在干什么！你无权这么做！

提奥特尔　我宣布解放者隐修会解散，并免去你们所有人对誓言的义务。请各自上路吧！

马策瓦特里　朋友们！一切过往都将成为泡影！我们被可怕的梦魇所压榨，——但我们醒过来了。我们惧怕互相看到对方的面孔，但我们现在已为新生活而降临。走吧！（抓紧离开）

　　所有人都跟着他，一部分紧跟着，另一部分则犹豫不定。提奥特尔岿然不动地站着。

隐修会议长　既然隐修会已按委员会的具体条款解散，我也将自己视为已从誓言中脱离。

提奥特尔 当然，当然，随其他人去吧。

隐修会议长没有看任何人，独自隐去。

提奥特尔 （对英特拉）你怎么办，姊妹？

英特拉 我与你同在！

提奥特尔 （对英特拉涅尔）你呢？

英特拉涅尔 我蔑视生命，我痛恨光明。我渴望晦暗与死亡，我渴望一切的消散。请让我与你同在！

提奥特尔 把手给我，虔诚的信徒！把手给我，死亡的侍从与祭司！她正在自己永恒的深渊处对我们微笑。

❦

第三幕

第三场

在逍遥派学院里。

学院宽敞的大厅。墙上摆满书本，唱片和实验设备。不少听众的凳子摆在那儿。

智者深深地陷在圈椅里。弟子们围在他身边。

智者 孩子们！今天的课到此为止，但每一次我都与你们更加难舍难分，说不出道别的话来。我太老了，孩子们。我，也许，比世上任何人都要老。我感觉，自己活着的每一刻钟都是生命的最后一刻，说的每一个字——都是临别遗言。请珍存我的训诫，孩子们：成为一个人！我们——地球上理性的居民——已经踩在了悬崖边。历史的车轮滚过无数个世纪，而我们，从本质上而言，与从前的早期先民并无二致，那时候，学者们探寻着原初的真理，那时候的人们分裂成不同国家，各民族相互为敌，为了那些虚无缥缈的幸福和权力而朝对方举起了手足相残的利刃。在这些早已回归尘土的先辈们的经验和精神中，我们不仅能将过往时代所有的文明遗产进行继承，甚至能更深入地探看到蛮荒的洞穴时代那些骚动的本能。我们祖先所幻想的超人最终没有降临！人类还是人类。正如原来一样，正如在地球上一直以来的那样，我们的身体——属野兽，我们的灵魂——属天神。我们能够听见近在咫尺的脚步声，但我们没有途径去往他们缥缈无形的世界。地球——无数星球中的一个，而人——是她的脸孔，是她的声音。就让每一个星球把自己的面孔显现在宇宙里吧，让他们将各自独特的歌声唱响在星河中吧。让我们守卫好全人类共有的意识——统一的地球之魂，而世代的交替——不过是我们生命的年庚，个体的区分——不过是我们崇高的身体上器官的差异。认知并看清自己，成为完全的自己，没有什么比这更重要！把人类领到他所能达到的最高台阶处，让他行走在介于兽和神之间的自己的道路上，——这就是人类的任务。不要屈服于诱惑——不要向深渊卑微低头，也不要傲慢地举头望天——这便是人类的尊严。不应像陷入狂暴的先知那样，将明晰的智慧蒙蔽，而应当保有意识的洞察力——这是我们的目标。从一个现象中我们应当领悟到超出现象的更高意义。我们应当用人类的目光观察全宇宙。关键在于——领悟！关键在于——观察！孩子们，成为真正的人吧！

弟子中的一个 有人敲门。

智者 去看看是谁。

弟子中的一个 （开门）谁在外面？

涅瓦特尔 我想同老师谈谈。

众人 （恭敬地）是涅瓦特尔……

涅瓦特尔 老师，我想同你谈谈。

智者 孩子们，再见了。

弟子们散去。

智者 我早就在等你了。说吧。

涅瓦特尔 自从那日你见过我陶醉于太阳的样子后，我就没有再站在你面前。但那时我意识到，必须来找你。我耽搁了。我将自己所有的希望，所有珍存的信仰都交付给了你，我害怕迈出决定性的一步。但是不能再拖延下去了。做决定吧——只有你才是这里的主宰，——决定我们全人类的命运吧。

智者 或许，我已经猜透了你的所想。不过请继续讲完吧。

涅瓦特尔 老师！我们之间没必要相互告慰地说人类将去往何方。你，我，——我们都在恐惧中测量了那些不断吞噬人类的深渊，我们都看到了，它越跌越深，像一颗石头，极速地，绝望地跌落，我们已经尝试停止这种坠落，——但是徒劳无益。人类的艺术去哪儿了？通过保存在尚未熄灭的大厅里那些残存的稀有文物，我们勉强可以得知过去的艺术品，它的绘画，它的雕塑是什么样的。但你绝不能把如今模仿者们按照古代样式做成的街头手工艺品和那些专门歌颂执政官的民间曲调称作艺术。我们的科学呢？你有十个或十五个弟子。而我们的先辈所研究的知识领域就多达成千上万个！你的一个弟子研究一种科学，第二个研究另一种，第三个——第三种，可剩下的该交给谁？三四个弟子可以研究三四种死去的语言和它们的文学，而其他语言，也是源自伟大的时代与伟大的民族，谁又能传承这些知识呢？我们甚至对保存父亲和祖父们留下的那一小部分遗产都感到力不从心，——我们脆弱的胸脯被他们的铠甲碾碎。这座戈洛德城覆盖着整个地球，其中有数百万个大厅，而我们只是利用了其中的数百个。地球上本能生活数千亿人，——而我们呢，根据最新的统计，只有三百万！新生儿的数量正在逐代减少。女人的数量也不断从中剔除，没有得到补充。即使有新生命诞生，他们也非常虚弱，其中大部分在童年便夭折了。我们之中几乎没有孩子了，同样，老人也所剩无几。我们——就是倒数第二代了。随着我们孩子的死去，人类也将终结。

智者 不要再用指责的口气说下去了。你自己也说了，你跟我一样备受煎熬。没必要对你有所隐瞒：这是我们的宿命。像已经灭绝的走兽和飞禽那样，人类也会灭绝，——可怜而不堪的终结！我只是尚存希望，幻想着能将人类从耻辱的境地拯救出来。

涅瓦特尔　我也是这么想的，我也坚信着，像个狂热的囚徒，受尽镣铐的煎熬，却仍旧坚信，——离我们亲眼看见天空和太阳的时日还有很长。我的漂泊是令人绝望的，当时我已经没有任何出路，我继续走下去，只是因为当初选择了开始。我的身体服从某种最初的意志。可当那星空渗入我的胸中，当父辈不曾领略过的阳光洒满我的眼睛，我整个人便如获新生。我明白了置我们于死地的病因所在，也明白了医治的办法。我们——是地球的产物，我们——是她的孩子，我们只能触及大地，才能生存和开花。与她隔绝的我们就像被摘下的花朵，只有死路一条。我们在大地之上铺满板材，——她就不再属于我们；我们用天顶将天空遮蔽，我们用灯光取代阳光，用人造空气取代自然空气。我们的生活成为一种可怕的空想，一切都错位了，一切都扭曲着。对于曾生活在辽阔大地上的先辈如此简单而明了的一切，——如今在我们晦暗的时代下变得复杂，变得虚假，变得疯狂。我们扼杀了对生命的感觉，我们爱上了死亡！我们丢掉了以往的生活，却没有能力创造出新的来。曾经，在春天里整个地球都会披上一层新鲜的绿草、鲜花和树叶。在这些不可胜数的绿色植物中竟然没有两个拥有相同构造、完全一样的个体。可如果换作是我们，这群扼杀大地生命的人类，被要求去做与大自然同样的事情，那么就算我们像从前那样有上亿的人口，也不知要花多久才能完成如此神迹！而大自然也有入秋之时，此时她像个挥霍无度的家伙，把自己的珍宝尽皆丢进烂泥里践踏，并在它们上面盖起坟墓一般的积雪。我们的思想已在寻找拯救人类的过程中耗尽，——而出路只有一条：回归大自然。从我们自愿被囚禁的监狱中出去，对着风张开自己的胸膛，投入太阳的光芒与夜晚的暗影中，而伟大的母亲将让我们重获新生，她会像召唤露草和树木那样，召唤我们进入全新的春天，一如从前！

智者 你的话让我落泪。但你为什么要对我说这些呢？是为了再一次羞辱我，向世人展示，穷其一生，费劲气力而获得那一小块知识的我是如此无能吗。我早已为自己感到羞耻了，我因为自己的无能为力而备受煎熬，早就感觉自己化成了骨灰。请尽管打击我吧！

涅瓦特尔 老师！我仍旧是你谦逊的学生，那个还记得你课上说过的话的学生。当你就在这个学院大厅里向我们讲授戈洛德城的构造时，我还不过是个男孩，都算不上小伙子。尽管那时的记忆已经所剩不多，但有一件事我记得如此清晰准确。那便是，所有大厅和走廊上方的天顶——都是可以升起来的。你还把柱子的图纸给我们看，我对此印象深刻，柱头上是操控着城市生活各个方面的机器的连结点。就是用这只手，——当时就如此干枯，衰老而有力的手，——你指向了上面的一个点并告诉我们："这里就是手柄，扳动它能移开三百间房子的屋顶。"你不停地讲述着这座戈洛德城的建造者们的智慧，他们的思想让那令人生畏的重物也得服从于深埋地下的小小手柄的一个动作。

智者 （焦虑地起身）你是想……你可知道……你可明白这样做的后果？

涅瓦特尔 后果？——人类的生命将会重现于天空之下，太阳之下！阻隔在我们与宇宙之间的大幕将落下。我们将从洞穴中挣扎着爬向辽阔的空间。风，闪耀的霞光，也许还有丰沛的雨水，将涌入我们的胸膛，我们将像死去的种子那样迎来复苏，在宇宙中重新绽放。

智者 （陷入痴迷）这就是命运为我延续着苟延残喘的生活的原因！我以前就是个傻子，不知道该干什么！我的内心已经很久没有被夺目的火花所点亮了，而这个想法就如同一条蛰人的毒蛇让人惊醒。没错，我们只剩下一条路可走了！

涅瓦特尔 你同意了！你明白了！你能做到！人类有救了！

智者 人类有救了！他将在一瞬间获得解救。不会的！他不会像被抛的死尸和和腐烂的肉身那样溃败！我们将自己点起送葬的火把！命运寄托给人类的最高任务就是——成为刽子手！认命吧，老头，向自己的兄弟抬起杀戮的刀剑吧！人类将重新站在的燃烧之门旁，重新站在伊甸园前，站在那生命之树下，接受新生！尽情哭吧，哭吧，老头，现在终于能满足你那挥之不去的对美的渴望了，——直到你觉得恶心。

涅瓦特尔 我不知道你在说什么，老师……

智者 我会完成你的宏图的，我的孩子。

第四场

晦暗的大厅。伸手不见五指。提奥特尔在台上。

英特拉涅尔 （从远处）提奥特尔！哎哟——！提奥特尔！你在吗！

沉默。

哎哟——！提奥特尔！如果你在这儿，就应一声。我是自己人！
哎哟——！

提奥特尔 谁在叫我？

英特拉涅尔 是你吗，提奥特尔？

提奥特尔 我已隐去姓名。

英特拉涅尔 你在哪儿？我去找你。我怎么没一下子猜到，你应该在这
里！这座大厅曾是对解放女神进行礼拜的地方。这里有她
的雕像和祭坛。

提奥特尔 是你吗，英特拉涅尔？

英特拉涅尔 是我。从你消失的那天起，我就在寻找你。我走遍了临近
的大厅。我怕你已经走了，离开这些还没熄灭的大厅了。

提奥特尔 我马上就要离开。我对人类已束手无策。让他们庆祝自己的
重生去吧。有一种尊严就在于，要忍受自己的失败。但接下
去尊严是不会允许一个人沉湎于消遣与胜利者的同情的。

英特拉涅尔 暂时还没有胜利者呢。

提奥特尔 发生了什么？难道他们还没行动？

英特拉涅尔 涅瓦特尔控制着一切。所有人的嘴里都念着他的名字。他
的想法——将天顶移开——似乎已经成了所有人的启示
录。人民很确信，全宇宙的幸福时代就将到来。在大厅和
通道里见面时，人们会互相拥抱，哭泣。那老头叫了十个

帮手，吹牛说要在他们的帮助下用什么机器把三百个大厅的天顶升起来。

提奥特尔　然后呢？

英特拉涅尔　执政官坚决反对。去往地下机器的通行令握在他手上，但他拒绝为他们放行。不过我觉得，人们会推翻执政官的统治。公开的暴动正在不断升级。执政官在大厅间走动时都被氓从围绕着，人民不断地恐吓他，难听地叫喊着，辱骂着他。只要他不缴械，就难有立足之地。

提奥特尔　哦，请相信这一点！人们一定会达到自己的目的，只要他们意识到事情关乎自己的生命！我曾想完成秘密兄弟会的任务，我曾想亲眼见证伟大的解放在地上实现。不！新的轮回已经开始，疯狂与激情，欢乐与苦难的轮回，最主要的是——苦难。不同的想法和意识，再一次，像儿童游戏里的玻璃弹珠一样旋转着，一颗接着一颗地排出了所有可能的组合！统一的地球之魂在数代人之间经受着多种多样的分裂状态，就像人生的剧场里上演着可笑的游戏，无论男女，所有人都幻想着在他们身上，也只有在他们身上——初次绽放出宇宙间爱的花朵。人们一次又一次地追逐着那虚无的、臆想的目标，而得到它的代价便是庄重地死去，最终抓住的不过是转瞬即逝的泡影。

英特拉涅尔　老师！我此行是来恳求你不要让步。现在正是斗争的时刻，否则就晚了。趁着这场复兴运动还没成功，应该出其不意地一击制胜！你一人身上便有足够的力量来组建新隐修会——它的成员不是十三个，而是三十个，甚至三百个。在涅瓦特尔的计划完成之前，我们就已达成了目标：地球之魂获得了自由。

提奥特尔 晚了！对生命的渴望现在已经毒害了所有人的心。古老的毒药又在人们血液中散发出新的力量。当下已经没人明白，死亡是多么完美——她的统一，她的无言，她的寒冷将一切抚平！死亡和黑暗——两个伟大的开端，在他们面前，光和生命，闪烁的色彩和回旋的原子，——都不过是偶然的瞬间。只要朝死亡的黑洞中望一眼，便再也无法将目光从那让万物安息的深邃中移开。死亡的思想为暴动的心智裹上一层宁静的外衣，让它无法再回到激情的状态。对死亡的爱捕获了整个身心，并让它永久地效忠于这份爱！死亡！死亡！主宰女神！我曾目睹你的眼眸，从此之后所有的眼睛对我来说都黯然失色，——你的目光就像钢刃穿透我的心脏。将我纳入你包容万物的胸脯吧！

英特拉涅尔 我们的事业就这样结束了？

提奥特尔 请你回到人群中去，在他们中间生活，守护好我们的训诫。我已没有多余的力量去斗争和辩解。终结之日临近的想法曾支撑着我，但我不能一辈子只在等待中度过。我的内心饱受枷锁的煎熬！我渴望解放！

英特拉涅尔 我和你一起留下了——就在这里。

提奥特尔 不，到人群中去，让伟大的训诫得以流传下去。就让我留在这胜利的黑暗中，走向自由吧。我曾光荣地效忠于主宰女神。我有权走向她祈求安息。把手给我。永别了！走吧！

英特拉涅尔 我不能把你留下。

提奥特尔　你，一个解放女神的信徒，却不敢相信我吗？我已脱离她！

真是羞耻！你的话配不上隐修会兄弟的身份！

英特拉涅尔　这是你的命令？

提奥特尔　这是我的命令。

英特拉涅尔　遵命。永别了！愿你获得自由！（离开）

提奥特尔

（沉默了一会儿，随后跪着，唱起了颂歌）

死亡，我们对你赞美，对你顺从！

你——如此圣洁而不朽！

你的双唇被爱点燃。

而有一日你赤裸身体

在众生面前显现，

你不会撒谎，不会欺瞒

不许诺任何幻想。

你浑身浴火

降临于每一个谎言。

你的脸庞，闪着上帝的火焰，

请向我显现！

以你的爱抚，温柔和威严

为我敷上你的吻痕，

请对绝望之人恶言中伤

然后再将他治疗！

你的双唇吐出利刃，

品尝过的人才能称为幸福，

谁将自己的尸体投入火中

谁便获得自由！

地面上发出蓝色的亮光，慢慢悠悠地升起一团云雾，一个手持利剑的美丽姑娘显现出来。

末日女巫的灵魂　提奥特尔！请聆听我的训诫！

提奥特尔　是她——我疯狂的信仰！

灵魂　一个多世纪前我生活在这里。我曾是地球上最后一个女巫。我通晓各种咒语的神秘说辞，能将人诱惑进我们充满魔鬼、魂魄和幻影的领地。作为人类最后的女巫，我凭借意志从身体的束缚中挣脱出来，并仍然维持着生命，徘徊在我现在所处的世界。但是人类所剩的时间已经屈指可数。死者的灵魂在考验的熔炉中得到净化，升上了最高的天国，而留在下界、靠近这个星球的灵魂则越来越少。就连魔鬼们也同他们一道抛弃了这颗星球。巫魔之术消逝了。再也没有人能阅读用阿特拉斯的语言写成的占卜之书。我自己也只是从母亲那里学到了启示录的一些片段，而我的前辈曾完全掌握了所有内容。已经没有人可以让我向他传授这些凋零的密术了。我在人群中备受煎熬，孤独而格格不入，我度过了凄惨的一生，将自己的知识一道带入下葬的骨灰盒中。哦，这副样子让我痛苦，不过——请听好了！

提奥特尔　灵魂啊，我耐心地倾听了你说的每一个字，但请你回答我：你获得解放了吗？

灵魂　我感受了死亡的亲吻。但他并没有赐予我你所梦想的解放，人类。我的身体已在火中焚烧，骨灰旁至今还留存着我临死时的影子；我的幻象保存着过去所有的记忆，现在跟你说话的正是她；我的内心正经受着为前世赎罪的煎熬，只有我不死的灵魂上达至高的天国，抹去个性的"我"，才能与永恒的开端融为一体。但期限很短；我必须抓紧时间，听着。我的使命是为地球做出最后的占卜。死亡时刻的来临并非按着你的意志，却也未必与你敌人的意志相违背，它只遵照命运的指示。地球的大限将至。地上四片大陆的种族数量扩大了四倍。而每一个种族中，象征着最高精神统治的权杖也从一个部落传递到另一个部落手中，已历七次。其中的每一个部落都有自己的使命：向世人展示人类智慧所能企及的真理的最新面孔。每一次使命的完成都让地上生灵在自我认知方面踏上一个新台阶。而如今所有台阶都已被踩在脚下，所有面孔都已向世人显现。对人类而言再也没有了前进的道路和需要完成的使命，这就是他必须消亡的原因。而这里未竟的事业，将由其他生命在另外的世界中完成。你那对死亡阴暗的渴望只不过是预感。它没有欺骗你。起来，人类，走到人群中去。你隐秘的希望将会实现。你将会目睹人类的最后时刻。你将会看到大地临死的抽搐。而你，将欢呼雀跃地迎接她最后的呻吟。我看见了，看见了，终结的刹那临近了。恐惧！恐惧！恐惧！堆积成山的尸体，无数被半路放逐的魂魄，将死之时的幻想和梦魇……我不想看！放过我吧！永别了！（轻声叹息着消失了）

提奥特尔　（回过神来）这是胡言乱语还是启示箴言呢？总之——会这样发生的！

❧

第四幕

第五场

第三层的回廊。

回廊不高。透过拱门能够看见远处的下方是第一层空旷的大厅。

涅瓦特尔迎着特兰走来。

特兰　你来了！

涅瓦特尔　我不得不来。我也本应该跟你谈谈的。

特兰　你以前见我可不是这么说话的。自从你的名字在整个戈洛德被传颂开始，你就变傲慢了。

涅瓦特尔　我一直独自生活，特兰。我以为，你会更理解我的。我心中充满了孤独，而我却无法从这孤独中脱身。我所爱的和珍视的，——都在我心中。人们的祝贺与夸赞于我又有什么意义呢！所以，就算我变成了另外的样子，也不是因为所有人都期待着我创造奇迹，而是因为我自己感受到了创造奇迹的力量。

特兰　原来如此！你被孤独所笼罩？可是在以前，当你拥抱着我，对我发誓，说只有跟我在一起才第一次明白了什么是两个人的亲近的时候，你并没有告诉我这些。等一下，等一下，我还清楚地记得你说过的话。你说："我们是最后的人了，特兰，我们走到尽头了，正如伊甸园里的那对情侣即将启程那样。他们的亲吻中包含了对未来世纪所有情爱的预言，而我们的亲吻中则融汇了过往岁月里无穷的幸福，以及地球上一切淫欲的呻吟和叫喊。最后的人类与最初的人类一样完美。我们的爱情——是盛开在人类茎干顶端的花朵。"没错，你对我说了这些。你的话于我曾经就像是透明的水晶，透过它我看见了你的内心，你孤独的内心，而在她之中——是我！

涅瓦特尔　我来不是为了争吵，特兰。当你感情用事的时候，理智的劝说还有什么作用呢？更何况你也不会强迫我对你说一些不想说的话。没错，曾经那段时光，让我产生了拥有最后希望的错觉——我的整颗心将被深埋在我们的爱情之中，生命也将在我们激情的火把上燃尽。但突然间我的面前张开了通向无边无际的远方的裂口，这让我感受到自己就像是被丢弃在辽阔宇宙中的一粒沙尘。你知道吗，我曾在戈洛德城一百层的高空向下望去，我看见在这个大坑底部，宏伟的人民大厅成了小小的一点，像是戴在小指上的戒指。而我曾经置身其中，让我觉得无限广博的爱情，从我所在的高度看去，也变得如此渺小。也许，我会再一次向下坠落，再一次陷入激情和爱恋，但在我心中已经没有什么能像那接天的高处给我留下的烙印一样深刻了！

特兰　啊！你的话是多么无情！而你就是用它把群众迷惑到自己身边

的！你还向众人鼓吹生命！医生啊，先治好你自己吧！你号召人们向新生活进发，而自己却只是高谈阔论。是的，你爬得太高，以至于把自己都置于生命之上！你走得太远，以至于把一切存在的价值都抛在了后头！你，人类的拯救者，究竟以什么名义来拯救人类？如果人们将你当作效仿的榜样，那他们在你新的伊甸园中能做些什么？如果没有爱情，愤怒，绝望，而只有唯一的崇高，那我们宁可不要这样的生命！就让地球死去吧，——这样也好过让她成为宇宙中一个失去性别的幻影！

涅瓦特尔　特兰！特兰！你的话像火焰一样将我刺痛。但是你错了。我没让自己成为别人效仿的对象！我只是完成了一项壮举，而人们也应前赴后继地将它完成。没错，我的心——是一块大理石，我的感觉——是下葬的骨灰盒中的尘土！我——已经身不由己。我的行动受制于别人的意志。我的心中有另一个人在说话。我应该大声喊出自己的想法，我应该完成自己的事业。或许，我是要死了，可是，我号召把其他人，把全人类抛入其中的那个世界，恰恰是你所呼唤的世界：那是一片交织着激情、疯狂、谩骂与兴奋的混乱。我看见了我们的应许之地，我预感到自己不会踏入其中，但可以把人民领到她的疆土之滨！

特兰　伪君子！别在我面前撒谎！哦，如此冠冕堂皇地说着对人类的爱！女人会被空话所欺骗，而弱者——更是自己骗自己。行动吧，用自己的眼睛，自己的声音，自己的思想去发现一个不同的世界。不要把自己当作焦点中心，让所有事物都像围绕在你身边。到那时我自然会相信，你不是无情的末世戒律！勇敢点吧，把事实说出来——哪怕是对自己说！

涅瓦特尔 （思考片刻）也许，我被自己的思想和言谈所蒙蔽了。关于我自己对人类的爱，是不正确的。但请你听听我最真挚的心声吧。我的心中没有任何骄奢，也没有想让自己的名字在未来的世纪中被不断传颂的庸俗企图。难道我只能含糊着压低声音，说着连自己都听不见的话吗？不过事实上的确有另外的激情如同耀眼的光辉一般凌驾于我对你的爱之上。那就是——对地球的爱。如果人类的科学和艺术不能表达地球之魂，那人类算什么呢？我们的真理，我们的忧虑可能为宇宙中的生命所不解。而在全人类灵魂的深处——永远都是地球，我们唯一而完整的母亲——地球。我不是靠智慧，而是靠感觉和激情理解了这一点，于是在我心中便燃起了对地球的爱，这让我顿悟，我的精神可以如此强大。我从没有如此痴狂地依偎你，特兰，我的胸前此时仿佛紧紧拥抱着地球的全部时光，无论过往的还是未来的。我感觉到血管里流淌的血液不仅仅属于世世代代繁衍至今的所有人，也属于这个星球上最初的定居者，那些被永远遗忘的纪元里的庞然大物，——我在体内感受到属于人类、野兽和植物的灵魂！这个灵魂向我呼唤：活着！并且，为了守护这个生命，这个宇宙中的存在，我必须牺牲其他所有的激情，——一切个人的情感。我别无选择。这是命运的意志。永别了，特兰！（*快速离开*）

第六场

巨大的皇宫大厅。

大厅中有十一座雕像。陈设华丽。

宴会。男女成群结队。谈话声经久不息。古阿里忍住焦躁，走到执政官跟前。

古阿里　我应该跟你谈谈。

执政官　说吧。

古阿里　到边上去说。

执政官　我不喜欢躲躲藏藏。

古阿里　事关你的性命。

执政官　我对此并不很在意。说吧。

古阿里　我打听到，叛乱分子们更改了选举时间。

执政官　是啊，现在他们已经在人群中掌握了话语权。

古阿里　你知道了？

执政官　我在等待，他们随时都会出现在这个大厅里。

古阿里　既然你什么都知道，你何以让事态发展到这个地步？

执政官　我观察这场暴动已经很久了。它在自己身边不断纠集起新的力量。把天顶掀开只不过是他们疯狂计划的序幕。而真正的原因在于——他们嫉恨我的权力。群众无论如何，都如同野兽一样。如果我在一点上向其退让，它便会索要另外一点，永无休止，直到把我撕烂。我用全部力量唯一能做的，就是不在任何地方让步罢了。

古阿里　让我跟亲信们把入口堵住吧。

执政官　他们——有数十万之众，而我们——只有百十来人。从前为了施行政令而设有军队，他们训练有素遵守指挥，习惯无条件地服从命令，——在那时候叛乱是可以镇压的。可已经好几个世纪没有军队了。世界性的和平降临了。从那时起统治者的力量就在于——他的个人魅力，他的英勇意志。如果我还保有这份感召力，——我是不需要武器的；如果人群的意志力胜过了我，——我也无法抵抗人民的剑刃袭击。

古阿里　你到底想怎么办?

执政官　等待。（做个手势）

音乐响起。一对对舞伴均匀地踩出舞步。

执政官混入人群中。说话声经久不息。

传来众人交谈的片段　——我的心已经等不下去了，如果你现在还不答应我……——不过，据说他们是故意选在这个时间的，事实上……——我一直都对音乐提不起兴趣，真是顽固不开化……——古阿里又一次故意悄声对我说……——快看，快看，这个老太婆喘不过气来了，真是好笑……——不过是有人用匕首从暗地里刺伤了涅瓦特尔，并嫁祸给解放者罢了……——你难道不明白"爱"这个简单的词汇意味着什么吗?……

舞台后面传来激烈的吵闹声、跺脚声、威胁的叫喊声。音乐停止了。所有人困惑地停下来。门后面露出几张惊慌失措的脸。

众人　执政官在哪儿? 执政官在哪儿?

墙后传来打斗声。

执政官　(出现了)什么事?

扈从　(受伤了,跑进来)执政官! 快跑吧! 我们快挡不住了。(倒下)

执政官　谁允许你们亮出武器的? 古阿里,立刻停止这次争斗。

古阿里下。大厅慢慢清空。

古阿里　(回来了)涅瓦特尔想与你谈话。

执政官　让他进来。

涅瓦特尔出现在门口。

执政官　啊,人民的新领袖,政论家,我的继任者! 你好!

涅瓦特尔　你错了,执政官。我——并非人民的领袖,我是他们与你对话的传声筒。人民要求你执行他们伟大的意志,这么要求是因为,人类生命中一切权力都来源于人类自身,别无他者。让人民自己决定自己的命运吧,就像他们也允许你决定自己的个人命运一样。

执政官 我本可以就权力的来源这个问题反驳你，还有，你真的以为荒唐的人群就是真理吗。不过听着，让我们把这些傲慢的辞令留给雄辩家吧。我跟你从小就互相认识，一起长大。你记得那段时光吧，涅瓦特尔？

涅瓦特尔 我们当时还一同幻想着人类的幸福！想想我们那些激动人心的谈话吧！

执政官 其实，我并没有完全背叛这些儿时的梦想。我手握大权，就是为了把人们领到柔软而安逸的道路上去。我蒙上他们的眼睛，并在他们通往火葬场的路上铺满鲜花。

涅瓦特尔 但是向他们展开的却是另一条路——通向婚姻的谎言之路！他们已经将绑带从眼睛上扯下！他们不需要你甜蜜沉醉的幻觉，——他们更喜欢痛苦而清醒的真理之水！你只考虑到人类的享乐，但是忘记了他们应有的义务。醒醒吧，服从这项义务吧！

执政官 你看见了吗，朋友。对我而言一切真理之上始终存有一个至圣之物——属于自己的"我"。我承认真理性的存在只是因为我相信这一点。"应该"与"不应该"——只是相对的，就像向左还是向右一样。但是这个"我"却分布在无穷无尽的瞬间里，而其中的每一瞬间刚刚都还存在于虚幻的未来，倏尔便成了逝去的过往。唯一绝对的——是瞬间本身。不要对我说什么义务和真理。它们不存在。存在的只是这个瞬间，我们此刻相对而立的瞬间，我们，自幼便是朋友，现在，却是致死的仇敌，你站在我面前，我能看见你的瞳孔里反射着我的脸孔。

涅瓦特尔 我们在浪费时间。现在不该闲聊，是该答复的时刻。说吧，你服从人民的意志吗？

执政官 你说话雄奇华丽，就像真正的政论家，你的仪态威风凛凛，就像古代的雕像。

涅瓦特尔 我只想听到一个字：是还是否？

执政官 我很享受站在最高处的感觉，所以我现在是不会对低贱的民众妥协的。我行走在如此狭窄的小路上，每一步都必须前进——否则对我来说便是万劫不复的深渊。统治与服从：是无法合二为一的。

涅瓦特尔 你说的话为自己招来杀身之祸。我也无法救你。

执政官 别怕。我——是自由的。看看我手指上的这枚宝石戒指，它是地球上最古老的遗物，而正是这掩藏在其他闪闪发光的石头底下的一小颗，让我免于乌合之众的诋毁中伤。我对他们的回答是：不。

涅瓦特尔 再想想吧。

执政官 那就让我自己对他们说吧。（走过去打开门）

惊讶的呼声。

执政官 各位！我命令你们离开。我比你们更清楚你们的诉求。放弃自己疯狂的计划吧。去做自己该做的事情，工作和娱乐。至于人类的命运，就交给高于你们的人去决定吧。叛乱的煽动者将受到严厉的刑罚，但我保证会宽恕其他的人。

人民愤怒地叫喊。人们闯入大厅，用武器进行威胁。

涅瓦特尔　朋友们，不要杀戮，快停下！

执政官　你赢了，涅瓦特尔，但我是地球上最后的统治者！我提醒你：你不会成为我的继任者。（迅速吞下毒药倒地身亡了）

❦

第五幕

第七场

初代发动机大厅

地底深处一个巨型圆顶舱室。光线微弱。勉强看得清庞大的机器，各式的汽缸，粗壮的管子，以及离合器上齿轮和螺钉的轮廓。

逐渐靠近的声音　——是这里？——好黑。——没力气了！——安静，这里是个深坑！——该死的梯子！——是你叫我们！——我们出不去了。——不，有光，快看，快看！

智者的声音　孩子们，现在已经快到了。我还记得这条路，虽然距离我那时候下到这个深处——已经过去很多，哎哟，很多时间了。差不多都有一辈子了，因为那个时候我还是同老师，智者涅尔提尔茨特里一起来看这些秘密的机器的。在那里，那些机器上面，人类不断降生，不断死去，战士们不断争斗，不断倒下，族系之间不断融合，但是在这里，在这片永恒的宁静中，初代发动机一直服从于驱使他们运转的强大力量，如此工作着。我记得它们平缓的声响。在这里，在这里。

智者，涅瓦特尔和大概十个同伴一起沿着旋梯下来，出现在视野中。

智者 看！看呀！就是它们，初代发动机。人类征服了蕴藏于这颗星球内部的力量，在地球最炎热的中心地带设置了这些桎梏。数个世纪前这些野蛮的机器就开始投入工作，直到现在它们还在按照预设的动作平稳地运行着。而在那里，在那些地上的大厅里，它们默默的劳动为我们带来光亮，将我们的水池贮满泉水，为我们的回廊换送空气。哦，我们祖先的智慧啊，伟大的戈洛德建造者，原始力量的主宰！你们已经完成了宇宙中属于你的那一丝义务，人类！你们主宰着赐予你们且为你们享有的地球，你们通晓了她的秘密，并将她融为一个整体，你们设立了人类与这个星球的纽带！没错，人类已经完成了自己的使命——可以和平地退出舞台了。

涅瓦特尔 老师，我们到这里来不是为了宣布死亡，而是为了生存大计。请向我指示，该怎么做。

智者 对，对，对！没错。我们到此是为了生存大计。我们前来拯救人类。孩子们，你们看见这个齿轮转盘了吗？许多个世纪以来它都没有转动过。你们要将它平稳地旋转一周。它不是很沉，所以不用担心。动手吧。就是这样。就是这样。

同伴们用力转动着轮盘。

智者 （祈祷地）哦，智慧的涅尔提里茨特里，我的老师！我完成了你
的遗愿。我恭敬地接过了你领导的权杖。在命运的终点向我开启
之前，我终于把人们领上了通往既定命运的道路。为何是我，一
个渺小而卑微的人，被选中来完成这伟大的事业。这项壮举的千
斤重担落在我的双肩，但我灰色的头颅始终高昂！

涅瓦特尔 老师，我幸福得喘不过气来。我以前不知道，幸福的瞬间是
什么样的。在这里，在这地下的黑暗里，我好像感觉到一股
自由的空气透入胸膛。我的整个身体被搏动的新生命所填
满。我感受到对生存的无限渴望，就好像一千次生命也无法
满足它！

其中一个同伴 转盘动了！

另一个 转盘动了！

所有人 它动了，在转动，在转动！

智者 继续，再转，加油。停。够了。停下。完成了！

涅瓦特尔 请再说一遍吧。我说胡话了。我没有理解你的话。现在人们
能看见天空了？

智者 （喘息的声音）他们很快就会看见。永远都能看见，再也不会回
到黑暗中去了。地球——你的命运已经决定！

涅瓦特尔 你在说什么？你怎么了？你在发抖！

智者 我终于解脱了。（倒地死去）

其中一个同伴 他倒下了！

另一个 他停止呼吸了。他死了。

第三个 可是没有他我们找不到这个迷宫的出路。我们都会死在这个地下室的。

涅瓦特尔 我的朋友们！什么叫我们都会死？我们经历了人类迄今为止所知道的最伟大的时刻。我们将生命还给了人类！就像先民一样，我们为地球带来了新的种群。我们曾在已经冻僵的地球上呼吸到了生命的气息。停止的心脏重新跳动了！就让我们死去吧！但我们将在它的存在，它的幻想，它的意识中活下去。不会的，按照自己的轨道围绕太阳旋转的不会是一个空荡荡的坟墓，而是复活了的，重现青春的，充满激情的地球！复活的奇迹已经完成。欢庆吧，人类！

第八场

在卡东特里处所。

不大的房间。书籍，草稿，地图。

阿特拉走向沉浸在工作中的卡东特里。

阿特拉 你工作得太久了。休息一下吧。

卡东特里 （抬起头）是啊，太久了。我快干完了。这就写最后几个字。就让这份手稿留在这儿吧。假如在什么时候其他世界的居民造访了我们的地球，走进这间屋子，那么这几页纸将会告诉他们地球在最后几天里发生的一切。

阿特拉 你的话真可怕。你别吓唬我！

卡东特里 别介意。我在自言自语呢。我只是，太累了。

阿特拉 你不去大厅里了？据说，那里挤满了人，动都动不了。

卡东特里 不，我想与你度过这几个小时。让我看看你。你还记得吗——虽然已经过去好久了——我们第一次见面是什么样子？记得吗，我们在人民大厅里庆祝节日？就像老书里写的那样，我一下子就感觉到，我的整个生命自那一刻起——都将属于你。我的心脏突然收缩着产生闷痛。在整个庆典上，不管你走到哪儿，我的眼睛都会不由自主地追随着你。我意识到了这点却仍不能自拔。

阿特拉 可我却害怕你。人们告诉我，你是个学者，但是我觉得，跟你说话时并非如此。之后我们便两个人结伴在第三层的回廊里散步。再后来你第一次亲吻了我，我记得很清楚，在自由雕像旁。然后……

卡东特里 你知道吗，那些我们一起度过的日子，我所有的幸福所在，就是因为有你，我以前从未像现在这样深爱着你。那时我是出于那种幸福的感觉而爱着你，因为你给予我的甜蜜激情而爱着你……哎呀，那时的我害怕你的死去！我会不惜一切地让你活下去。而现在我对你的爱更纯洁了，更完善了。现在我爱你只因为那是你。现在无论你是生是死，我的情感都不会变。现在我的爱高于死亡。

阿特拉 你怎么又说起死亡了？

卡东特里 对不起，这得怪我刚刚看的那些书。

有人敲门。

阿特拉　有人找你。

卡东特里　我不想跟任何人说话。亲亲我，然后进去吧。是睡觉的时候了。躺下吧，我马上就过去。我想像我们初次爱抚时那样亲密地爱抚你。去吧。

又传来敲门声。阿特拉下。卡东特里打开门。

提奥特尔　是我，提奥特尔。你认不出我了？

卡东特里　提奥特尔？你还活着？你怎么在这里？

提奥特尔　我吓着你了？

卡东特里　我们跟你没什么好说的。

提奥特尔　（几乎强行进了屋里）我必须来问问你。我心中预见了一些疑惑。你应该能解答。因为你是老头子最喜欢的弟子。他从不对你隐瞒。告诉我，升起天顶这个疯狂的想法会有什么结果？

卡东特里　你知道吗，不知道为什么，我很想告诉你真相。那么，你听好了：结果是死亡。

提奥特尔　哦，我的预感！你就是真相，你就是亲眼所见！死亡！死亡！我就知道是这样。继续说吧。

卡东特里　我不想浪费时间解释。时间已经所剩无几。听着，在天顶的外面——那里没有大气！

提奥特尔　你说什么！

卡东特里 我们的戈洛德城外部没有大气。它在太空中消散了。空气只在戈洛德封闭的天顶内才存在。一旦这些不透气的闸门被抬起，——那么这些支撑着城市，看上去并不雄伟，却凝结着先辈智慧的柱子，将一下子减少数十倍的压力，而所有人，包括我和你在内，都将在瞬间倒下死去，我们将没有空气用来呼吸。结果就是这样。你在发抖吗？

提奥特尔 我？我吗？理应在死亡面前战抖！可你呢！老头子呢！你们是怎么做决定的？

卡东特里 老师希望人类能连同他自身可耻的腐化一道品尝死亡的痛苦。他希望人类的终结是美的。他希望对人类的惩罚不是由堕落来完成，而是他们自愿地成为自己的刽子手。

提奥特尔 他！他——希望这样？一个埋在书堆里的衰老头？那些让人腻烦的学说的传播者？这个满肚子有关幸福与光明的古训活宝库！可这隐秘的思想又是怎么进入他枯槁的内心的呢？他那被阉割的思想是怎么同我的伟大真理混在一起的？

卡东特里 提奥特尔，我们活着的时间已经很短了。我永远都不会喜欢你，但我敬你是个坚强的人。不管你相不相信我的消息，请让我随自己的心愿度过我最后的时光吧。在这个命运的节点上请成全我的请求，正如我成全了你的一样。

提奥特尔 活着的时间已经所剩无几了？也就是说，已经什么也改变不了了？

卡东特里 难道我跟你说的都是其他事吗？你听见低沉的闷响了吗：那是配重落下的声音，好让天顶升起来。过不了多久——戈洛德的上方将会出现天空。永别了。

提奥特尔 哦，破坏一切人类道德秩序的时刻到了！我很欣赏你，年轻人，还有你那老头子。没想到在这儿还能找到我的信徒。就在通往黑暗的门前告辞！（急忙下）

卡东特里一开始看着他远去，随后带着安静的笑容朝阿特拉下去时的那扇门走去。

卡东特里 （压低嗓门）阿特拉，我来了。

第九场

人们成群结队地穿着节日服装。紧张地等待。不间断的交谈声汇成一片低沉的嘈杂。

一群女人的声音 还要等多久？——现在差不多了。——我累了，想睡觉，走吗？——再等一下，可好看了。

一群男人的声音 你听说了吗，传令官已经下达了命令，让所有人都学会使用武器。——现在各种各样的命令到处都是！——他们都想按照自己的意愿改造全体人民。——还是执政官在位时好一些。

男女混杂的一群声音 眼睛怎么可以看太阳？会瞎的！——据说，它像血一样红。——在旧图画上它是黄色的。——那是图画掉色了。古代一个诗人有诗为证："太阳，鲜红如血"。

三群人的声音混在了一起。

疯子　（突然出现）忏悔吧，天神的王国即将降临！（站着不动，举起双手）

众人　——什么？——哎呀，这就是那个疯子，你不知道吗？——他为什么总是乱叫？——莫名其妙的话。

那群女人的声音　——要坐一坐吗？——坐哪儿！都没地方转身。——拜托，整个戈洛德城的人都在这儿了。——没错！人民大厅里有多少？双穹顶大厅底下呢？猩红大道那里呢？——开放的大厅里到处都是！——好像没人待在家里了。

那群男人的声音　——记住我说的，过不了多久，涅瓦特尔就将宣布他成为执政官。——他现在就像统治者一样下着命令。——他们是怎么想出移开天顶这个法子的。——什么都不会发生的，然后他们就会宣布，计划失败了，结束了。——真是个巧妙的借口！

那群男女混杂的声音　——据说在三角大厅后面有一个很棒的画展，沿着狭长通道走就行。——是的，没错，但是那个大厅已经熄灭了。——哎呀，我害怕漆黑的大厅。永远也不会去那里！——如果你信得过我，我非常愿意帮你战胜恐惧……

疯子忏悔吧，天神的王国即将降临！（跑下去）

一群人　——快让他住嘴！——传令官们在观望什么？

另一群人　——这是谁跑过来了？——哪里，哪里？——就是那个把人推开的。——这是特拉佐特里，老头子的弟子。——他有话要说。安静！安静！

特拉佐特里 （站在蓝色水池的池边上）兄弟们，各位！听我说。我不知道是不是应该告诉你们。但我已经没有勇气再沉默下去。这些话正在撕扯我的胸膛。这关系到我们所有人，你们所有人，关系到全人类。

众人 快说！简单点！

特拉佐特里 我不知道是我们的老师弄错了，还是这原就是他的本意。但对我来说，我们所做出的这个决定毫无疑问已经对我们形成了致命的威胁。我认为，应当立刻停止这次行动。

众人 他在吓唬我们？滚开！

一个老人的声音 让他说完！年轻人，继续说。

特拉佐特里 （焦虑地喘息着）如果我自己都不敢确定，我是不会随便吓唬你们的。我对这件事确信无疑。听着，各位！他们向我们许诺，一旦打开天顶，我们就能呼吸到非人造的，自然的空气，我们的回廊里会灌入自由的空气！但并不是这样。我们的天顶之外并没有空气。明白吗，在那里，我们的戈洛德城之外，没有空气！一旦我们打开天顶——我们的空气就会向宇宙空间弥散开去，我们会因没有可呼吸的空气而窒息。打开天顶之时，就是我们死亡之时，听见了吗，死亡！

一群人 胡说！让他滚开！叛徒！执政官的同伙。

另一群人 （犹豫着）证据呢！——那就停止行动吧！——赶快传令下去！——人民反对此事！

特拉佐特里 兄弟们，我相信，是老师弄错了。我建议立刻出发去初代发动机大厅将他们追回。并向他们宣告，人民撤销了自己的决定。人民的意志是高于一切的！我们并非拒绝这次行动。我们只是暂时搁置。将问题进行更细致的研究！

众人 （压倒一切声音）撤销！撤销！出发！追回！……

提奥特尔 （突然出现在特拉佐特里旁）各位，已经晚了！

众人 提奥特尔！凶手！滚开！

提奥特尔 你们都闭嘴吧！如果你们想要，我立刻就能交出自己的权力。但是你们很快就会尝到报应的。这个年轻人说的——千真万确。我们，愚蠢的人们，活着的时间已所剩不多了。初代发动机已经开始运转。听见配重机器不断变大的闷响声了吗？不一会儿，等这个黑色的穹顶一打开，开放的天空会杀死你们所有人！还能张口呼吸那么几下，然后我们全部都会变成一堆发黑的尸体！

恐吓地跺步。

提奥特尔 跪下，愚蠢的人们！祈祷吧！祈祷吧！对即将来临的死亡祈祷吧！只要一瞬间整个地球就能完成解放！不再会有任何悲伤、欲望、恐惧和虚幻的幸福。你们无愧于自己的祖先，人类！你们用致命的一击将自己，和过往先辈的遗留全部销毁。很快，很快，这里将什么也不剩下！没有伟大的思想，没有新奇的创造，没有高昂的激情！什么也不剩！空空如也！一无所有！

众人 如果是真的，怎么办？——听见闷响了吗？——执政官已经警告过我们了。——这个该死的老头！——大家一直活到现在都从没打开过天顶！

躁动在人群中扩散开来。喧闹与叫喊。一部分人威胁着将提奥特尔围起来。另一部分人惊慌失措地相互推搡着，朝出口跑去。

提奥特尔周围的人　——你怎么不说话了？——他是人民的敌人！——这完全是胡扯！——不可能，什么都不会发生的。——证据！我们要证据！

逃跑人群中的一个　（努力盖过吵闹声）跑到下面几层去，关上所有的下拉门！这样才能活命！到下面几层去！到下面几层去！

一个青年　（沉浸在痴狂中，兴奋的声音引得很多人回头看）你错了，提奥特尔！我们——不是最后的人类！还存有其他的大厅！那里生活着真正的人类。地球的生命寄托在了他们身上！他们代表地球站在造物主面前。而我们——只是不幸的一群，在黑暗的大厅里迷了路，是被从树干上摘下的枝丫。就让我们牺牲吧，而地球——将会活下去！

随着一声震天动地的巨响，天顶打开了。一束阳光射入大厅。瞬间万籁俱寂。很多人跪下来。女人们号啕大哭。

一个人　看不见了！

另一个　是吹响金色号角的火焰天使！

某个人　上帝！万物之父！请教我祈祷吧！全知全能的主。请教我们祈祷吧！

提奥特尔 （祷告地）我看见了你宏伟的面孔，哦，死亡！他凝神注视
着我。哦，我看见了你威武的模样，多么令人欣喜满足！你
向我们抬起那有力的臂膀。毁灭吧！解散隐修会之罪获得了
宽恕。而预感到末日来临的内心正欢呼庆祝。太阳，太阳！
我义无反顾地投入这片黑暗，而你的光芒却无法将它穿透！
（颤抖着，双手抱着胸口）

　　很多人的呻吟霎时间停止了。随后所有人都野蛮而狂乱地飘浮起
来。人们的眼睛扩大了，双手伸展着。他们想叫喊，却发不声来。另一
些人发疯地呵呵笑着。人们相互靠近，痉挛似的紧抱着，勒挤着对方。
提奥特尔仍继续对着人群念诵祷词。随即他也倒下了。慢慢地，慢慢
地，整个沉静下来的大厅变成了堆满一动不动的、痉挛扭曲的尸体的坟
墓，而在这之上，透过打开的天顶，深邃的太空和那如同吹响金色号角
的天使一般令人目眩的太阳正在闪耀。

死亡的胜利

费·库·索洛古勃

❦

献给我的姐姐

序　言

悲剧的作者揭开了面具的一半，但还是没有露出自己的脸。他想让大家通过挂在嘴角弯曲的笑意认出他来。即使大家没认出来……他用尽所有能够捕捉到的词汇，只为了讲述那唯一一件事情。他孜孜不倦地为此呐喊。即使大家听不见……难道他的诗歌还不够美丽吗？难道他的文章还不够芬芳吗？难道他吐露的文字还不够有魅力吗？他微笑着，走过，笼罩在黑暗的斗篷下。而她跟他在一起，蛇眼的女人。

1907 年 11 月

巍峨宫殿里的蛇眼女人

《死亡的胜利》序幕

│出场人物│

◇阿尔东萨①，被人叫作王后奥尔特鲁达。

◇杜尔齐内亚②，被人叫作阿尔东萨。

◇达戈贝尔特，侍从。

◇诗人，身穿常礼服。

◇女士，身穿丝绸长裙。

　　国王城堡的墙垣。城墙由打磨粗糙的巨大石头垒砌而成。城墙正面——是宏伟的拱门通道，观众可以从中看见城堡的门庭。在它前面一条宽大倾斜的阶梯直达池座，与城堡内庭相对；阶梯的半高处——有一个不甚宽阔的平台，从这里分出左右两条较窄的阶梯——它们通向侧面城墙下方的城堡外庭。门庭深处和两侧有柱子环抱。从门庭后向上伸出

---

① 阿尔东萨原型为塞万提斯小说《堂吉诃德》中粗鄙泼辣的村妇形象，堂吉诃德将她幻想成骑士小说中最美丽的公主、女王和贵妇人，并将她称作"杜尔西内亚"。——译注
② 即杜尔西内亚。——译注

三道短阶梯：中间的稍宽——通向举行酒会和重大宴请的大厅，侧面两条——稍窄，其中右手边的通向国王的寝宫。阶梯一部分被月光照亮。国王坐在台阶上。一边朝没有亮光的庭院阴影处探看，一边悄声说话，就好像在跟某个看不见的人聊天。

国王 谁在叫我，——我不知道，为什么叫我，——我也不明白。黑暗中的幻影，你找我有何贵干？你嗓音模糊脸色暗淡，好像被浓雾般的面具所遮蔽。而我也不知道，我怎么会到这儿来，这个充斥着夜半恐怖的黑暗之地。一只翅膀宽大的不祥之鸟把我惊醒，我从卧室出来，把我那正沉浸在甜美梦乡中的亲密爱人留在了卧榻上。而我就在这里，感觉自己面前有无数神秘未知的面孔。这座由我继承的宫殿里，似乎整座庭院都被挤满了，从窗户里、走廊上、阳台上都有过世已久的苍白身影看着我。他们倾听着，——沉默着。看着我，——却什么也不对我说。这是逝者令人生寒的冷漠，无动于衷的折磨！

杜尔齐内亚从侧面阶梯上来。她一身农村穷女孩的装束，这里所有人都管她叫阿尔东萨。她穿着寒酸破烂的衣服，头发半散着，露着胳膊光着双脚。肩上的扁担两头挂着水桶。

杜尔齐内亚 我太累了！天哪，我太累了！他们逼我去生死之水的源头挑水，可当我把两桶装满的水挑回来时，他们又说，我的这些水不能喝。于是他们逼我擦地板，打我，说我给他们挑来的是痛苦酸涩之水。他们不知道，我给他们汲来的是整桶香甜的水。我好累。

　　她把水桶搁在较低的台阶上。坐到国王的下方，一声不吭地久久看着他，最后悄悄开口对他说话。

杜尔齐内亚　你不是国王嘛，住在这座巍峨冷峻的宫殿里又主宰着这个黑暗的王国？

国王　是的，蛇眼的女人，我就是这个国家的国王，不过我的国家是光明的。

　　仔细打量她后，又说道：

国王　我认得你。你就是乡下姑娘阿尔东萨，就是你，小伙们都嘲笑你，因为一个疯子把你叫成了那个名字甜美的杜尔齐内亚，那个可爱的美人儿，天底下最无瑕的姑娘。你学会了占卜巫术，蛇眼女人，却也不能给自己找个丈夫。

杜尔齐内亚　我在等待国王和诗人，他们能为我加冕。他们将冠我以美貌并将丑陋弃掷。他们拒绝平庸而追求奇迹。

国王　你的水桶是空的，派你打水的人正等着呢，如果你在路上耽搁，他们就会打你。带上你的水桶，把担子搁在年轻黝黑的肩上，出发去汲水吧，勤快地为那些用寒酸的报酬打发你的人干活吧。

杜尔齐内亚　寒酸的报酬！

国王　你干的苦力活可配不上那沉甸甸亮铮铮的金子。要是碰上主人家儿子在黑不溜丢臭气熏天的隔间里蛮横地强抱你，——就是给你最好的奖赏了。就算你学会了占卜，——可这点伎俩又能带来什么好处呢！

杜尔齐内亚　会有诗人到这儿来的，——你应该和他一起为我，为杜尔齐内亚加冕。

国王　去打水吧。

杜尔齐内亚　这就是你的恩赐吗，国王！我累成这样，你却还要催我走。我会完成你的意愿，把生命之水与死亡之水带来的。不过现在，国王，请收下我的这份微薄的馈赠吧。

把护身符给他。挑着水桶走了。

国王　这个女巫，她把什么给我了？这护身符里带着邪恶的法术，还是幸福和运气？总之把它戴上吧。

把它戴在脖子上。

国王　周围的一切都变得轻盈自由了。轻盈，如此轻盈的生命！轻盈，如此轻盈的死亡！眼前的一切都变成了甜蜜的梦。金色的梦。

伏在台阶上。侍从达戈贝尔特出场。

达戈贝尔特　国王被蛇眼的阿尔东萨迷惑了，躺倒在台阶上。女王奥尔特鲁达独自一人。真是天助我也。

悄悄潜入国王寝宫。诗人与女士出场。

诗人　我们碰上了个好车夫。

女士　没错，车跑得很快。风在耳边呼啸，心脏都停止跳动了。不过他很奇怪。像死人那样坐着不动。诗人先生，他把我们送到哪儿了？这里寂静昏暗，死一般凝重。

诗人　这是个小酒馆。我却很中意这个车夫。我要在记录这趟旅途的诗中把他命名为三套马车。

女士　换作是我，诗人先生，我就管他叫汽车。

诗人　不，我的女士，三套马车更好。我已为这个词找好了美妙的韵脚。

女士　怎么押，诗人先生？

诗人　巫婆和伏特加①。

女士　这韵押得不错，先生。

诗人　所以我只喜欢前者。

诗人　汽车这个词就没有那么好的韵脚了。

女士　也许就有。

诗人　怎么押？

传来冷冰冰的声音：

——死亡。

---

① 俄文"三套车""巫婆""伏特加"为同韵。——译注

女士　您听见了吗?

诗人　听见了。有人藏起来搞怪呢。

女士　有人坐在台阶上。

诗人　那是看门的。

女士　诗人先生,您近视了。好好看看吧,这是国王。

诗人　我的女士,是您弄错了:国王是不会坐在台阶上的。

女士　大概,您是对的,诗人先生。不过这里无聊又可怕。

诗人　我们喝点酒吃点饭。

　　转身对着池座,喊道:

诗人　有人吗!

　　他们等着。朝黑暗处探看。

女士　这里真暗!

诗人　就是这样。马上就会来开灯的。来人!

　　杜尔齐内亚出来,被肩上的重担压弯了。

诗人　亲爱的姑娘,您是这里上菜的吧?把菜单给我们。

杜尔齐内亚　我挑来了两桶生死之水。

诗人　这个小酒馆还有自己的行话。意思就是——红白两种葡萄酒。我的女士,您想要什么?

女士　我要白葡萄酒。

诗人　这个在这里，显然，叫死亡之水。亲爱的姑娘，为我们倒上死亡之水吧。

杜尔齐尼亚走上前。舀了一斗勺给诗人。他一下躲开了。

诗人　难道这里的葡萄酒直接从桶里舀吗？难道只能用斗勺来喝？

女士　我觉得，这很新奇。

诗人　我觉得，这很恶心。

女士　您说得对，先生。

诗人　新奇，但恶心。我们不喝这用生锈的斗勺从肮脏的水桶里舀出来的污水。

杜尔齐内亚　您弄错了，我亲爱的。这是生死之水，你们应该把它一饮而尽。这样就能在魔镜前看见自己了。

女士　真吓人。我不喝。

杜尔齐内亚　诗人先生，我等您很久了。您来到这儿进入时间的深邃中……

诗人　（对女士）这个酒馆叫"时间的深邃"。

杜尔齐内亚继续说：

——是为了歌颂我，天底下最无瑕的姑娘，美人杜尔齐内亚，她在这里，在这个黑暗国度里，被错唤成了阿尔东萨。

诗人　我不是为这个而来的。

杜尔齐内亚　歌颂我吧，诗人先生，那时候国王就会为我加冕。歌颂我吧，善良的诗人，那时候年轻人就会爱上我。歌颂我吧，善良无私的诗人，那时候我的真名就会公之于众。

诗人　您是冒充的。真正的杜尔齐内亚住在巍峨冷峻的宫殿里。她才不会挑这么重的水桶。她的脚上，是缎布的靴子，上面缝着珍珠。

杜尔齐内亚　诗人先生，看着我的双眼为我作诗吧。

诗人　我害怕看你的眼睛，蛇眼女人。我已经印完了自己所有的诗作，不会再有新的了。

杜尔齐内亚　诗人先生，可您，是逃不出我的法术的。这个女人也帮不了您。坐到台阶上看看这里会发生什么吧。

诗人　我感受到奇怪的倦意。坐下来吧，我的女士：这个奇怪的姑娘要向我们展示奇幻的场景。

杜尔齐内亚　到底是幻境，还是神秘的仪式，这完全取决于您。

诗人　她在指那种私密的表演呢。让我们看看吧。

　　国王继续在阶梯上打盹儿。诗人与他的女士坐在右边的柱子旁，紧贴着对方，看着眼前的幻景，就像做着金色的梦。

杜尔齐内亚　国王睡得太沉，——不想为我加冕。疲劳的诗人倒在宫殿台阶上，肩靠肩贴着自己偶遇的同路女人，——他不想为我歌颂，也没有认出杜尔齐内亚。我要召唤年轻而美貌的人们，我要把爱情的甜美秘密带到无上幸福的境界。

　　杜尔齐内亚转向国王寝宫，呼唤。

| 杜尔齐内亚 | 被叫作王后奥尔特鲁达的阿尔东萨！还有你，年轻的侍从达戈贝尔特！到我这里来。 |

阶梯上面出现女王奥尔特鲁达与侍从达戈贝尔特。

达戈贝尔特	我亲爱的奥尔特鲁达殿下，你怎么出来了？国王被疯狂的阿尔东萨用蛇眼迷惑了，要昏迷很久，不会妨碍我们享受爱情的甜蜜时光的。
奥尔特鲁达	有人在喊我，召唤声如此决绝。
达戈贝尔特	她就在这里，蛇眼女人！
杜尔齐内亚	亲爱的达戈贝尔特，难道你不知道自己爱谁吗？
达戈贝尔特	我爱王后奥尔特鲁达。她也爱我。
杜尔齐内亚	难道你看不见吗，这是阿尔东萨？她的眼睛浑浊，嗓音粗亮。爱我吧，亲爱的少年，我，是完美的杜尔齐内亚。抛弃王后，把她还给她的伴侣吧。
奥尔特鲁达	她疯了。别听她的，达戈贝尔特。
杜尔齐内亚	住嘴！

王后沉默着伏倒在台阶上的国王旁，两眼迷惑地看着幻象。

杜尔齐内亚	爱我吧，亲爱的达戈贝尔特。
达戈贝尔特	你是个美人，亲爱的阿尔东萨。可你善于迷惑。他们都坐在台阶上，被你施法。你还想迷倒我吗，狡猾的阿尔东萨？
杜尔齐内亚	别叫我阿尔东萨。我是杜尔齐内亚。

达戈贝尔特　所有人都知道，你就是阿尔东萨。不过我无所谓。你愿意叫什么，我就叫什么。这对我没害处。

正要抱住杜尔齐内亚亲她。杜尔齐内亚躲开了，平静地说：

杜尔齐内亚　你不相信我。你要用那个你自己本不相信，却又真正属于我的名字来称呼我，这是对我最可怕的嘲讽。我不需要这样的爱情。回到你爱人那儿去吧。

达戈贝尔特坐到奥尔特鲁达旁边，搂着她，靠在她肩上睡着了。

杜尔齐内亚　幻景又一次只是幻景，神秘的仪式没有降临。又一次没被加冕，没被歌颂，世上的真理之美，以蛇眼的阿尔东萨形象出现，迷人的杜尔齐内亚又一次没有被珍爱。我的内心横亘着巨大的倦意和无限的忧伤。可我不能也不愿放弃我的计划。我将孜孜不倦地追求，让美获得加冕，让丑遭到弃掷。我将不知疲惫地以不同形象出现在诗人、恋人和国王面前。歌颂我吧，——我要对他们说，——爱上我吧，为我加冕吧。到我这里来，跟随着我。只有我活在生与死之中，生命只存在于我身上，最后的胜利只属于我。看吧，我将变成侍女阿尔吉斯塔的样子去完成伟大的事业，实现我永恒的愿景。我将永恒的法力同她鲜活贞洁的躯体相结合，——无论是生命的胜利，还是死亡的胜利，胜利都将属于我。

死亡的胜利

│出场人物│

◇赫洛多维克。

◇贝尔塔，赫洛多维克的妻子。

◇阿尔吉斯塔，贝尔塔的侍女。

◇玛尔吉斯塔，阿尔吉斯塔的母亲。

◇埃特尔贝尔特，贝尔塔的哥哥。

◇林加尔德，侍从。

◇骑士，女士，侍从和男女仆役们。

第一幕

同样的城堡墙垣，安插在廊柱上铁环里的火把发出微弱的光，将它点亮。从大厅的门内传出嘈杂的喝酒声、唱歌声、笑声、高脚杯碰击的声音来。

歌曲（大厅里）

杯盏里浓烈的葡萄酒

苦痛！苦痛！苦痛！

王后披着面纱——

仿佛隔着霞光中的雾。

不过为了国王

轻撩起面纱一角

亲吻妻子的嘴唇

美妙！美妙！美妙！

　　阿尔吉斯塔与玛尔吉斯塔在靠近餐厅入口边的柱子后面藏身。阿尔吉斯塔用灰色的遮布把脸包上。她们悄悄地说着：

玛尔吉斯塔　我亲爱的女儿，你害怕吗？

阿尔吉斯塔　我不害怕。

玛尔吉斯塔　完成我们伟大计划的时刻到了，为美加冕，将丑弃掷。

阿尔吉斯塔　丑陋而邪恶的，愚蠢而贪婪的王室之女，她的先王们尽皆残酷狡诈之辈，她纵情享乐，笙歌欢庆，却还想成为王后——这是为什么？

玛尔吉斯塔　不，瘸腿的贝尔塔，嗜血国王科洛曼的女儿做不了王后，——你，我完美的阿尔吉斯塔才配得上王后的位子。

阿尔吉斯塔　我将成为王后。不会再有阿尔吉斯塔，人们会忘记阿尔吉斯塔，——而我将是王后。

玛尔吉斯塔 也许，这是最后一次叫你我的女儿了。让我再亲亲我的阿尔吉斯塔的脸，亲亲那玫瑰般艳丽的双唇。明天我就将臣服在你面前，就像奴婢对主子那样。

　　阿尔吉斯塔急忙掀起遮脸布。母亲端详着她，亲吻她绝美的脸庞。阿尔吉斯塔把脸遮上。

阿尔吉斯塔 我一个人在这里，在柱子后面的黑暗角落里藏身已经很久了。眼下，婚庆仪式已经结束，那些护送我们王后贝尔塔来的骑士们也与国王告别。他们都走了，骑马离去，现在只有我们两个留在了这里。然后我看见，国王、贝尔塔，还有宾客们走进这个大厅围坐下来。他们端坐着喝酒，而我一人站着观察。从我这里能看见国王的脸，他的旁边就是贝尔塔。

玛尔吉斯塔 我们的贝尔塔殿下，按照古老风俗，端坐在那里，蒙上镶满金子的黎凡特绸缎面纱。

阿尔吉斯塔 就让贝尔塔用镶金绸缎的面纱遮住自己吧，——我知道，我记得她那张因为天花而坑洼不平的脸，我知道我们殿下的一条腿比另一条短，她狡猾地穿着那双特别的金色高跟鞋掩盖了这些。

玛尔吉斯塔 （低声笑着，悄悄地说）统治者们想尽各种冠冕堂皇的繁文缛节，为了让自己处在比我们高贵的地位。他们作祟的虚荣有时对我们是件好事。国王赫洛多维克至今还没见过我们殿下的脸。

阿尔吉斯塔 我明白。他们想欺骗这里的国王。要是他明天早上才看清楚她的脸，就为时已晚了。圆了房的王后是不会被驱赶的，不管她长得多么令人厌恶。

玛尔吉斯塔 不，我们将赠予他一个完美聪慧的妻子。他喝醉了酒。眼下他在昏暗的寝宫里看不清她的脸，最后他也不会明白，是谁用什么办法骗过了他。

阿尔吉斯塔 谎言和欺诈不是自我们开始的。头戴冠冕手握强权的统治者才是欺诈与恶毒的始作俑者。

玛尔吉斯塔 宴会快结束了。他们就要出来。不能让他们看见我跟你在一起。

急忙亲了阿尔吉斯塔就走了。林加尔德从餐厅出来。

林加尔德 真累。哪怕在地上坐一会儿也好。客气地说，——从早上站到现在了。

朝阿尔吉斯塔在的角落走去。

林加尔德 这里有人。你是谁？

阿尔吉斯塔 （假装用低沉的声音）我是王后贝尔塔的侍女，阿尔吉斯塔。

林加尔德 你在这暗处做什么？你应该和其他女孩去喝酒。她们都喝醉了。你是累了吗？我们一起休息，一起坐一会儿吧。

搂住阿尔吉斯塔，想要亲她。

阿尔吉斯塔　你走开，不然我喊了。

林加尔德　真是不好惹！难道你讨厌我吗？

阿尔吉斯塔　你很漂亮，不过今天我们没工夫亲热。也不该那样。大家
　　　　　　　现在要从餐桌上起身，而我要去为我们的贝尔塔殿下更
　　　　　　　衣，并熄灭寝宫的灯火，以防国王过早看到他不该看的。

林加尔德　什么不该看？

阿尔吉斯塔　什么不该看？如果新郎太早看见了王后长满麻子的脸，那
　　　　　　　就不妙了。天哪，他会把她赶走的！他会说，——走吧，
　　　　　　　趁你还是处女身。

假装笑着。

林加尔德　按你的意思，贝尔塔是麻子？

阿尔吉斯塔　就像布谷鸟那样。她还瘸了一条腿。

林加尔德　（笑着）这么说，国王被骗了？

阿尔吉斯塔　是的。不过你先别说。

走开，假装腿瘸。

林加尔德　可你为什么藏起来？还有你，怎么也瘸了？侍女跟殿下
　　　　　　　一样！

阿尔吉斯塔　你说什么！我怎么会瘸。

贴着墙壁。

林加尔德　让我亲眼看看。你不会也是麻子脸吧?

他抓住她的外衣。阿尔吉斯塔尖声大叫起来。

林加尔德　笨蛋,跟你在一起肯定死路一条。

他跑走了。国王、贝尔塔、骑士们、女士们、侍从们、男女仆役从餐厅出来。

国王　谁在这里叫喊求助。谁胆敢惊扰我们圣洁而愉快的宴会?把这个放肆的家伙找出来带到我们面前。

阿尔吉斯塔混入国王女仆的队伍中。侍从和男仆们大叫喧哗着沿着城垣搜捕。骑士们摆出有些搞笑的战斗姿势,威武地转着眼珠子;因为喝多了葡萄酒而满脸通红。

国王　你受惊了吗,我亲密的爱人贝尔塔?
贝尔塔　没有,我的陛下,跟你在一起我什么都不怕。
国王　有人醉眼蒙眬地高声大叫了,然后被自己的放肆行径吓坏了,躲起来了。为了不破坏这欢乐气氛,我们就宽恕了这个无耻之徒。我们忠实的仆从,停止对那个女人的搜寻,把王后领到我们的寝宫去吧。

贝尔塔、女士和女仆们前往寝宫，阿尔吉斯塔也在其中。

国王　而我们，朋友们，一起回到桌上把最后一杯酒饮完。

国王、骑士、侍从和男仆们回到餐厅。把王后送至寝宫的女士们回来从左侧的阶梯下。城垣四下空无一人。从餐厅传来叫喊声、粗俗的歌声，和酒鬼的哈哈大笑声。玛尔吉斯塔沿着侧面阶梯小心地上来。观察四周。悄无声息地贴近寝宫大门。偷听着。突然走开，藏在柱子后面。女仆们从里面出来。欢笑着。互相带着醉意聊天。

女仆们
——她可真害羞！
——不想当着我们的面脱衣服。
——就连脸也没露。
——只让自己年轻的侍女留下了。
——她也很奇怪，——用布遮着脸不说话。
——老玛尔吉斯塔悄悄告诉过我，说她的女儿脸上长麻子。
——还瘸腿，好像，还为此穿鞋跟不一样高的靴子呢，一边高，一边低的。
——总之我们会看见的，她们不会在自己的长面纱下面藏一辈子的。

她们沿阶梯而下。阿尔吉斯塔从寝宫出来，光脚，身穿睡裙，披着宽大的黑斗篷。她用匕首在胸前划了几道。走进黑暗的角落里，用斗篷半盖着身体，躺下来。国王在嘈杂的人群陪伴下从餐厅出来。众人将国王送至寝宫。

国王 朋友们，感谢你们参加我的婚庆宴会，并用欢快的歌声和体面的笑话为我和王后娱乐气氛。除了卫兵留下，其他的都请回去休息吧，愿上帝保佑我们所有人。

骑士、侍从和男仆大声又杂乱地喊道：

——愿上帝永远守护国王和王后！愿上帝降福祉于国王、王后和他们的后代！祝他们早生贵子！晚安，陛下！祝您安好！

国王离开了。骑士们让吵闹欢腾的侍从们安静下来。离开了。寝宫门前只剩下两个持械的骑士，他们小声耳语着。随后背靠柱子头靠长矛打起盹儿来。几处火把熄灭了。寂静中传来窸窸窣窣的声音。阿尔吉斯塔呻吟着。骑士们全身一哆嗦。

第一个 这里有人。

他们俯身向阿尔吉斯塔。

阿尔吉斯塔 （呻吟着）救命！

骑士们用火把将她照亮。

第一个　是个美人!

第二个　谁用刀把她的胸口划伤了。

第一个　刺得不深。美人受惊了，还好伤得不重。胡乱划伤的，应该是
孩子或女人所为。

第一个　你是谁，美人?

阿尔吉斯塔　贝尔塔。

第二个　她叫贝尔塔。

阿尔吉斯塔　我是贝尔塔。

第一个骑士　王后?

阿尔吉斯塔　没错。

第一个　可王后同国王在寝宫呢。你胡说，美人。

第二个　她又闭上眼了。

第一个　我们该把她怎么办?

第二个　我们去叫管家来。

第一个　如果一下子让所有人知道这件黑暗中的怪事，妥当吗?

第二个　那究竟怎么办?

第一个　我们去敲国王的门。他会褒奖我们的谨慎的。也许，正有人在
悄悄找她要把她带走，并且不想让人知道发生了什么。

第二个　那就这么办。

　　他转身离开阿尔吉斯塔。她便大声呻吟起来。玛尔吉斯塔从舞台上
跑过，大喊:

　　——我的女儿阿尔吉斯塔在哪儿? 阿尔吉斯塔，阿尔吉斯塔，你在

哪儿?

她跑开了。从舞台后传来她的大喊声。骑士、女人和侍从们跑上来。国王走向喧闹的人群。

国王　这里怎么回事?

阿尔吉斯塔　我的陛下,赫洛多维克,救救我!

国王　这个女人是谁?

第一个骑士　她躺在这黑暗的角落,被人刺伤了。我们问她了,她告诉我们说她是王后贝尔塔。

国王　她说什么!王后正躺在我寝宫的卧榻上安息呢。

阿尔吉斯塔　(虚弱的声音)女仆们帮我更衣后就走了。只留下其中一个。她遮着面孔。但我认出她来了。她用匕首袭击我。把我拉到这里。是我的侍女阿尔吉斯塔想要谋害我。

国王　你在说什么呀,可怜的人!难道与我同床共枕的是侍女!

阿尔吉斯塔　我好苦!我要死了,我,父王的女儿,我,国王的爱人,我,年轻而美丽,可她,——我的侍女,满脸麻子的瘸腿姑娘阿尔吉斯塔就要成为王后!我躺在这石头上,而我的侍女正躺在我的床上!

国王　女人们,去我的寝宫,为王后穿上衣服,把她带到这里来,真正的王后会在此揭发说谎者,真相的光芒将比阳光更灿烂。

玛尔吉斯塔　(跑过来)善良的人们,请告诉我,我的女儿阿尔吉斯塔在哪里?

国王　看吧,这个被人弄伤了的是你女儿吗。

玛尔吉斯塔　阿尔吉斯塔，我的孩子，谁欺负你了？

扑向阿尔吉斯塔。仔细一看。大叫着跳起来。走开一点。又双膝跪倒在阿尔吉斯塔面前。

玛尔吉斯塔　我亲爱的贝尔塔王后殿下，你怎么了？你为何躺在这冰冷的石头上，衣不蔽体？你的爱人为什么要把你从自己床上赶出来？

阿尔吉斯塔　我忠实的玛尔吉斯塔，太痛苦了！太可耻了！你的女儿在为我脱衣时用匕首袭击我。我像死了一样倒在她脚边。她将我拖到这里，丢在阴暗的角落后转身回到了我的床上。

玛尔吉斯塔　哦，我大祸临头了！疯狂的阿尔吉斯塔，你有什么阴谋！

贝尔塔从寝宫出来，女仆们跟着她。

玛尔吉斯塔　我不幸的女儿，疯狂的阿尔吉斯塔！你为什么要对自己的殿下下此毒手？

林加尔德　原来这就是她告诉我王后又瘸又长麻子的原因！

第一个骑士　什么时候？你在说什么？

林加尔德　等会儿，我将全部告知陛下。

贝尔塔　玛尔吉斯塔，你说什么！是痛苦蒙蔽了你的理智吗？你的女儿阿尔吉斯塔被人伤害，躺在那里。

玛尔吉斯塔　哦，狡猾的人！你才是阿尔吉斯塔，你才是我的女儿，而躺在这里的是我们的殿下。

贝尔塔　明明是你想要谋害她，可她不但没死，还揭发了你，罪人！

国王　该相信谁？

贝尔塔　我是贝尔塔，科洛曼国王的女儿。

阿尔吉斯塔　我才是贝尔塔。

贝尔塔　我已同你结成夫妻，国王。

阿尔吉斯塔　我已同你结成夫妻，赫洛多维克。

贝尔塔　是我跟你一道坐在华丽的宴会桌上。

阿尔吉斯塔　我坐在那里，对你说："我的殿下，亲吻我的肩膀吧。"

贝尔塔　这话是我说的。

阿尔吉斯塔　大声说的？

贝尔塔　我悄悄在陛下耳边说的。

阿尔吉斯塔　那我怎么可能是听来的呢？

贝尔塔　玛尔吉斯塔教你的。

阿尔吉斯塔　没人教我，我只是想让我的陛下对我亲昵一下。

贝尔塔　快把护送我来的骑士们请回来，他们会说出真相……

阿尔吉斯塔　国王，我父王的使臣们肯定告诉过你，说我美貌无暇？

国王　对。难道我会要一个残废之人吗！

阿尔吉斯塔　国王，你看，我是多么美丽，再看看她，一脸麻子。

贝尔塔　没错，可我就是王后，而你，美人阿尔吉斯塔，只是我的侍女。

阿尔吉斯塔　你看，国王，她的一条腿比另一条短。

贝尔塔　哪怕我瘸了，也是王后。

阿尔吉斯塔　国王，难道我父王的使臣告诉你说，贝尔塔又瘸又有麻子？

国王　没有。我也不会娶一个有麻子的瘸子当夫人，也不曾想过，国王科洛曼会骗我。

　　阿尔吉斯塔假装失去意识。

玛尔吉斯塔　（伏在她身上）我亲爱的殿下！

贝尔塔　真是弥天大谎，像一张网一样笼罩在我头上。谁能帮我撕碎谎
　　　　言坚韧的结扣？我能向谁呼救，说"帮帮我"？我陷于谎言的
　　　　残酷中。

国王　我已经看出来，两人中谁是骗子。不过公爵和骑士们，你们认为
　　　　谁是王后？

骑士们　这位美貌无瑕的女士是。

国王　谁是骗子？

骑士们　这个瘸腿的麻脸女人。

国王　应该如何惩治她？

玛尔吉斯塔　国王，宽恕我女儿吧！人性之敌污染了她的思想。看在我
　　　　对王后的一片忠心上宽恕我的女儿吧。

国王　把她带到遥远的森林深处，让上帝的意志审判她吧。而她的母
　　　　亲……

阿尔吉斯塔　国王，就把这个可靠的女人留在我身边吧。你看，她都把
　　　　自己的亲女儿揭发了，——这是一颗多么忠诚的心呀！

国王　好的，就按你说的，亲爱的王后。

贝尔塔　可怜的国王，你相信了谎言。

　　贝尔塔被带走了。阿尔吉斯塔起身被扶进寝宫。人们散去。传来阴

冷的说话声：

——黑夜流逝了。是白昼。黑夜。白昼。黑夜与白昼。岁月。一年年在晦暗的时光里快速流逝。十年过去了。

第二幕

同样的城垣。阿尔吉斯塔从中门急匆匆地出来。她身着王后华丽的服饰。她不安地沿着城垣走动。玛尔吉斯塔跟在她身后。传来歌曲的结尾声。

埃特尔贝尔特的歌谣

国王就此相信
灰色巫术的真实，
他将自己亲爱的妻子
向门外的森林驱逐。
受骗之人唱诵
那散布邪术的叛徒，
整个王国的统治
落入擅使法术的她。
可王后流落何地？

她在蛮荒的密林深处。

王后能否归来？

对此我将稍后吟诵。

阿尔吉斯塔　国王察觉了吗？

玛尔吉斯塔　没有，殿下，——所有人都对这游吟歌手的曲子听得
出神。

阿尔吉斯塔　你认识他吗？

　　　玛尔吉斯塔不说话。

阿尔吉斯塔　我们该怎么办？

玛尔吉斯塔　他什么也不敢说的。他可不会承认，国王科洛曼，他和贝
尔塔的父亲，是个大骗子。

阿尔吉斯塔　我很怕！

玛尔吉斯塔　别怕，我亲爱的女儿。

阿尔吉斯塔　不，可怕的不是这个，我太累了。这不是我想象的那样。
我曾相信，人们渴望自由与光明。所以我不分昼夜，绞尽
脑汁，哪怕竭尽所有言辞也要坚持向国王重申我的理想！
他相信了我，他最后学会了像我一样思考。可他却完全不
付诸行动，除了重复他先王们的事业：战争，审判，奖
赏。这无可厚非。陛下想维持统治，——这我理解。可人
民，——所有这些普通人，庄稼汉和手艺人，哦，他们是
如此情愿地成为奴隶！仅仅是奴隶。

玛尔吉斯塔 所有人都说，国王跟你在一起变得与民为善了，对下人也慷慨了，对向他请求审判的人也更公正了。人民在赞美你的名字，我们亲爱的贝尔塔王后。

阿尔吉斯塔 贝尔塔的名字将会流芳！可真相将会大白于天下，国王会知道我的真名，——他还会将甜美的名字阿尔吉斯塔传颂吗？

玛尔吉斯塔 国王不会知道的。

阿尔吉斯塔 他会的。

玛尔吉斯塔 就算知道，他也不会相信。

阿尔吉斯塔 来人了。

　　玛尔吉斯塔离她而去躲到柱子后面。阿尔吉斯塔来到城垣前，半转身对着中门，她的脸藏在阴影里。国王，一身游吟歌手装束的埃特尔贝尔特王子、骑士、女士和侍从们从大厅里出来。

国王 亲爱的贝尔塔，我眼中的光芒，你怎么离开我们出来了？他又给我们唱了两首歌，一首比一首好听。

阿尔吉斯塔 游吟歌手的表演令人叹为观止。谁又能唱得如此动听而又险恶呢？他不就是将魔鬼的污浊之力附在了他暗藏玄机的歌曲中么？

国王 所有人都看得出来，他是个虔诚笃信之人。

阿尔吉斯塔 人类的敌人也会穿着教袍行骗。我的脑袋已被他的邪恶歌曲弄晕了。

国王 对不起，亲爱的贝尔塔，我还以为你会高兴的。歌手，拿上这些金子去休息吧。你的歌曲很美妙，令人叹为观止，可我怕，——其中暗含不详的法力。

埃特尔贝尔特　我的妹妹唱得更好，如果因为我的歌曲而让仁爱的王后从国王盛大的宴会上离去，那就让我妹妹的歌声来抚慰王后吧。

国王　你的妹妹在哪里？

埃特尔贝尔特　就在这里，候在门外。如果你允许，陛下，我就把她带进来。

国王　带进来吧。

埃特尔贝尔特　（经过阿尔吉斯塔）假扮王后的侍女阿尔吉斯塔。

阿尔吉斯塔　骗子的儿子想用谎言掩盖谎言。

埃特尔贝尔特　你完美的躯体将遭受藤条的鞭挞和狼狈的死亡。

出去了。

国王　游吟歌手悄悄跟你说了什么？

阿尔吉斯塔　一些听不懂的话。他被污浊的力量击败了，他的思想被邪恶残酷的幻象所笼罩。他感受到背叛、欺骗、鲜血、痛苦和死亡。你令他领妹妹过来也是徒劳的。如果她也是那样，那他们就会对你，亲爱的陛下，对可怜的我都施展邪恶的巫术的。

国王　那就告诉他们，别进来了。

可当国王刚开口说，贝尔塔带着一个男孩，后面跟着埃特尔贝尔特，急匆匆从中间的阶梯上来了。

国王　善良的歌手，你的歌曲取悦了我们的耳朵。我相信你妹妹的嗓音和歌曲会更悦耳动听，——可王后累了，不能再听下去了。而你，出色的女歌手，没有轮到你来一展歌喉也请别灰心。拿上这些金子退下吧，也许我和王后明天还会召见你们。

贝尔塔　我也累了，真正的贝尔塔王后。我的爱人，我被你赶出王宫，因为比起我来，你更信任骗子阿尔吉斯塔，我浪迹于葱郁的森林，高耸的山冈，宽阔的谷地。呼啸追逐的狂风将我包围，骤然而至的暴雨把我打湿，火辣灼人的骄阳将我烤焦，尖刺倒竖的荆棘撕碎我的衣服，划破我的躯体，流沙和碎石让我的双脚受尽折磨。在草垛下面我为你，陛下，产下一子。是行乞的老婆子将他裹好，而我在简陋的乡下教堂里让他接受洗礼，给他取名叫卡尔，他将成为伟大的国王。留下他吧，亲爱的陛下，别把我从你的卧榻上赶走。

阿尔吉斯塔　你把自己的歌曲唱完了，歌手，尽管我们也不想听。那么，继续唱吧，——关于自己的唱完了，就唱关于我的吧。

贝尔塔　你——我的侍女阿尔吉斯塔。就在那里，你那因为邪念和恐惧而满脸发白的母亲玛尔吉斯塔，就躲藏在桌子后面。

埃特尔贝尔特　亲爱的贝尔塔，请不要屈尊同女仆争吵。陛下，请看清楚了，我就是埃特尔贝尔特，科洛曼国王之子，正是因你被恶毒的阿尔吉斯塔所骗而遭受驱逐的不幸的王后贝尔塔的哥哥。

阿尔吉斯塔　他就是个疯子，他的妹妹也是。

埃特尔贝尔特　跟我一起来的还有十年前护送贝尔塔至此的骑士们。你认识他们，他们会告诉你真相。

他吹响金色的号角。十二个骑士从中间的阶梯上来。

埃特尔贝尔特　陛下请看，这是国王科洛曼的国书。

把国书递给国王。国王接过来。

国王　首相大臣，请把国书打开，让我们用对待国王的信函应有的态度来把它读一读。而现在，游吟歌手，你说你是王子埃特尔贝尔特，那请你再告诉我们一次，你是否确定，这个跟你一起来的女人，她就是完美的贝尔塔，国王科洛曼之女。

埃特尔贝尔特　是的，这就是王后贝尔塔，你的妻子，我的父王科洛曼之女。

阿尔吉斯塔　（笑着）完美的贝尔塔！美人儿！看吧，国王，她的嘴巴多大！她的脸上长满麻子！她的一条腿比另一条短。

贝尔塔　你对这一切可记得真清楚，阿尔吉斯塔，——可恐怕你忘了一点！是你伺候我更衣穿鞋。

埃特尔贝尔特　我的妹妹本就完美无瑕，不过是在来此地的路上被邪恶的法术毁了容貌。看吧，陛下，我妹妹同我长得多像。

阿尔吉斯塔　和她一样，红毛的丑八怪。

埃特尔贝尔特　我国的姑娘们，还有外国的姑娘们，她们都兴趣十足地打量着我，没有一个不……

阿尔吉斯塔　你风流成性挥金如土，哪个放荡的姑娘能不上钩。

埃特尔贝尔特　陛下，问问我的同伴们吧。也许你还记得他们的模样。

国王　让我们回到王宫里去，读一读这封国书，仔细考虑一下再凭着良
　　心把事情解决了。阴谋谎言将会受到我们严厉的审判。

国王进入中门。所有人随后，除了阿尔吉斯塔与玛尔吉斯塔。

玛尔吉斯塔　（走向大门）亲爱的殿下，回到国王旁边属于你的位置上
　　去吧。什么也不用怕。什么也别承认。国王爱你且只信任
　　你一个。

阿尔吉斯塔　我留在这儿。我累了。不想再当贝尔塔了。

玛尔吉斯塔　你说什么，你疯了！你我都会断送性命的。

阿尔吉斯塔　难道我不完美吗？难道我对他不忠诚吗？难道我没给他生
　　下子嗣吗？你看见了吗？他们把一个病恹恹的杂种带过
　　来，而我的儿子，我的儿子强壮、俊美，哦，希尔佩里
　　克，我的儿子！

玛尔吉斯塔　你看，你占尽了一切优势，我的好女儿。所以别怕，勇敢
　　地去吧，坐上自己的位置，国王只相信你一人。

阿尔吉斯塔　最后一搏的时候到了。只要他爱我，只要我们曾永久甜蜜
　　地日夜厮守，那他就不会抛弃我，并将为阿尔吉斯塔加
　　冕。我去了，我要将我的名公之于众。

玛尔吉斯塔　蠢货，你这是一厢情愿。

阿尔吉斯塔　我去了。

她走向大厅正门。玛尔吉斯塔拖住她。短暂的纠缠。

阿尔吉斯塔 （大叫）陛下，我就是阿尔吉斯塔！

快步走入殿内。玛尔吉斯塔跑着跟在后面。

国王 阿尔吉斯塔？

一片哗然。只听见一个声音在高喊。

阿尔吉斯塔 我就是阿尔吉斯塔。赫洛多维克，我就在你面前，审判我吧，无论刑罚还是宽恕都随你的便，——不过请你想一想，想一想，国王陛下，我待你如何……

国王 住嘴！玷污我明净床帏的欺君者和贱奴婢！

骑士与女士们 欺君者！贱奴婢！让她去死！

阿尔吉斯塔 我亲爱的陛下赫洛多维克，我曾是你忠实的妻子。

国王 住嘴！将其处以极刑……

阿尔吉斯塔 赫洛多维克，我的亲密爱人赫洛多维克……

国王 女士们，快让她闭嘴。

阿尔吉斯塔绝望地大叫一声。喧哗声，惊叫声。只听见一个声音：

——安静！国王要发表雷霆万钧的裁决宣判。

国王 摘去欺君者的王后桂冠、项链和衣饰。亲爱的王后贝尔塔，请你坐到自己的位置上来吧。将欺君者在人民面前处以严厉而残酷的极刑，——将其脱光衣服，用藤条鞭打……鞭打至死，将尸身投入城壕喂狗。鞭打其子并绞首示众。王后，我将与你一同登上最高的阳台欣赏她的痛苦，倾听她的哀号。

阿尔吉斯塔被封住嘴巴的号叫。玛尔吉斯塔大喊着。笑声。喧哗声。叫喊声。吵闹声不断变大。夹杂着粗野的哈哈大笑。骑士，女士，侍从和男女仆役开始退出大厅。人们大喊大叫。

骑士，女士，侍从和男女仆役

——欺君者被揭发了！

——就是这个贫贱女佣阿尔吉斯塔。

——从她身上扒下所有衣饰，都为真正的王后穿上。

——她会在哪里受刑？

——就在这里，在城堡院内，当着来看热闹的民众的面。

——看呀，她正在被脱去衣服。

——欺君者今天就将被行刑。

——严厉而残酷的死刑。

——她将在藤条和皮鞭的抽打下死去。

——她的孩子将被吊死。

——我直接冲她的眼睛吐唾沫了！

——我给了她一耳光！

——她身上还剩一件罩衫，我们现在就把它撕烂。

——押解出来了，押解出来了。

众人将阿尔吉斯塔从大厅门内押送出来。所有人都拥在她周围，大笑，尖叫，嘲讽。她被押着从宽阔的阶梯下到池座，那里是城堡的内院。城垣被黑压压地围上。传来玛尔吉斯塔的叫喊。

玛尔吉斯塔　善良的人们，善良的人们，救救我的女儿阿尔吉斯塔吧！

第三幕

同样的城垣。听得见狗叫声。一轮满月洒下束束银光照亮上层台阶和露台的边缘，其余地方一片阴影。城垣起初空无一人。随后玛尔吉斯塔沿着侧面阶梯走上来。她的肩上驮着阿尔吉斯塔半裸的、勉强用沾满血的破衣裳遮起来的身体。她把阿尔吉斯塔放在月光下，抱着她坐下，哭泣着，低声说道：

玛尔吉斯塔　我的女儿，我的女儿！他们打你，把你折磨至死。毫不留情地一直鞭打着，仆役和小伙子们都哈哈大笑。我的阿尔吉斯塔死了。她被扔进城堡的沟壕喂狗，——可那些狗却没有动她，他们在她身边嗥叫，在温柔的殿下尸身旁哀嚎。满月当空，野狗哀嚎，我的悲痛升上了云霄。

她哭泣着，更像是号哭。传来狗的哀叫声。玛尔吉斯塔悄悄起身离开，说道：

玛尔吉斯塔　　我的悲痛飞向清冷的月亮和明净的夜空。野狗嗅到了温柔
　　　　　　　　的殿下的鲜血，它们不停地哀号，——我在此兀自哭泣，
　　　　　　　　她滴落的鲜血渗进了脚下的地里。

　　她离开了。阿尔吉斯塔起身，呼喊道。

阿尔吉斯塔　　熟睡的人们，都起来吧！

　　一片寂静。阿尔吉斯塔倒下了。玛尔吉斯塔回来了。抱着小男孩。
把他放在阿尔吉斯塔身边。坐下来，哭着说。

玛尔吉斯塔　　他们对无辜的孩子也不留情。拷打他，折磨他，杀死了
　　　　　　　　他，把他丢在母亲身边。哦，阿尔吉斯塔，阿尔吉斯塔，
　　　　　　　　我的女儿！

　　阿尔吉斯塔稍稍起身大叫一声。

阿尔吉斯塔　　熟睡的人们，都起来吧！

　　玛尔吉斯塔伏在她身上，安静地询问她。

玛尔吉斯塔　　我的女儿，亲爱的，你还活着？
阿尔吉斯塔　　在这种可怕的关头只有死人才能活下来。

从窗外传来敲钟声。有人从侧面阶梯上来并朝城垣张望。城堡的寂静渐渐退去，四处热闹起来，喧哗四起，人声鼎沸。

玛尔吉斯塔　我的女儿，告诉我，你还没死？你活着？

阿尔吉斯塔　最后一搏的时刻临近了。

玛尔吉斯塔　你是从死人中间站起来的吗，你是被那静谧的天空中的魔法之力召唤复苏，还是被暗夜岔路边游荡者的神秘低语唤醒？

阿尔吉斯塔　看，——这里有两条路，——他将选择其中一条。不论我生，不论我死……

她慢慢起身并呼唤着。

阿尔吉斯塔　不论你生，不论你死，我的孩子希尔佩里克，回来吧！

男孩缓缓起身。月光里能看见阿尔吉斯塔和男孩惨白的脸颊和沾满血迹的衣服。阿尔吉斯塔面向通往国王寝宫的大门，竭力大声高喊，声音响彻庞大的殿宇：

阿尔吉斯塔　熟睡的人们，起来吧！

城堡里传来喧哗、惊惶、呼叫和武器的声响。仆役，侍从，骑士和女人们纷纷从城垣上跑来。城垣上挤满了惊慌失措的人群。有人在惊呼：

——谁在这里如此大声地喊叫？

——发生什么事了？

——敌人入侵了？

——难道是死人复活了？

——难道是天使长的号声召唤我们去最后的审判？

——太可怕了！

——难以置信的事情发生了！

——洒出的鲜血在向天空鸣冤。

黑暗。

——火把在哪里？

有人拿来了火把，然后另一个也来了，一个接一个。人们带着火把混乱地在城垣上巡视。有的火把被插在铁环上。人们惊呼：

——看呀，阿尔吉斯塔在这里！

——被处死的王后复活了！

——还有她的儿子！

——大祸临头了，难道是我们在此犯下了罪孽？

玛尔吉斯塔　　你们将大祸临头，——你们在此犯下了罪孽，你们将精美
　　　　　　绝伦的器皿无情地打碎，你们将价值连城的酒酿随地
　　　　　　泼洒！

不断汇聚的火把将城垣照得通亮。阿尔吉斯塔与儿子站在阶梯边缘，其他人朝阶梯和柱子拥挤过来。国王、贝尔塔和埃特尔贝尔特出来了。赫洛多维克与贝尔塔衣衫不整，头上却戴着自己的王冠。国王手上握着明晃晃的剑。喧哗声止息了。除了国王，所有人都停止不动地看着阿尔吉斯塔。

玛尔吉斯塔　我亲爱的女儿阿尔吉斯塔，向他吐露爱情的甜言蜜语吧。

阿尔吉斯塔　国王，你已犯下罪孽，可我的爱将你宽恕。抛下这个外人，跟我走吧，去过光明自由的生活。

国王　你是谁？你为何在此？如果你是活人，赶紧在我们正义的怒火面前退下；如果你是死而复生，那就回到自己的安息之地去，请不要在暗夜显灵惊扰地上的生者。

玛尔吉斯塔　我亲爱的女儿阿尔吉斯塔，呼唤他，让他跟你走。

阿尔吉斯塔　亲爱的陛下，我的夫君赫洛多维克，是我，你的爱人。

阿尔吉斯塔　我爱你，我到此来呼唤你。到我这儿来，跟我走吧。

国王　你欺骗了我。

阿尔吉斯塔　我对你是忠诚的，我将永远忠诚于你。

贝尔塔　陛下，杀了这个巫婆。

阿尔吉斯塔　赫洛多维克，告诉我，你爱过我吗？

国王　爱过。

阿尔吉斯塔　告诉我，你还爱我吗？

国王　爱。

阿尔吉斯塔　那就跟我走吧。

国王　难道是你所受刑罚的痛苦让你失去了理智吗？还是你施展了邪恶

的法术前来迷幻我们？告诉我们，你究竟是谁？是夜半的幻觉还是活人阿尔吉斯塔？

贝尔塔　陛下，为什么手握宝剑不动呢？把它的锋芒刺进欺君者邪恶的心脏吧。

玛尔吉斯塔　我亲爱的女儿阿尔吉斯塔，说点甜言蜜语取悦他吧，悄悄地向他诉说你的恳求吧。

阿尔吉斯塔　我的陛下，既然我已经来了，——就随你处置，不论生死。我用无法度量的爱情的威力，用为爱煎熬而难以遏制的苦痛之力，用那超越生死而蓬勃奋发的个人意志与天空，与大地，与黑暗的地下世界交换你的肉体，你的灵魂，你夜半的影子。我就在你面前，亦生，亦死，亦呼吸，亦腐败，我在可怕的岔路口踟蹰徘徊，丰腴的土地里有我的鲜血，梦幻的月亮上有我的声音，——我呼唤着你：到我这里来吧，按照自己的意愿选择我们的道路，是生还是死，追随永生的我吧，爱我吧，——或者留在此地，可在这里，你只能与死亡的我为伴。爱我吧，我的陛下和夫君，你对我永远如此，爱我吧。

国王　你借助谎言登上我的床帏，你夺去了王后的名字与尊严。

贝尔塔　她是施法的女巫。快用剑刺死她。

阿尔吉斯塔　你曾那样爱着我，你曾那样爱抚我，你曾将那些温柔之词对我悄然倾诉，那时你王冠的光辉和至高的权力都无比闪耀！难道我没有让你饱尝爱情的甜蜜吗？难道你所有的欢心不是我用圣洁的笑容所博取的吗？难道你所有的悲伤不是在我的泪水中才得以化解吗？难道我不是你明净的天空，清凉的荫蔽，呢喃的雀鸟和潺潺不息的泉流吗？我将自己比王后项链还轻盈的雪白裸露的双臂环抱在你疲惫的肩上。我鲜红双唇献给你的热吻比法龙葡萄酒更加甜美。我的眼眸比你王冠上闪烁的钻石和红宝石更明亮。难道我不比任何王后都完美吗？难道你没有说过，我是最智慧的女人，我的话就像金石落下，击碎了你那些最为冥顽的达官显贵们轻如鸿毛的片言碎语吗？

国王 你曾如此完美而智慧，我也曾爱着你。但是过往无法挽回。你走吧。

贝尔塔 用剑刺死她。

阿尔吉斯塔 我不会离开你的。我们被我神秘的爱情力量永远结合在一起。

国王 这才是我的妻子，王后贝尔塔，——我们的儿子，继承人卡尔也由忠实的卫兵保护，正安睡在自己的宫内，——我们之间已没有你和你儿子的位置。

阿尔吉斯塔 可你还爱我吗？

国王 爱。

阿尔吉斯塔 那就让王后贝尔塔和年轻的卡尔留在这里。为他戴上你的王冠，然后跟我走吧。我将为你开启那自由幸福的世界，我将带你去那远方重山间的谷地，那里没有统治和奴隶，那里自由的空气清新甜美。

国王 你简直一派胡言。我可是国王。

贝尔塔 杀了她。

阿尔吉斯塔 赫洛多维克，你的命运掌握在你手里。看呀，火把都熄灭了。听呀，窗外通灵的野狗在哀嚎，他们在细碎的道路灰烬中嗅着不知谁留下的脚印。看呀，国王，一切如此寂静，黑暗而凝固地围绕着你。你听见了吗，他们都沉默了，在你面前只有我的声音落入这片晦暗之中。

国王 疯子，出去。侍卫们，把她拉出去。

围在国王身边的所有人都一动不动，看向阿尔吉斯塔。

阿尔吉斯塔 这里只有我，生与死的所有意义都寓于我，——而选择在于你，赫洛多维克，我亲爱的陛下和爱人。最后的时刻正在临近。命运不等人。我跟你说最后一遍：跟我走吧，跟我一起走向生命，只有跟我一起才能获得生命，——而那个让你麻木不仁，醉心于自己的王冠和沾血的斗篷的地方，——只有死亡。摘下自己的王冠，跟我走吧。

国王 我是不会跟你走的。我是一国之君。退下吧，痴心妄想的人。窗外已经敲响教堂的钟声。

阿尔吉斯塔 时间到了。赫洛多维克，你已做出选择。你不打算走？对吗？

国王 没错。

玛尔吉斯塔 阿尔吉斯塔，他在你面前就像石头丛中那最冰冷的一块。我的蛇眼女儿阿尔吉斯塔，用可怕的咒语迷惑他，让他陷入永恒的停滞中吧。

阿尔吉斯塔 你站在我面前就像石头丛中那最冰冷的一块！石化吧，国王，你就像石头那样冰冷地站立吧，去经受时间的风化折磨。

阿尔吉斯塔倒在国王脚边。她的儿子倒在她的尸体上。国王和其他人一动不动地站着。传来阴冷的声音：

——看呀，——阿尔吉斯塔死了，希尔佩里克死了。她的母亲将因为他们而永远不得宽慰。看呀，——赫洛多维克和他的拥护者们都石化了。看呀，——他们站在那里，就像是用石头刻成的雕像。看呀，——石化的生命这一场景变成了一张平面图画，月光暗淡，所有的光线都逃离了这个地方，整座巍峨的殿宇被死亡的乌云所笼罩。请你们相信，——死亡会战胜爱情。爱情和死亡——二者为一。

备　注

这个悲剧的内容框架基本上借用了传说"长腿的贝尔塔王后"，即伟大的卡尔的母亲。国王的名字被特意更换，为了使悲剧与历史和传说区别开来，让它显得有所不同并且在我笔下以另一种方式结束。这个传说在格·尼·巴塔宁①《东方情节》一书的5～7页里是这样描述的：

法国国王佩平想要娶亲；皇室提亲队来到匈牙利的布达城②，向匈牙利国王之女提出婚约。国王对这桩婚事甚感荣幸，但是害怕佩平会抛

---

① 格里高力·尼古拉耶维奇·巴塔宁（1835—1920），俄国地质学家，人种学家，民俗学家。
② 即匈牙利首都布达佩斯西城区。

弃新娘，因为她是个残疾人：她的一条腿比另一条长。尽管提亲队已被告知了这一事实，但还是保留了之前的决定。岳父母派遣两个侍女与女儿随行——一老一小；老的就是玛尔吉斯塔，小的就是她的女儿阿尔吉斯塔。新娘在巴黎受到了极大的尊敬和欢迎；夜晚降临，贝尔塔该去新婚洞房。玛尔吉斯塔却向她透露了险情，佩平可能会杀死她；贝尔塔陷入了恐慌，玛尔吉斯塔同意让阿尔吉斯塔代替她去洞房，以挽救公主的性命。贝尔塔便在玛尔吉斯塔屋内度过一夜，早晨悄悄潜入国王卧室，在国王未醒之时换走阿尔吉斯塔。在她要来的时候阿尔吉斯塔用刀将自己划伤，并陷害贝尔塔企图谋杀自己。国王将阿尔吉斯塔当作了贝尔塔，异常愤怒地下令处死假阿尔吉斯塔。

安那太马

列·尼·安德列耶夫

七场悲剧

| 出场人物 |

◇守门之人

◇安那太马

◇大卫·雷泽尔

◇苏拉，他的妻子

◇纳乌姆与罗莎，他们的孩子

◇商贩们：

  伊万·别斯克莱尼

  宋卡·齐特隆

  普里克斯

  舞蹈教师

  年轻的先生

苍白的先生

◇穷人们：

流浪乐师

徒步朝圣者

阿布拉姆·赫辛

哭泣的女人

抱孩子的女人

醉汉

宋卡的女儿

杰布克

乐师们，盲人们和人民

❧

第一场

舞台呈现出一片空旷而蛮荒的境地，有一处山坡，无尽的山峰高耸入云。舞台深处的半山腰上，两扇巨大的铁门紧闭着立在那里，标志着此处为人类智慧所能及的世界的边界。在那用难以置信的千钧之力重压着大地的铁门后面，在那无声而隐秘的地方，是一切存在的开端，伟大的宇宙智慧。

在门脚边，凝重地倚着长剑，岿然不动地站着守门之人。他身着长袍，上面的纹路与皱痕如石刻一样凝固，他将面容掩藏在黑色遮布下，浑然地透出伟大而庄严的神秘感来。他集万物之思，孑然而立于大地面前；他横跨两个世界的边缘，自身蕴含着双重属性：其外貌属人，其本质归灵。作为联结两界的中介者，他如一扇巨盾，捕获一切流矢，——所有的凝视，所有的哀祷，所有的期盼，责备和谩骂。两个开端自他而始，他将自己的话语付诸沉默，就像那两扇铁门一般缄口，又借人的语言来表露思想。

在乱石丛中，一个胆小而羞怯地瞻前顾后，背弃誓言之人——他就叫作安那太马。

他伏在灰色石头上，警觉而灵活，像一条寻找洞穴的灰蛇，他蹑手蹑脚地靠近守门之人，想用出其不意的一击吓唬他。可又怕自己过于莽撞，猛地双脚起立，不怀好意地露出挑衅的笑容。随后坐在石头上，摆出一副无拘无束的自在模样，把碎小的石块丢向守门之人，——狡猾的他用自我嘲讽和略微的鲁莽来掩饰自己的恐惧。在灰白惨淡的微光中，这个背弃誓言者的头显得很大：他教堂圆顶一般的额头尤为高耸，盘旋其中的那些无头无绪的想法和没有答案而永远悬置的疑问为其刻上了皱纹。安那太马稀疏的胡须全白了；发白的还有头发，它们曾经如脂油一般乌黑，而现在这些银丝都一团团杂乱地立在脑袋上。他坐立不安，徒劳地想要把内心正在将他吞噬的恐慌和漫无目的的焦躁永久掩盖。然而，守门之人不动声色的高傲和沉静让他感到屈辱，那一瞬间他冷静下来摆出伟岸傲慢的姿态，下一分钟又陷入了痛苦地求索那永恒不可企及之物当中去，他躺在那里无声地抽搐，就像被踩在脚下的蠕虫。在自己的问题之中他迅疾而激烈，如旋风一样，把力量同激情吸收到自己的旋涡中；可是，收效甚微，他无力地倒在那张沉默的脸孔面前。

安那太马　你还在这里充当守卫吗？我还以为你走了，——哪怕是拴着链条的狗也有休息睡觉的时候，尽管对它来说狗窝就是整个世界了，而你守护的主人——可是永恒呀！难道永恒还害怕小偷不成？不过别生气；作为善良的朋友，我前来找你，并谦卑地祈求你：打开那两扇沉重的大门，让我朝永恒看一眼，哪怕只是一瞬间。你能办到吗？不过也许，雄伟的大门已经老旧开裂，从狭窄的缝隙中，不幸而虔诚的安那太马不惊动任何人就能够看上一眼——然后用符号来描述她。悄悄地，我肚子贴地从下面爬进去，看一眼——再爬出来，他是不会发现的。而我将明白永恒而成为上帝，成为上帝，成为上帝！很久以前我就想成为上帝了——难道我会是个糟糕的上帝吗？瞧吧。（他站着摆出傲慢的姿态，可立刻哈哈笑起来。随后平静下来，蜷起脚，坐到平整的石头上掷起了骰子。他含糊地自言自语着，但是又让声音正好能传到守门之人的耳朵里）我不想——不应该——我也不会找他打架。难道我是为这个而来的吗？我只是在世上散步，纯粹巧合地走到这里的，——我无事可做，在世上走来走去。而现在我又玩起了骰子，——我无事可做，所以玩起了骰子。他要是不那么高傲自大，我就邀请他一起玩了，——可他太傲慢，太傲慢而不懂得游戏的乐趣。六点，八点，二十点——赢了。魔鬼永远都是赢家，即便是诚实地游戏……大卫·雷泽尔……大卫·雷泽尔……（他转向守门之人，放肆地）你知道大卫·雷泽尔吗？也许你不知道。他是个年老、有病、又愚笨的犹太人，没人知道他，甚至连你的主人都忘记了他。大卫·雷泽尔是这么说的，我不能不相信他：他愚蠢，但是个诚实的人。此刻我在游戏里赢得了他——你看见了：六点，八点，二十点。有一天我在海边遇见了大卫·雷泽尔，当时他正向海浪发问，它们为什么在抱怨；我很喜欢他。愚蠢，却诚实的人，如果将他好好地刷上焦油并点燃，定能为我的节日做出一把不错的火把来。（故作放肆地自言自语，悄悄越到离守门之人最近的石头上）没人知道大卫·雷泽尔，我要赋予他荣光，我要让他变得英勇而伟大——甚至很有可能，我能让他永生不朽。你不相信？没人相信智慧的安那太马，哪怕他说的是真理，——而谁又比安那太马更热爱真理呢？是你吗？沉默的看门狗，从世间窃取真理，用钢铁驻守入口的强盗！（激愤地扑向守门之人，又带着恐惧和痛苦的尖叫在他雷霆万钧的凝重面前退却了。安那太马灰色的胸脯伏在灰色的石头上，痛苦地呻吟着）哎呀，魔鬼生了白发！痛哭吧，热爱安那太马的人们，去哀痛去悲伤吧，渴望真理，崇尚智慧的人们，——而安那太马已白发苍苍！谁能帮助邪面之子，——他孤独一人在宇宙间。伟大的守门之人，你为何要如此恐吓无所畏惧的安那太马——他不想袭击你，他只是想靠近你。能向你靠近吗？（守门之人沉默不语，可安那太马在他的沉默中听出了些许东西。他伸出蛇一般的脖子，激情地大叫）大声点，大声点！你在说话还是在沉默，我不明白？背弃誓言者有敏锐的听觉，在你的沉默中他已捕捉到某些词语的影子；在你的凝固里他已察觉到思绪的不安骚动——可他不明白。你是在说话还是在沉默？是你说了"上前来"，还是只是我心中的感觉？

守门之人　上前来。

安那太马　是你说了。可我不敢上前。

守门之人　上前来。

安那太马　我害怕！（犹豫地，曲折徘徊地靠近守门之人，肚子贴地爬行着，恐惧而哀怨地呻吟着）哎，我是黑暗的公爵，我充满智慧，有力，你看到了，我贴地爬行，就像条狗。那是因为我爱你，想要亲吻你衣服的边角。可为何我衰老的心如此疼痛，全知的你，请告诉我吧。

守门之人　背弃誓言之人没有心。

安那太马　（靠近了一些）对，对，背弃誓言之人没有心，他的胸脯无声而寂静，像灰色石头那样，没有呼吸。哦，就让安那太马有心吧，你本该早就将他折磨致死，如杀死那些愚蠢之人一样。可安那太马拥有智慧，它寻求真理，却对你的惩击毫无抵抗，饶恕他吧……我就在你的脚下，向我展现你的面孔吧。哪怕只是一瞬间，像雷电闪过刹那。向我展现你的面孔吧。（他奴颜婢膝地缩在守门之人的脚边，没有笑，却碰到了对方的衣服。他徒劳地睁大眼睛，眼珠飞快地转动，张望，闪着狡黠的光，就像灰尘之上的煤炭。守门之人沉默着，而安那太马继续对自己的祈求做着没有结果的坚持）你不愿意吗？那就对我念出门背后那个人的名字吧。低声地将它念出来，没有人会听见，只有我知道，智慧的，却因真理而受困的安那太马。那个名字是由七个字母组成的①，对吗？或者六个②？或者一个③？告诉我。只要一个字母——你就可以拯救背弃誓言之人于永恒的苦难之中，而你将得到被我用脚掌撕裂的大地的颂扬。何必高声喊出？你只需轻轻地，轻轻地说出来，只消你稍一吐气，我就能立刻明白，并将你称颂……告诉我吧。（守门之人沉默着，在经过一番犹豫后安那太马怀着满腔气愤爬开了，每一步都更加坚定）我爱着你，这是假的……我想亲吻你衣服的边裾，这是假的……如果你信了，我替你可怜：我只是无事可做，在世上走来走去……我无事可做，我向所有遇到的人问这问那，问我自己明明知道的……我知道一切！（站起来，像出水的狗一样全身一抖，把石头抛向上空，摆出演员般傲慢的姿态）我知道一切。英明的我能渗入所有事物的思想中，我知晓数字的运算法则，命运之书也向我打开。我用同一的尺度审视着生命，我是高速旋转的时间轮回的中轴。我伟大，英武，不朽，我的权力来自于人。谁胆敢同魔鬼作对呢？我将强壮的人杀死，我让孱弱的人在醉酒的舞会上打转——那狂热的舞会——恶魔的舞会！我在所有生命的源头下毒，我在她所有的道路上设置埋伏，——难道那些咒怨的声音没有传到你这里吗？——那些因邪恶的重压而疲惫不堪的人？——那些做毫无结果的挣扎抵抗的人？——那些永远恐惧地犯愁

---

① 俄文"安那太马""Анатэма"由七个字母组成。——译注
② 俄文"魔鬼""дьявол"与"死亡""смерть"皆由六个字母组成。——译注
③ 即俄文的"我"——"Я"。以上都表明安那太马希望得到的答案是自己。——译注

的人？

守门之人　我听到了。

安那太马　（呵呵笑着）名字！对我念出那个名字！为恶魔和人类点亮道路吧。世上万物都向往着善良——却不知道从何处寻找，世上万物都向往生命——可遇见的只有死亡。名字！对我念出那善良的名字，对我念出那永生的名字吧！我在等待。

守门之人　你问的那个名字并不存在，安那太马。你所问的东西，是没有数字可以计算，没有尺度可以计量，没有筹码可以估重的，安那太马。任何人都说过这个词：爱情——是谎言。任何人都说过这个词：理智——是谎言。甚至有人念出这个名字：上帝——这是最彻底和最可怕的谎言。因为没有数字——没有尺度——没有重量——没有你所询问的名字，安那太马。

安那太马　我该去哪儿？告诉我。

守门之人　去该去的地方。

安那太马　我该做什么？告诉我。

守门之人　做你该做的事。

安那太马　你什么都没说——我会明白你无声的语言吗？告诉我。

守门之人　永远不会。我的脸始终敞开——可你却看不见。我的话掷地有声——可你却听不见。我的指示清楚明了——可你却不明白，安那太马。你也永远看不见——永远听不到——永远懂不了，安那太马——不幸的灵魂，在数字中不朽，在尺度和重量间永生，却还没有真正为生命而诞生。

安那太马　（苦恼地）永远不会？

守门之人　永远不会。

　　安那太马从石头上落下，备受苦痛折磨，失去理智地徘徊走动。他伏在石头上，温柔地环抱它们，又愤怒地推开；他痛苦地悲鸣着。把脸转向大地西方和东方，北方和南方，挥动着双手，就好像在召唤怒火和报复。可是灰色的石头悄无声息，大地的西方和东方沉默着，南方和北方沉默着，在一片肃然沉寂中，凝重地倚着长剑，岿然不动地站着守门之人。

安那太马　起来吧，大地！起来吧，大地！佩上你们的利剑，人类！这世界将不再存在于你与天空之间，大地将成为混沌与死亡的驻地，黑暗的公爵将降临其上——从现在到永远。我向你走来，大卫。我要把你悲哀的生命，如同弹弓上的石子，投射向骄纵的天空——那高耸的天庭也将发出颤抖。我的奴仆，大卫：我将借你的双唇宣告人类命运的真理。（转向守门之人）而你！……（羞怯地不作声了，陷入不安的沉默。慵懒地伸着懒腰，看似无聊的样子，进而喃喃自语，声音大得正好让守门之人听见）不过，难道我不就是因为无事可做才走来走去的吗？一会儿在这里，一会儿又要去那里，——对一个欢快的魔鬼，喜欢健康的笑容和毫无顾忌的打趣，难道会没地方去吗。六点……意味着我将为大卫带去他意想不到的财富。八点……意味着大卫将治愈病人，并复活死人。二十点——没错！这意味着我将同大卫一起前来感恩，同大卫一起……我该走了。

安那太马消失了。

万籁俱寂。无言的石头，无言的巨型铁门，将自己无限的重压施加于大地，无言的守卫如石头一样凝固。万籁俱寂。是安那太马的脚步惊起了这忐忑不安如泣如诉的回声吗？一，二——有人沉重地走来。一，二——他的脚步阴郁沉闷；脚步声只有一个，可来者众多；来者沉默着——却已让寂静抖动，让沉默荡起波澜。突然间一声骇人的巨响，伴随着无力而忐忑的阵阵骚动。在寂静之中，霎那间被高举的黄色火焰点亮：山下目不能及的远方大地上，有人用双手高举着长长的号角，吹出缓慢沉郁而汹涌愤懑的吼叫：他们召唤着暴动的呼喊向大地和天空播撒。一，二——此时已能清楚地辨认出是一队人在行进：他们有高亢的嗓音，他们有浑然一体的响亮呼号，还有嘈杂而澎湃的话语；在那陷落的低处，在那如迷宫岔路般错乱幽暗的地方，升起第一个明晰可辨的声音，更确切地说是一个词，一个名字："大——卫——"。声音变得逐渐清晰，向高处飞升，它在人们头顶飘荡，伴着铜管展翅的乐音和人群踏步的沉重撞击声。

大——卫——大——卫——大——卫——

它如和弦一般有节奏。汇成了百万人的大合唱。

号角中发出的号声——铮铮作响，暗哑沉闷。守门之人听得见吗？灰色岩石的呻吟将他围绕——从脚下升起激烈的呼喊声——可守护者岿然不动，守护者沉默不语，铁门也纹丝不动，无底的深渊传来轰鸣之声。

一次足以击碎大地的踏步声终止了号角和人群的呼号——废墟中漏出最后一个脆弱、明快的音符，就像是立柱被闪电所击碎。

一切安静了。

不响。不动。以及等待——只有等待。

落幕

❧

第二场

南方，夏日炎热的中午。一条宽阔的道路延伸在人口稠密的大城市边界口。道路从舞台左侧起始，斜着伸向舞台深处而后弧形地弯向舞台右侧。两根又高又老的风化石柱歪斜着，标志着城市的边界。沿着这条城市界线，在右侧石柱边是一间老旧废弃的值勤室，上面的泥灰早已剥落，窗户也全打破了；路边上摆着几个用劣质木材做成的粗糙小摊位，彼此之间只隔着狭窄的过道，——在这场为了生计而不顾一切的垂死争斗中，小摊位互相杂乱地挤对着对方。这里出售各种小玩意儿：冰糖、瓜子、劣质火腿肠，鲱鱼；每个摊位都有一个脏兮兮的小柜台，从里面引出一个两头的管子来——一个头里流苏打水，每杯一戈比，另一个头里是碳酐矿泉水。其中一个铺子是大卫·雷泽尔的，其余的分别归属希腊人普里克斯，年轻的犹太人宋卡·齐特隆和俄国人伊万·别斯克莱尼，他除了做买卖，还有修鞋和灌制胶鞋的营生；他还是唯一一个卖"正宗皇家"格瓦斯的人。

骄阳肆无忌惮地灼烧着，几株低矮的树上，树叶因为炎热而卷曲，

127

祈祷着降雨；而尘土满布的路上也阒无一人。在石柱背后，也就是道路向右弯折的外边，便是深深的悬崖——那些稀有树种灰溜溜的树冠在下面晃动着。而大海像一条雾蒙蒙的蓝色绸带环抱着整个地平线，它在炽烈的日光下闪烁，舒展着，沉静地安睡。受尽生活摧残的老犹太人大卫·雷泽尔的妻子苏拉坐在自己的小卖铺前。缝补着一些破衣服，无聊地同其他商贩聊天。

苏拉　没人来买。没人来喝苏打水，也没人买瓜子和这入口即化的上等冰糖。

普里克斯　（就像回声）没人来买。

苏拉　大概，就算人们死光了，也不会来我们这儿买一点东西。大概，全世界只剩下我们和我们的店铺了——全世界只剩下我们。

普里克斯　（就像回声）只剩下我们。

别斯克莱尼　太阳把顾客都烧焦了——只有卖家活了下来。

沉默。传来宋卡的低声哭泣。

别斯克莱尼　喂，宋卡，你昨天买了只鸡。莫非是你杀人了还是抢劫了，否则怎么买得起？要是你真那么有钱还藏着掖着，为什么还要在这里摆摊跟我们抢生意？

普里克斯　（就像回声）跟我们抢生意。

别斯克莱尼　宋卡，我问你——你昨天买鸡的事是真的吗？别说谎，我可是从可靠的人那儿听说的。

宋卡沉默地哭着。

苏拉　如果犹太人买了只鸡，要么是犹太人病了，要么就是鸡病了。宋卡·齐特隆的儿子快死了；昨天开始就不行了，挨不过今天——他是个命硬的孩子，能撑这么久。

别斯克莱尼　如果她儿子都要死了，她跑来这里干什么？

苏拉　因为还得做买卖。

普里克斯　还得做买卖。

宋卡哭着。

苏拉　昨天我们没吃上饭，等待今天的到来，今天我们仍旧吃不上饭，等待明天的到来，期盼着有顾客给我们带来幸福。幸福！有谁知道，什么是幸福？在上帝面前众人平等，可一个人卖两戈比的东西，另一个却卖三十戈比。一个人永远卖三十，另一个却永远卖两戈比，也没人知道，人们为何而幸福。

别斯克莱尼　以前我卖过三十戈比，现在卖两戈比。以前我这里没有皇家格瓦斯，现在就算有了皇家格瓦斯，我也只能卖两戈比。幸福总是变幻无常。

普里克斯　幸福总是变幻无常。

苏拉　昨天我的儿子纳乌姆过来问我："妈妈，父亲在哪儿？"我对他说："你为什么要知道父亲在哪儿？大卫·雷泽尔，你父亲，是个不幸的病人，很快就要死了；他一个人去海岸边，就是想独自同上帝谈论自己的命运。不要惊扰父亲，他很快就要死了，——

129

你最好把想说的告诉我。"纳乌姆是这么回答的:"我想告诉你的就是,妈妈,我快要死了,妈妈!"纳乌姆就是这么回答的。当我年老的丈夫大卫·雷泽尔回来的时候,我告诉他:"你仍然持守你的纯正吗?你弃掉神,死了吧!① 连你的儿子纳乌姆都快死了。"

宋卡哭得更凶了。

普里克斯 (突然惊恐地环顾四周) 可万一……万一人们彻底不再买东西了呢?

苏拉 (慌乱起来) 怎么会彻底不买了?

普里克斯 (害怕起来) 就是,突然间人们什么都不买了。那时我们该怎么办?

别斯克莱尼 (紧张地) 让人们彻底不买东西,这怎么可能?这不可能!

苏拉 这不可能。

普里克斯 不,有可能!突然间人们彻底不再购买了。

所有人都被恐惧所笼罩;就连宋卡也不哭了,用可怜的受惊吓的黑眼睛环顾着空旷的道路。太阳残酷地炙烤着。远方的转角处,安那太马出现了。

苏拉 顾客!

───────────────

① 原文来自《圣经·约伯记》(2:9)。——译注

普里克斯　顾客！

宋卡　顾客！（又哭了）

安那太马走近了。尽管炎热难耐，他身上还是穿着呢子的收腰礼服，戴着黑色圆筒帽和黑手套；只有领带是白色的，让整套服饰既庄重又极为体面。他身形高大，一头银发，笔挺干练。背弃誓言之人脸色灰黄暗沉，肃然的轮廓有着特别的美感；安那太马摘下帽子，露出了高耸的额头，上面布满皱痕，大得出奇的脑袋上，灰黑的头发掀了起来。就像他硕大的额头一样，安那太马的脖子也显得奇怪：它又细又长，布满青筋，显得十分结实，在神经质的抽搐和扭曲中托着脑袋，就像重压让它变得如此畸形可怕，不安而危险。

苏拉　不来一杯苏打水吗，先生？天热得就像在地狱，如果不喝点儿，会被太阳晒死的。

别斯克莱尼　正宗的皇家格瓦斯！

普里克斯　紫罗兰水！上好的紫罗兰水！

苏拉　苏打水，碳酐水！

别斯克莱尼　别喝她的苏打水，——喝了她的水，老鼠窒息了，蟑螂也难活。

苏拉　伊万，您怎么好意思这样抢生意——我可没说一句您那皇家格瓦斯的坏话，只有疯狗才会喝那东西。

普里克斯　（欢快地）客人！客人！来吧，您不需要在我这儿买任何东西，我都没指望您在我这里花钱——只要能看见您来，我就满足了。宋卡，你看——客人来了！

宋卡 我没看见。我看不见了。

安那太马摘下礼帽，恭敬地一一鞠躬。

安那太马 感谢你们。我很乐意喝一杯苏打水，也许，还能喝上一杯皇家格瓦斯。不过我想打听一下，这里的商贩大卫·雷泽尔在哪里?

苏拉 （惊讶地）就在这里。您找大卫——我是她妻子，苏拉。

安那太马 是的，雷泽尔夫人，我想见见大卫，大卫·雷泽尔。

苏拉 （警惕地）您来这里是有什么噩耗要说吗：大卫平日里没有你这样穿着细薄呢子大衣的朋友。你最好还是走吧——大卫不在，我也不会告诉您他在哪儿。

安那太马 （气愤地）哦不，请别慌，夫人：我什么坏消息也没带来。我很高兴看到这样的爱情——您很爱您的丈夫，雷泽尔先生?也许，他是个非常强壮健康的人，能挣很多钱?

苏拉 （阴郁地）不，他又老又衰还不能工作。不过他无论如何也不会违背上帝，违背人民，就连仇人也不敢说他的坏话。这是碳酐水，先生，它比苏打水好。如果您不怕热，那就请您坐下稍等片刻：大卫很快就来了。

安那太马 （坐下来）是的，我听说了很多关于您丈夫的好话，但我不知道，他是如此年老体衰。你们有孩子吗，雷泽尔夫人?

苏拉 以前有六个，头四个死了……

安那太马 （惋惜）哎——呀——呀。

苏拉 我们过得很糟，先生。只有两个活了下来。儿子叫纳乌姆……

别斯克莱尼 他游手好闲，整日里装病，在城里闲逛。

苏拉 住嘴，伊万，您这样诋毁诚实的人就不羞耻吗：纳乌姆去城里，是为了借钱。还有，先生，我们有个女儿，她叫罗莎。不过，很可惜，她太漂亮了，太漂亮了，先生。幸福，——什么是幸福？一个人因为得天花死了，而另一个想得天花，却怎么也得不上，脸上干净得像花瓣一样。

安那太马 （假装惊讶地）您为什么对此感到可惜？美丽——这是上天的恩赐，让他与众不同而更接近神。

苏拉 谁知道呢？——也许是上帝的恩赐，也许，是别的什么人的恩赐呢，我可不敢把他名字说出来。只是我不明白，为什么要赋予人美丽的双眼——如果他注定要将它们蒙起来；为什么要生就洁净的脸庞——如果他注定要将它掩盖在煤灰和烂泥之下。美丽——太过于危险的财宝，相比于不让美丽被丑恶玷污而言，把钱藏好不让贼偷去容易多了。（警惕地）您来，不是为了见罗莎的吧？——那样的话您最好走吧：罗莎不在这里，我也不会告诉您她在哪儿。

普里克斯 客人来了，苏拉，快看：客人来了！

苏拉 没错，普里克斯。不过他买不到他想买的，也找不到他想找的。

安那太马愉快地笑着，兴趣盎然地听着对话；每一次有人开始讲话，他都会伸出脖子，把脑袋转向说话的人，微微倾斜着。他像演员一样挤弄表情，表达着惊讶、悲伤和不满。他笑起来，然而有些不合时宜，并让谈话者们感到了些许惶恐和惊讶。

别斯克莱尼　你涨价也没用，苏拉，客人是不会买的。所有货都会积压下来，最后一文不值。

苏拉　（眼中带泪）您太可恶了，伊万。我都借给您十戈比了，而您却只知道辱骂我。

别斯克莱尼　请原谅我，苏拉。我是因为饥饿才说狠话。穿黑礼服的先生，请到这里来：苏拉是个诚实的女人，哪怕您给她一百万，她也不会把女儿给你。

苏拉　（热情地）对，对，伊万，谢谢您。先生，是谁告诉您，我们的罗莎美丽极了？这不是真的，——您别笑，这不是真的，她很丑，丑得要死。她脏得像条从运煤轮船的货舱钻出来的狗；她的脸因为天花而坑坑洼洼的，就像积满黏土沙子的地面；她的右眼里有一块白翳，很大的白翳，像老马一样。看看她的头发吧——它们像一堆乱毛，被鸟嘴啄去了一半；她走路的时候还驼背，向您发誓，她走路驼背。如果您要带走她，那所有人都会嘲笑您，他们会朝您吐口水，街上的小伙子会让您不得安宁……

安那太马　（惊讶地）可我听说，雷泽尔夫人……

苏拉　（忧伤地）您什么也没听说。我发誓，您什么也没听说！

安那太马　可您自己都……

苏拉　（祈求着）我说什么了吗？上帝呀，女人就是那么爱瞎说，先生；她们爱自己的孩子，以至于总觉得他们长得漂亮。罗莎——是个美女！（笑起来）您想想，普里克斯，罗莎——居然是美女！（笑着）

罗莎从城市那边走来。她披头散发，几乎把黝黑善良的眼睛盖住

了；脸上涂着什么黑乎乎的东西；她穿着丑陋。她脚步轻快干练，不过，一看见这位不认识的先生，她就开始像老太婆一样驼背了。

苏拉　你看，你看，罗莎，瞧瞧她，先生。天哪，她可真丑：大卫每次看见她都会哭。

罗莎　（下意识地感到委屈，伸直了腰板）总会有比我难看的女人的。

苏拉　（笃定地）胡说，罗莎，世上再没有比你难看的女孩了！（悄悄地恳求）把美貌藏起来吧，罗莎！强盗来了，罗莎，——快把美貌藏起来。晚上我亲自给你洗脸，我亲自给你梳辫子，你会美得像个天使，我们所有人都会跪下来膜拜你。可是强盗来了，罗莎！（大声地）他们又朝你扔石子了？

罗莎　（嘶哑地）嗯，扔了。

苏拉　又被狗追了？

罗莎　嗯，被追了。

苏拉　您看，先生。就连狗都讨厌她！

安那太马　（恭敬地）是呀，看来我错了。很可惜，您的女儿确实不美丽，朝她多看几眼都很困难。

苏拉　当然，还有比她难看的女孩，不过……快去，罗莎奇卡，上那儿干活去：除了干活，可怜的丑姑娘还能干什么。去吧，可怜的罗莎奇卡，去吧。

罗莎拿起修鞋用的破布藏在铺子后面。沉默。

安那太马　您很早就开铺子了吗，雷泽尔夫人？

苏拉 （镇静地）已经三十年了，自从大卫得病之后。他遭遇了不幸：当兵的时候，他被马车轧过，胸部被碾碎了。

安那太马 大卫当过兵？

别斯克莱尼 （插话）雷泽尔有个哥哥，是个大浑蛋。他叫摩西。

苏拉 （叹气）他叫摩西。

别斯克莱尼 当他该服兵役的时候，他坐上意大利的轮船逃走了。于是大卫就被抓去顶替他。

苏拉 （叹气）大卫就被抓去了。

安那太马 太不公平了！

别斯克莱尼 难道您在这世上遇见过公平吗？

安那太马 当然，遇见过。你们，看得出来，是非常不幸的人，你们一直身处在黑暗的世界。不过你们会看见，你们很快就会看见，公平是存在的。（放肆地）该死，我无事可做，在世上走来走去，还没见过比公平更多的东西。怎么跟您说呢，雷泽尔夫人？——它在世上的数量多过那好狗身上的跳蚤。

苏拉 （笑起来）可如果它就像跳蚤那样难以捉到呢……

别斯克莱尼 如果它像跳蚤那样咬人呢……

　　所有人笑起来。从城市那边走来一个疲惫憔悴的流浪乐师，他的眼睛快被扬尘和汗珠弄瞎了。他本想走过去，可突然绝望地停下来，演奏起难听的曲子来。

苏拉 走开吧，请您走开吧。我们不需要音乐。

流浪乐师 （弹奏着）我也不需要音乐。

苏拉　我们没东西可以给您。走吧。

流浪乐师　（弹奏着）那我就伴着音乐死去。

安那太马　（高尚地）拜托您，雷泽尔夫人，给他点吃的喝的吧——我
　　　　　　　来付钱。

苏拉　您真是个善良的人。来吧，乐师，过来吃点东西吧。不过只有喝
　　　　水不收您一分钱，喝水我请客。

　　流浪乐师坐下来狼吞虎咽起来。

安那太马　（恭敬地）您在世上走来走去已经很久了吗，乐师？

流浪乐师　（阴郁地）以前我有一只猴子……音乐和猴子。猴子被跳蚤
　　　　　　　咬死了，琴声也变得嘶哑，我在找一棵树，可以让我上吊而
　　　　　　　死。如此而已。

　　跑过来一个姑娘。好奇地看着流浪乐师，然后转向宋卡。

姑娘　宋卡，鲁夏已经死了。

宋卡　已经死了？

姑娘　是呀，死了。我能拿点瓜子吗？

宋卡　（关铺子）可以。苏拉，如果有客人来，告诉他，我明天还会开
　　　　张的，否则他会觉得我的铺子彻底倒闭了。您都听到了：鲁夏
　　　　死了。

苏拉　已经死了？

姑娘　是呀，死了。乐师会弹琴吗？

安那太马跟苏拉耳语几句并把什么东西塞到她手里。

苏拉 宋卡，给您卢布，看见了吗——卢布？

别斯克莱尼 瞧——这就是幸福！昨天是鸡，现在是卢布。拿着吧，宋卡！

所有人都眼巴巴盯着那个银卢布。宋卡和姑娘走了。

苏拉 您很富有，先生。

安那太马 （自满地）对！我的事业很大——我是个律师。

苏拉 （迅速地）大卫可没欠钱。

安那太马 哦，我可不是为这来的，雷泽尔夫人。当您更了解我以后，您就会发现，我只会带来什么，而不会拿走什么，我只会给予，而不会剥夺。

苏拉 （略带恐惧）难道您是上帝派来的？

安那太马 如果我是上帝派来的，雷泽尔夫人，那对我和对您都是无上的光荣了。但不是，我是自己来的。

纳乌姆走近来，惊讶地看着客人，疲惫地坐在石头上。这个又高又瘦的年轻人胸部像鸟一样，大鼻子毫无血色。他左顾右盼。

纳乌姆 罗莎在哪儿？

苏拉 （小声地）小点儿声，她在那儿。（大声地）怎么样啊，纳乌姆，借到钱了吗？

纳乌姆 （消沉地）没有，妈妈，我没借到。我快要死了，妈妈：到处都很炎热，可我却在发冷；我在出汗，汗珠也是冷的。我遇见了宋卡——鲁夏死了？

苏拉 你还不会死，纳乌姆，你还能活下去。

纳乌姆 （消沉地）对，我还能活下去。父亲怎么没来？他早就该来了。

苏拉 把鲱鱼洗干净，罗莎。这位先生已经等了很久了，可大卫还是没来。

纳乌姆 为什么？

苏拉 不知道，纳乌姆。如果来了，就说明，有事需要他。

沉默。

纳乌姆 妈妈，我再也不想去借钱了。我想和父亲一起去海边。我已经到了该向上帝问问我的命运的时候了。

苏拉 别问，纳乌姆，别问。

纳乌姆 不，我要问他。

苏拉 （哀求着）不需要，纳乌姆，别问。

安那太马 这是为何呢，雷泽尔夫人？难道您害怕上帝会告诉他什么噩耗吗？您需要更加虔诚，雷泽尔夫人，如果大卫听到您这么说，他是不会赞同您的话的。

流浪乐师 （抬起头来）年轻的犹太人，是你想同上帝对话吗？

纳乌姆 对，是我。每个人都能同上帝对话。

流浪乐师 你这么想？那就替我向上帝要一个新的手风琴。就说，这个拉不出声了。

安那太马　（同情地）他还应该加一句，你的猴子被跳蚤咬死了——需要一只新猴子！（笑起来）

　　所有人都不解地看着他，只有乐师站起来，一声不响地拿起了风琴。

苏拉　你想干什么，乐师？

流浪乐师　我想演奏。

苏拉　为什么？我们不需要音乐。

流浪乐师　我应当感谢你们的善意。（演奏起难听的曲子来；手风琴吱吱呀呀，断断续续，嘶哑刺耳地发出声响）

　　安那太马若有所思地看着天空，用手打着勉强能捕捉到的拍子，吹起了口哨。

苏拉　天哪，太难听了！

安那太马　雷泽尔夫人，这就是……（吹着口哨）世间的和谐。

　　对话停了下来；只听见风琴的嘶吼声和安那太马若有所思的口哨声。太阳无情地炙烤着。

安那太马　（陶醉地）我无事可做，我在世上走来走去。（吹得更起劲了）

　　突然间，琴声被一记刺耳的响声打断，回音在耳中久久不去，安那太马抬着手呆住了。

安那太马 （不解地）它总是这样结束吗？

流浪乐师 还有更糟的时候。请原谅。

安那太马 （在背心里翻找）不，不，别这么就走了……您给我带来了真挚的享受，我不希望您就这样上吊。这点零钱给您——活下去吧。

苏拉 （愉快而惊讶）看您的面相，谁能想到您是这样一个欢乐和善良的人呢。

安那太马 （甚感荣幸地）哦，雷泽尔夫人，请您别夸赞我，那会让我为难。有什么理由不去帮助就要上吊寻死的可怜人呢。我在那里看到一个虔信的人，是大卫·雷泽尔吗？（朝道路向右拐弯的地方看去）

苏拉 （同样望去）没错，是大卫。

所有人沉默地等待着。尘土飞扬的道路拐弯处，出现了大卫·雷泽尔，他缓慢地行走着，个子很高，瘦骨嶙峋，卷曲的长发花白了，胡子也是如此；头上带着一顶高高的圆形黑色便帽，手持拐杖，大卫仿佛用它丈量着道路。双眼从浓密而低垂的眉毛向下看着，没有抬起来，慢慢地严肃地走向在座的人们，停下来，双手依靠着拐杖。

苏拉 （起身，恭敬地）你去哪儿了，大卫？

大卫 （没有抬起眼睛）我在海边。

苏拉 你在那里做什么，大卫？

大卫 我看着海浪，苏拉，并向他们发问：他们从哪儿来要往哪儿去？我思考着生命，苏拉：它从哪儿来，要往哪儿去？

苏拉 海浪说了什么，大卫？

大卫 他们什么也没说。苏拉……他们来了又走，人在海岸边徒劳地等待大海的回答。

苏拉 你同谁聊天了，大卫？

大卫 我同上帝对话了，苏拉。我向他询问了大卫·雷泽尔，一个将死的老犹太人的命运。

苏拉 （紧张地发抖）上帝对你说了什么？

大卫沉默着，垂下双眼。

我们的儿子纳乌姆想跟你一起去海边问问自己的命运。

大卫 （抬起双眼）难道纳乌姆也快要死了？

纳乌姆 是的，父亲：我已经要死了。

安那太马 请原谅，诸位……我为你们带来了生命和幸福，为何还要谈论死亡呢？

大卫 （转过头来）难道你是上帝派来的？苏拉，他是谁，怎么能这样说话？

苏拉 我不知道。他等你很久了。

安那太马 （愉快地嘀咕着）哎呀，诸位，请你们笑一笑吧！只消一分钟的工夫，我就能让所有人都喜笑颜开！注意，各位！注意！

所有人都紧张地盯着安那太马的嘴巴。

安那太马 （掏出一张纸，庄重地宣布）您是大卫·雷泽尔，阿布拉姆·雷泽尔之子？

大卫 （惊恐地）嗯，是我。不过，或许还有另外叫大卫·雷泽尔的，我不知道，——可以向人们打听打听。

安那太马 （用手势打断他）您曾经有一哥哥，摩西·雷泽尔，三十年前乘坐意大利轮船"幸运号"逃往美国？

所有人 对，有。

大卫 可我不知道，他在美国。

安那太马 大卫·雷泽尔，您的兄弟摩西——死了！

沉默。

大卫 我早就原谅他了。

安那太马 在他临死前，将自己所有的财产，合计两百万美元（对着众人）——相当于四百万卢布——留给了您，大卫·雷泽尔。

人群中传来长长的惊呼，所有人都僵住了。

安那太马 （将纸递上）这是遗嘱，看吧——有印章！

大卫 （推开遗嘱）不，不需要，不需要。您不是上帝派来的！上帝是不会这样对人开玩笑的。

安那太马 （焦急地）哎呀，什么玩笑。这句句属实，都是真的——四百万！请允许我第一个向您表示祝贺并热情地握一下您诚实的手（抓起大卫的手晃动着）。那么，雷泽尔夫人，瞧我给你们带来了什么？您现在想说什么：您的罗莎究竟是漂亮还是丑陋？啊哈！您现在还觉得自己会死吗，纳乌姆？啊哈！（噙着泪水）这就是我为你们带来的，各位，现在请让我独自待一会儿……不要打扰……（拿起手帕擦眼泪，退到一边，看上去很激动）

苏拉 （粗鲁地）罗莎！

罗莎 （同样粗鲁地）干吗，妈妈？

苏拉 洗脸！洗脸，罗莎！上帝呀，快点，快点洗脸！（着了魔似的拽着罗莎，给她洗脸，发抖的双手把水洒得到处都是）

　　纳乌姆抓住父亲的手，几乎是挂在了他身上；似乎，他在那一瞬间失去了意识。

大卫 请把这张纸拿回去。（坚定地）请把这张纸拿回去！

苏拉 你疯了，大卫。您别听他的。快洗，罗莎奇卡，快洗！让人们都看见你的美貌！

纳乌姆 （抓着遗嘱）这是我们的，父亲。父亲，这就是上帝给你的答复。看看母亲，看看罗莎——看看我吧，我都快要死了。

普里克斯 （叫喊着）哎——哎，快看，他们会把纸撕碎的！哎——哎，快把纸头从他们手里拿过来！

　　纳乌姆哭着。罗莎微笑着，眼睛湿润，不再被头发盖住，浑身美得发亮地站在父亲面前。

罗莎　是我，父亲！是我！是……我！

苏拉　（粗鲁地）你去哪儿了，罗莎？

罗莎　我已经不是我了，妈妈！我重获新生了，妈妈！

苏拉　看呀，大卫，看呀：有人重获新生了。哎呀，快从头到脚看看她吧！哎呀，快把阻挡你视线的障碍移开，快把你两眼前的大门敞开——从头到脚看看她吧！

突然间大卫明白了正在发生的事情。他把帽子从头上摘下，扯开紧紧掐着的衣领，把所有人推向一旁，扑向安那太马。

大卫　（威严地）你为什么把它带来？

安那太马　（短促地）请原谅，雷泽尔先生，我只是个委托人。我真是高兴……

大卫　你为什么把它带来？（用力推开安那太马，摇摇晃晃地沿着道路走开去。突然又停下，向后转身，振臂高呼）把他赶走——这是魔鬼。你们以为，他带来的是四百万卢布吗？不，他带来的是四百万的羞辱！他把四百万句嘲讽丢在了大卫的头上！……我将足以装满四大洋的痛苦泪水浇灌在生命之上，大地上四面的狂风是我的叹息，我的四个孩子被饥饿和病痛生吞活剥，——而现在，就在我应该死去的时候，在我老得活不下去的时候，他却送来了四百万卢布。它们能换回我的青春吗，我那在贫穷中度过，被悲痛所挤压，被忧郁所束缚，被消沉所笼罩的青春吗？它们能挽回我饥饿年岁中的哪怕一天，滴在石头上的哪怕一滴泪，落在我脸上的哪怕一点唾沫吗？四百万次咒骂——你那四百万卢布就意味着这个！……哦，汉那，哦，韦尼阿明和拉斐尔，还有我的小摩西，你们都是我的小鸟，却因为寒冷冻死在冬日裸露的枝头，——如果你们的父亲碰一下这些钱财，你们会说什么？不要，我不需要这些钱。我不需要钱，我告诉您，我一个老犹太人，将要饿死之人。在这里我没看见上帝。可我要去见他，我要告诉他：你对大卫做了什么？……我走了。*（离开了，挥动着手臂）*

苏拉 *（哭着）* 大卫，回来，回来！

普里克斯 *（绝望地）* 纸，把纸举起来！

安那太马 *（转着圈）* 别着急，雷泽尔夫人，他会回来的。一开始总是这样。我在世上走来走去久了就知道。血涌到脑袋里，两脚发抖，骂骂咧咧。这都不要紧！

罗莎 这面镜子不平，妈妈！

纳乌姆 *（哭着）* 妈妈，父亲去哪里？我想活着。

安那太马 丢了这面镜子吧，罗莎。人们将映衬您的美，世界将映衬您的美——它才配做您梳妆的镜子……啊哈，您还在这里，乐师？那就为我们演奏一曲吧，我向您发出邀请：这样的喜事不能没有音乐。

流浪乐师 还弹那个曲子？

安那太马 还弹那个。

风琴吱呀地哀叫着。安那太马兴致高昂地吹着口哨，摇晃着双手，用音乐和口哨为所有人唱颂着祝福。

落幕。

第三场

　　大卫·雷泽尔的生活很富有。在妻子和孩子的坚持下，他在海边租了一幢奢华的别墅，雇了许多女用人、车马和后勤。而安那太马借口自己厌倦了律师事务，顺便做了大卫的私人秘书。罗莎有了自己的男女家庭教师，为其讲授各国语言，进行发音练习，而纳乌姆已经彻底病倒，离死不远了，可按他的要求，还是请来了一位舞蹈教师。美国那边的钱还没拿到，而大卫·雷泽尔这个百万富翁就已经欠下了不少贷款——只不过，由于手头还没有那么多钱，所以欠的东西多为商品实物而非现金。

　　舞台上是一个富丽堂皇的大厅，由白色大理石打造，墙上是巨大的意式玻璃窗和通向露台的门。中午。打开的窗户外能看见亚热带植物，蔚蓝的大海在闪耀；通过其中一个窗户能看见城市的景象。大卫·雷泽尔坐在桌边，一脸沉闷。稍远的沙发上坐着苏拉，穿着富贵，可毫无品位，看着纳乌姆学舞蹈。纳乌姆面色煞白，咳嗽着，虚弱得都快跟跄了，尤其是当他不得不按照舞姿要求单脚站立的时候，尽管如此，他还是在坚持；他穿着高雅，只是那异常鲜亮的彩色背心和同样颜色的领带破坏了美感。舞蹈老师拿着小提琴和琴弓围着纳乌姆旋转，平衡，下蹲，——他富有异于常人的优雅和轻盈；白色背心，漆皮皮鞋，黑色礼服。而在入口处站着的安那太马，带着失望和责备的神情看着这一切。

舞蹈老师 一——二——三，一——二——三！

苏拉 看，大卫，看呀，我的纳乌姆学得多好。换作是我无论如何也跳不成那样——可怜的孩子！

大卫 我看着呢。

舞蹈老师 纳乌姆先生很有天赋。请吧……一——二——三，一——二——三！稍等，稍等，稍稍修正一下！步子需要交代清楚，右脚要优雅地划圈。像这样——这样。（做示范）舞蹈，雷泽尔女士，跟数学完全一样，都需要圆弧！

苏拉 你听得见吗，大卫？

大卫 我听得见。

舞蹈老师 请吧，纳乌姆先生。一——二——三，一——二——三！

（拉起小提琴）

纳乌姆 （上气不接下气）一——二——三，一——二——三！（转圈后几乎摔倒。他停下来，目光呆滞，没有血色的脸上十分痛苦——他被咳嗽噎到了。清了清嗓子，继续跳）一——二——三！

舞蹈老师 很好，很好，纳乌姆先生。再优雅一点，再优雅一点，求您了！一——二——三！（演奏着）

安那太马小心翼翼地靠近苏拉，压低嗓音说着，声音大得正好能让大卫听见。

安那太马 雷泽尔夫人，您不觉得，纳乌姆有些疲惫吗？这位老师不懂怜惜。

大卫 （转过身来）没错，够了。苏拉，你准备把孩子折磨死吗。

苏拉 （慌了神）我怎么会呢，大卫，难道我看不出他累了吗，——是他自己想跳。纳乌姆，纳乌姆！

大卫 够了，纳乌姆。休息吧。

纳乌姆 （上气不接下气）我想跳舞。（停下来歇斯底里地跺着脚）为什么不让我跳？——难道所有人都盼着我早点死？

苏拉 你会活下去的，纳乌姆，你会活下去的。

纳乌姆 （快要哭了）为什么不让我跳舞？我想跳。我受够了借钱，我想放松。难道我是个老人，只能躺在床上咳嗽。咳嗽，咳嗽！

（咳嗽的同时哭了出来）

安那太马对舞蹈老师耳语着什么，后者听完优雅地抬起肩膀以示惋惜，他赞同地点点头，准备离开。

舞蹈老师 明天见，纳乌姆先生。恐怕，我们的课要耽搁一下了。

纳乌姆 明天……请您一定来！您听见了吗？我想跳舞。

老师向外走，鞠躬告辞。纳乌姆步子矫健地跟在他后面。

纳乌姆 明天一定要来，您听见了吗？一定！

一同走出去。

安那太马 您在考虑什么，大卫？请不要只把我当作您的私人秘

书，——尽管我对此甚感荣幸，——我也是您的朋友。自
从得到那笔钱以来，您总是被黑暗的忧愁所压迫，我看见
您这样很伤心。

大卫　我有什么可高兴的吗，努留斯①?

苏拉　那罗莎呢? 别在上帝面前作恶，大卫——难道我们的眼睛没有因
为她的美貌青春而获得舒适吗? 以前就连宁静的月亮也不敢瞧一
眼她，星星们也不敢私下议论她，——可现在她出入有马车，所
有人都盯着她看，骑士们追在她身后。您想想，努留斯，骑士们
都追着她跑。

大卫　可纳乌姆呢?

苏拉　纳乌姆怎么了? 他早就病了，这你是知道的，死在软床上总不会
比死在板床上差吧。说不定，他还能活下去，还能活下去呢。
（哭着）大卫，阿布拉姆·赫辛和宋卡的女儿还在院子里等你呢。

大卫　（阴郁地）他们要什么，钱吗? 给他们，苏拉，给他们几个铜币
打发走吧。

苏拉　最后他们会把我们所有的钱都拿走的，努留斯。我已经第二次给
赫辛了。他就像沙子，只要不往上浇水，就永远是干枯饥渴的。

大卫　小事，钱我们有的是。

苏拉　我可不忍心看着人们这样，努留斯。自从您为我们带来了财
富……

安那太马　它就成了你们的灾难，雷泽尔。

_____

① 俄文 "Нуллюс"，为拉丁语 Nullus 的音译，否定代词，表示虚空的，无意义的，不存在之
数。剧中大卫以此称呼安那太马。——译注

大卫 从那时起人们就变坏了。您喜欢人们那样低三下四地向您弯腰鞠躬吗，努留斯？我不喜欢——人不是狗，不用肚子贴着地爬行。可您，努留斯，却喜欢人们对您说，您是万物之中最智慧，最高尚，最完美的——事实上，像您这样普通的犹太老头，多的是。而我却不喜欢这样：对于真理与令人怜爱的上帝子民来说，说谎是可耻的，我们甚至该为残酷的真理而去死。

安那太马 （沉思地）财富——可怕的力量，雷泽尔。没人会问你，钱是从哪里来的：他们只会看到它的力量并向它朝拜。

大卫 力量？可纳乌姆呢？我自己呢，努留斯？——我能用所有钱买来哪怕是一天健康的生命吗？

安那太马 您看得相当清楚。

大卫 （阴冷地笑着）是吗？是不是也该给我请个舞蹈老师，——您有何高见啊，努留斯。

苏拉 别忘了罗莎，孩子他爸。难道将脸上的美丽遮掩起来——不是对上帝犯下的莫大罪过吗？她让你们的眼睛获得愉悦和享受，上帝在她漂亮的脸上显现自己的美丽，当我们每天抬起手，把烟灰和煤渣涂在我们的罗莎脸上，把她糟蹋成没法看的丑八怪的时候，不就是在玷污上帝吗。

大卫 美丽会枯萎。一切都要逝去的，苏拉。

苏拉 百合会枯萎，水仙也会凋谢，黄玫瑰的花瓣也会落下，——大卫，难道你想借此来否定和玷污黄玫瑰和所有花朵的美吗？不要怀疑了，大卫：公正的上帝给予你财富——而你，曾在不幸中那么坚强，不曾有任何诋毁上帝的行为，却在幸福中变得懦弱了吗？

安那太马　完全正确，雷泽尔夫人。罗莎已经有了那么多未婚夫，她只要挑选即可。

大卫　（站起来，怒火中烧）我不会把罗莎交给他们！

苏拉　你在说什么，大卫。

大卫　我不会把罗莎交给他们！他们像狗一样妄想舔食金杯银盏里的美餐，——我要把这群狗赶出去！

罗莎走进来。她衣着富贵，但简单而不过分；有些苍白的她略显疲惫，但依然很美——就好像她身上映出月亮的光影。她尽量将谈吐和举止做到漂亮，谨慎地把握着分寸，可不一会儿就露馅了——又变得粗俗而吵闹。她因此备受折磨。罗莎由两位身着骑马制服的先生伴随着。其中年长的那个，毫无血色，惨淡凝重而又凶神恶煞地皱着眉头。而纳乌姆虚弱地拖着步子，紧挨着罗莎，就像是在从她的年轻、有力和美丽中寻求依靠。

大卫　（足够大声地）苏拉——未婚夫们！

苏拉　（摆摆手）哎呀，快闭嘴，大卫。

罗莎　（温柔地亲母亲）我好累，妈妈。你好，父亲。

苏拉　自己保重。罗莎奇卡：你不该干这么多活。（对年长的先生）至少您该告诉她，不用干这么多活——为什么她现在还要干活呢？

年轻的先生　（安静地）雷泽尔夫人，对您的女儿必须崇拜。很快人们就会为她建起教堂。

年长的先生　（冷笑着）教堂边可是公墓。教堂的周围，雷泽尔夫人，总是连着公墓的。

罗莎 再见。我累了。如果你们有空,那就明天早上再来吧,——也许,我还会跟你们一起出去。

年长的先生 (耸耸肩)有空?哦,当然了,我们当然有空。(尖声地)再见!

另一个 (叹口气)再见!

    下去了。

苏拉 (不安地)罗莎奇卡,你好像冒犯他了。你为什么要这样?

罗莎 没关系,妈妈。

安那太马 (对大卫)看,他们还不是未婚夫呢,大卫!

大卫阴沉地笑着。安那太马没克制住自己,跑到罗莎跟前伸手邀请她。带着她踩着舞步,欢快地用嘴吹起风琴弹奏过的那首曲子来。

安那太马 哎呀,罗莎,要不是我这把年纪(吹着口哨)和这些毛病(吹着口哨),我会是牵起你手的第一个追求者。

罗莎 (笑着,高傲地)生病总比去死好。

大卫 您可真是个欢快的人,努留斯。

安那太马 (吹着口哨)没有财富而良心得以安宁,大卫,良心安宁。我无事可做,挽着手走来走去。您是说——去死,罗莎?

罗莎 您要试试吗?

安那太马 (停下来)您真的很漂亮。罗莎!(若有所思)如果您……如果……我不能这样:职责高于一切。听我说,罗莎:不要把自己托付给地位低于公爵的未婚夫,就算是公爵都很糟!

纳乌姆 罗莎奇卡,你为什么离开我?你一松开我的手,我就很冷。握着我的手，罗莎奇卡。

罗莎 （摇摆不定）可我该换衣服了，纳乌姆。

纳乌姆 我送你去卧室。你知道，我今天又跳舞了，跳得很好，知道吗？我现在已经不那么喘不上气了。（带着热爱和略微的嫉妒）罗莎奇卡，你真是个大美人！

苏拉 等等，罗莎奇卡，我亲自给你梳头。你愿意吗？

罗莎 您梳得糟糕透了，妈妈；您更多的是在亲头发，而不是梳头发，——头发都被你亲得缠在一起了。

大卫 你好好回答母亲，罗莎。

罗莎 （停顿一下）你为什么嫉恨我的美，父亲？

大卫 以前我爱你的美，罗莎。

苏拉 （气愤地）你在说什么，大卫！

大卫 没错，苏拉。我爱珍珠，当它还在海底的时候；可一旦被挖出来，它就成了流血的牺牲品，——那时候我就不爱珍珠了，苏拉。

罗莎 你为什么嫉恨我的美，父亲？你知道吗，我本来会是另外一个样子：她疯疯癫癫，跑来跑去忙活个不停，像一条吞下了别针的狗。可我呢？我在学习，父亲。日以继夜地学习，父亲。（非常激动地）因为我什么都不会。我不会交流，我甚至不会像样地走路——因为我驼背，走路的时候驼背！

苏拉 那都是假的，罗莎。

罗莎 （焦急地）你看我又忘了——我又大喊大叫了，咿咿呀呀地说些丧气话，像只着了凉的乌鸦。我想变得美丽，我也应该变得美丽，——我就是为此而生的。你在笑？没用的。你知不知道，你的女儿会成为皇室的女儿——公主？我将头戴皇冠手握权杖。

安那太马　哦吼！

　　他们三个下去了。大卫等他们离开，愤怒地从位子上跳了起来，在屋里飞快地踱步。

大卫　真是出喜剧！真是出喜剧啊，努留斯！昨天她还在为鲱鱼而向上天祈求，今天就已经想要皇冠了。明天她就该抢走撒旦的宝座骑在他头上，坐得稳稳当当了，努留斯！真是出喜剧！

　　安那太马已经改变了态度：变得严厉而忧愁。

安那太马　不，这是个悲剧，大卫·雷泽尔。

大卫　是喜剧，努留斯，喜剧——难道你听不见撒旦对这一切的嘲笑声吗？（用手指着门）你看见那具跳舞的尸体了吗，——我每个早晨都能看见他。

安那太马　纳乌姆已经这么危险了？

大卫　危险？三个医生，三个权威的大夫昨天检查了他，努留斯，他们悄悄告诉我，纳乌姆还有一个月就要死了，现在的他已经大半个身子躺进棺材了，——这不是梦吗，努留斯？这不是撒旦的嘲笑吗？

安那太马　那他们对你的健康说了什么，大卫？

大卫　我没问他们。我不想让他们告诉我：您也能伴着音乐翩翩起舞，大卫。两具尸体在白色的大理石屋子里跳舞：您喜欢这样的场景

吗，努留斯？（恶狠狠地阴笑着）

安那太马　您可别吓我，我的朋友。您的内心受到了什么困扰？

大卫　无关内心，努留斯，——是在它之中的恐惧。（用双手抱住头）
唉，我该怎么办，我该怎么办？我在世上孤独一人。

安那太马　您怎么了，大卫？别急……

大卫　（恐慌地停在安那太马面前）死亡，努留斯，死亡！您给我们带
来的是死亡。难道我不曾在死亡面前坦然缄默吗？难道我不曾像
朋友一样等待着它吗？可您带来了财富——让我想要跳舞。我想
跳舞，可死亡抓住了我的心脏；我想吃饭，因为饥饿已经钻入我
的骨髓，——可我衰老的肠胃却将食物倾吐出来；我想欢
笑，——可我的脸却在哭泣，我的眼睛在落泪，我的内心因为致
命的恐惧而吼叫。我的骨髓中是饥饿，我的血液里是毒药——我
无药可救：死亡已经降临！（悲伤着）

安那太马　（意味深长地）穷人们还等着您呢，大卫。

大卫　那又怎么样？

安那太马　穷人们在等您，大卫。

大卫　穷人总是在等待。

安那太马　（严厉地）现在我看明白了，你确实是死了，大卫。上帝抛
弃了你。

大卫停下来吃惊而愤怒地看着他。安那太马傲慢地微抬头，目光始
终保持平静而严肃。沉默。

大卫　您这是在对我说话，努留斯？

安那太马　是的，我在对您说，大卫·雷泽尔。当心，大卫·雷泽尔，——您被撒旦控制了。

大卫　（受惊吓地）努留斯，我的朋友，您吓到我了；我做了什么让您愤怒至此，说出这些残忍而可怕的话来？您一直那样和善地对我和我的孩子们……您的头发同我的一样灰白，在您的脸上我早已发现不易觉察的苦难……我很尊敬您，努留斯！您为什么沉默？您的眼里闪烁着如此可怕的火焰，——您究竟是谁，努留斯？可您就是不说话……不，不，请不要瞪着眼睛，看着它们我会更恐惧；而这时候您的额头上就会显现出幽暗而可怕的字眼来——那是致命的真理！

安那太马　（温和地）大卫！

大卫　（愉快地）你说话了，努留斯？

安那太马　别说话，听我说。我会把你从疯狂领向理智，从死亡领向生命。

大卫　我不说话，我听着呢。

安那太马　你失去理智就在于，大卫·雷泽尔，你一生都在寻找上帝，可当上帝降临于你的时候——你却说：我不认识你。你的死亡是由于，大卫·雷泽尔，你被不幸蒙蔽了双眼，像一匹老马，在黑暗中转圈子，你没有看到其他人而将自己孤立起来，带着你的病痛和财富。在那院子里等你的就是生命，而你呢，瞎眼的人，面对着它却关上了门。跳舞吧，大卫，跳舞吧，——死亡已经抬起琴弓等待你了！更优雅一些吧，大卫·雷泽尔，更轻盈一些吧，柔美地跳出那舞步！

大卫　你想要我怎么做？

安那太马　把上帝给你的，还给上帝。

大卫　（阴郁地）难道上帝给我什么了吗？

安那太马　你口袋中的每一个卢布——都是一把刺向饥饿的人们胸口的
　　　　　　利刃。把财产散给穷人吧，把面包发给挨饿的人吧——这样
　　　　　　你就能战胜死亡。

大卫　当大卫忍饥挨饿的时候，他连一块面包的硬皮都没得到，——我
　　　　怎么用自己深入骨髓的饥饿喂饱他们呢？

安那太马　在他们当中你将不再饥饿。

大卫　我能恢复健康和力量吗？

安那太马　在他们当中你将重获力量。

大卫　我能将死亡驱逐出去吗，它已经弥散在我稀薄如水的血液中，它
　　　　已流淌在如干枯的河道一般的血管脉络中？我能挽回生命吗？

安那太马　他们的生命会延长你的生命。现在你只有一颗心，大
　　　　　　卫，——到时你会拥有百万颗心。

大卫　可我会死。

安那太马　不，你将会永生。

　　　　　大卫恐惧地退后。

大卫　你的嘴里吐出可怕的字眼。你是谁，竟敢许诺永生，——人的生
　　　　与死不都是由上帝掌握的吗？

安那太马　上帝说，用生命来重建生命。

大卫　可人是邪恶而下作的，饥饿之人比饱腹之人更接近上帝。

安那太马　想想汉那和韦尼阿明……

大卫 住嘴！

安那太马 想想拉斐尔和小摩西……

大卫 （痛苦地）住嘴，住嘴！

安那太马 想想你那在严冬的寒枝上死去的小鸟们……

大卫痛哭起来。

安那太马 当云雀在蓝天鸣叫，你是否会对它说：住嘴，小鸟，——上帝不需要你的歌曲？当它饥饿的时候你是否会喂它麦粒？你是否会因为寒冷而将它拥在怀里，让它取暖，直到春天它再展歌喉呢？你到底怎么了，不幸的人，你对小鸟毫不怜悯，你将孩子丢弃在阴雨中？想想吧，你的小摩西是怎么死的。想想吧，大卫，你的行为就像在说：人是邪恶而下作的，不值得我的怜悯。

大卫仿佛承受着巨大的重量，弯曲膝盖举起双手，好像在保护头部免受从天而降的打击。嘶哑叫喊着。

大卫 阿德诺伊，阿德诺伊！①

安那太马双手交叉在胸前，沉默地看着他。他面色凝重。

---

① 原文为"Адэной"，为希腊语"上帝"的俄文音译称名。此处根据俄语发音译出。——译注

大卫　宽恕吧！宽恕吧！

安那太马　（急迫地）大卫，穷人们在等你。他们就要走了。

大卫　不，不！

安那太马　穷人总是在等待，可他们已经厌倦了等待，要走了。

大卫　（恐惧地）他们是不会离我而去的。啊哈，努留斯，努留斯……啊哈，聪明的努留斯，啊哈，愚蠢的努留斯，难道你不明白，我的内心和我的耳朵早已等待穷人们很久了？当车轮轧过被大雨打湿的尘土道路，他们转着圈，留下了车轮印，并会想：我们轧出了一条轨迹。可路是现成的，努留斯，路是已经存在了的！（欢快地）把穷人们叫到这里来！

安那太马　再想想，大卫，你要把谁叫来。（阴沉地）别骗我，大卫！

大卫　我从不骗人，努留斯。（坚定而雄壮地）你说的时候——我沉默地听着，现在该你沉默听我说了：我的灵魂不是人们，而是上帝交与我的，他主宰着我。我命令你：把我的妻子苏拉和孩子纳乌姆、罗莎，以及我的家眷们统统叫过来。

安那太马　（恭顺地）我去叫。

大卫　把那些在院子里等我的穷人也叫来。还有，你去街上张望一下，看看那里有没有等候我的穷人，只要你看见了，就都招呼过来。我的嘴唇因他们的口渴而灼烧，我的肠胃因他们的饥饿而受折磨，在人民的面前我迫切地奉上自己最后不屈的意志。去吧。

安那太马　（恭顺地）我谨遵你的意志。

　　安那太马走出去，大卫做着命令式的手势直到他从门口告辞出去。沉默。

大卫 神的精神从我上方传过，我的头发都立在了头上。阿德诺伊，阿德诺伊……不知是何人，让人生畏地借老努留斯的声音道出了我那几个死去的孩子的名字？——只有从那全知全能之人的光芒中射出的箭羽，才能如此准确地射中我的心脏。我可爱的小鸟们……诚然是你将我从无尽深渊的边缘拉回，将我的灵魂从魔鬼的利爪下夺回。那些直接望着太阳的人会失去光明，可随着时间推移，光明又会回到他们复苏的眼睛里；而那些看向黑暗之中的人，才会永远变瞎。我可爱的小鸟们……（突然悄悄地欢笑起来，低语着）我要亲手为他们送去面包和牛奶，我会藏到帘子后面不让他们看见我，——孩子是那么娇嫩胆怯，害怕陌生人，而我却生着这么可怕的大胡子。（笑着）我会躲在帘子后面，看着他们吃东西。他们吃得很少：他们吃一小块面包就饱了，喝一小杯牛奶就忘记了口渴。然后他们开始歌唱……可奇怪的是：当太阳升起的时候，夜晚难道不会退去吗，风暴过去后海浪难道不该平静安详地躺着，就像在牧场歇息的绵羊，——可这莫名的慌乱，紧张和恐惧究竟从何而来？未知灾难的阴影从我心头掠过，在我的思绪中无声飘浮。唉，我本该置身于贫穷，我本该碌碌无为，苟活于垃圾堆砌的围栏之内……是你将我置于高山之巅，将我衰老忧愁的面孔向世人展现。这便是你的意志。你一声令下——羊羔便成了狮子，你一声令下——凶猛的狮子也将乳头伸向幼崽，竭尽全力，你一声令下——大卫·雷泽尔，阴影中苍老的他，毫无畏惧地起身朝向太阳。阿德诺伊，阿德诺伊！

惊慌不安的苏拉、纳乌姆和罗莎进来。

苏拉 你叫我们来做什么，大卫？你的努留斯向我们传达你的命令时为何那样严厉？我们在你面前没犯任何罪过，即使有，也该弄清楚，而不是那样严厉地看着我们。

罗莎 能坐下吗？

大卫 别说话静等吧。我叫的人还没来齐。罗莎，你要是累了就坐下，不过时间一到——你就得站起来。你也坐吧，纳乌姆。

仆人们犹犹豫豫地进来了：其中有打扮得像英国大臣似的男仆，女清洁员、厨师、园丁、洗碗女工和其他人。他们窘迫地挪着步子。就在此时穷人们结伴进来了，大约十五到二十个人。他们中间有老头子阿布拉姆·赫辛；宋卡的女儿，约西弗·克里茨基，萨拉·里普克和一些犹太男女。不过也有希腊人，摩尔多瓦人和俄国人，他们都是被生活所迫的穷人，自己的民族性已经丢弃在难以辨认的破衣和烂泥里；还有两个醉汉也在其中。能看见希腊人普里克斯、伊万·别斯克莱尼和流浪乐师，他又带着那台吱呀作响的掉漆手风琴。可安那太马还没回来。

大卫 请注意，各位。请大胆进来吧，不要挤在门口，你们后面还有人来。如果你们把脚下收拾干净那就最好了：因为这座富贵的屋子不是我的，我要干净地把它还回去，就像我刚接手时那样。

赫辛 我们都没学会怎么在地毯上走路呢，我们也没有你儿子纳乌姆那样的漆皮靴子。您好，大卫·雷泽尔。祝您宅内祥和！

大卫 也祝愿你，阿布拉姆。可你为何如此冠冕地叫我大卫·雷泽尔，你以前都是直呼我大卫的？

赫辛 您现在是多么权势显赫的人呀，大卫·雷泽尔。没错，以前我称呼您大卫，可现在我得在院子里候着您，我等得越久，对您的称呼就越长，大卫·雷泽尔先生。

大卫 没错，阿布拉姆：当太阳下落的时候，影子就越长，而当人受到轻贱的时候——他的称谓就变长了。不过再等等，阿布拉姆，人还没齐。

男仆 （对醉汉）您最好离我远一些。

醉汉 闭嘴，笨蛋！你是这儿的仆人，而我们是客人。

男仆 浑蛋！这里不是你随便撒野的地方。

醉汉 雷泽尔先生，有一个人，长得像老鬼，抓住我的后衣领说：大卫·雷泽尔找你，他继承了大笔的财产。我问他——为什么找我？他回答：大卫想让你做他的继承人，——然后笑了起来。可我来到这里，您的仆人却要赶我走。

大卫 （笑着）努留斯——他真是个开朗的人，决不放过开玩笑的机会。您是我的客人，我请您再等一等。

苏拉 （犹豫片刻还是忍不住开口）您的生意怎么样，伊万？您现在的竞争对手可少了？

别斯克莱尼 很糟，苏拉：没有顾客。

普里克斯 （像回声一样）没有顾客。

苏拉 （可惜地）哎——呀——呀！没有顾客可太糟了。

罗莎 别说了，妈妈——你不会又想在我脸上涂煤灰了吧？

安那太马进来了，将几个穷人推到前面。——他喘着气，看上去很累。

安那太马　　看吧，大卫，暂时就这些。您的几百万把穷人吓跑了，没人
想跟我来，以为其中有诈呢。

醉汉　　就是这个人抓我的后衣领。

安那太马　　哎呀是您？您好，您好。

大卫　　感谢你，努留斯。现在请拿上笔墨挨着我坐到桌前吧；请把我的
旧账本给我……由于我所要说的话十分重要，所以，请你准确地
记录下来不要出错——我们所说的每一个字都要对上帝负责。请
你们所有人起立并认真听，仔细领会我讲出的每一个伟大的字
眼。（严厉地）起立，罗莎。

苏拉　　天呢，别折磨我们了！你想做什么，大卫？

大卫　　别说话，苏拉。你随我来。

安那太马　　遵命。

　　　所有人驻足聆听。

大卫　　（隆重地）由于我去世的兄弟摩西·雷泽尔，我获得了一笔遗产
（写在账本上）两百万美元。

安那太马　　（扬起四个手指晃个不停）就是四百万卢布。

　　　所有人震惊了。

大卫　　（严厉地）别打断我，努留斯。没错，这相当于四百万卢布。在
此，我遵照内心的声音和上帝的旨意，同时也为了纪念我的孩子
们：小小年纪就死于饥饿与病痛的汉那、韦尼阿明、拉斐尔和摩

164

西……（低下头去痛苦地哭起来）

苏拉也同样落下眼泪。

苏拉 哦，我的小摩西！大卫，大卫，我们的小摩西死了！

大卫 （用红色的大手绢擦干眼泪）住嘴，苏拉！唉，我到底想告诉他们什么，努留斯？……继续写吧，努留斯，写吧。我知道。（坚定地）所以我决定，遵照真理和怜悯的上帝的律法，将我所有财产都分给穷人。我说得没错吧，努留斯？

安那太马 我听从上帝。

所有人在第一时间都不相信；但很快生出了既欣喜又怀疑的情绪，一股始料未及的黑暗的恐慌徘徊在众人头顶。所有人就像在梦里着了魔似的重复"四百万，四百万"，并用手盖住眼睛。流浪乐师站了出来。

流浪乐师 （阴沉地）你能给我买新乐器吗，大卫？

安那太马 嘘！退后，乐师。

流浪乐师 （退后）我还想要只新猴子。

大卫 让内心尽情欢愉吧，不幸的人们，用嘴上的笑容答谢天降的恩赐吧。从这儿出发去城里，像幸福的使者一样，走遍街道和广场，大声地向各处宣告：大卫·雷泽尔，那个将死的老犹太人，获得了巨额的遗产并要散发给穷人。如果你们看见哭泣的人，看见眼睛浑浊面色惨白的孩子，和像山羊一样乳房贫瘠下垂的女人，——请告诉他们：走吧，大卫在叫你们。我说得没错吧，努留斯？

安那太马　没错，没错。不过你要叫所有人都来吗？

大卫　如果你们看见醉酒的人，躺在自己的呕吐物上沉睡，请叫醒后告诉他：走吧，大卫在叫你。如果你们看见小偷在集市上被受害者们殴打，请用善意的言辞有力且不容置疑地召唤他：走吧，大卫在叫你！如果你们看见有人陷入激动和凶恶的情绪中，用棍子和碎瓦互相殴打，请向他们播撒和平的箴言：走吧，大卫在叫你们！如果你们看见羞怯的人走在大路上，照面时装作若无其事，转头却贪婪地盯着你们后背看，那就请悄悄告诉他，并不要损害他的自尊：你是在找大卫吗？走吧，他已经等你很久了。夜晚时分，当魔鬼在大地上播撒黑夜的种子，如果你们看见浓妆艳抹的女人，像多神教徒为死尸画彩妆那样，毫无羞耻地大胆张望，耸着肩害怕被打，那就请告诉她：走吧，大卫在叫你！我说得没错吧，努留斯？

安那太马　就是这样，大卫。不过你要叫所有人都来吗？

大卫　无论贫穷呈现出多么引人厌恶和恐惧的形象，即使痛苦幻化出万千色彩，无论苦难用何种词藻来描述，都请你们用大声的召唤喊醒疲惫的人们，用生命的语言让将死之人重获生机！不要相信沉默和黑暗。他们用高墙隔断去路：向着沉默与黑暗高声疾呼吧，因为那里安睡着难以名状的恐怖。

安那太马　就是这样，大卫，就是这样！我看见，你的魂灵在山巅升起，你雷鸣般敲响永恒的铁门：开门吧。我爱你，大卫，我要吻你的手，大卫，我要像贴地爬行的狗一样，准备执行你的命令。召唤吧，大卫，召唤吧。苏醒吧，大地！北方和南方，东方和西方，我命令你们，遵循我的主人大卫的意志，响应他的召唤，带着你们足以填满四大洋的泪水，在他脚边停下来吧。召唤吧，大卫，召唤吧。

大卫 （抬起双手）北方与南方……

安那太马 东方与西方……

大卫 大卫在召唤所有人！

安那太马 大卫在召唤所有人！

慌乱，泪水和欢笑，现在所有人都相信了。安那太马亲吻大卫的手，完全沉浸在狂喜中停不下来。他抓着流浪乐师的后衣领拉到中间。

安那太马 看，大卫——乐师在这里！（呵呵笑着，摇晃着乐师）你不想要旧风琴了，对吗？你需要一只新的猴子？对吗？你大概还想要预防跳蚤的药粉吧，——开口请求吧：我们都会给你的！

大卫 安静，努留斯，安静。该工作了。您擅长记账吗，努留斯？

安那太马 我吗，哦，拉比①，大卫？我自己——便是数字和账目，我自己——便是尺度和重量！

大卫 那就请坐下来，记录并计算吧。只不过我可怜的孩子们：我这个会把一头大蒜掰成九瓣的老犹太，不仅深谙人的欲求，也知晓蟑螂的饥渴，没错，——我还目睹了年幼的孩子因饥饿而死去……（垂下头深深地叹气）所以请不要欺骗我，记住，每个人都有数目和尺度。并且，当你只需要十戈比的时候，不要索求二十戈

---

① 俄文"равви"为希伯来语"rabbi"音译，为犹太人对师长的尊称。——译注

比，当只需要一斗米的时候，别伸手要两斗，因为某人所剩余的，总是另一个所急需的。譬如一母所生的两兄弟，即使母亲乳房丰满，也会很快耗尽，所以切莫互相戕害，切莫让无私而节俭的母亲痛心……可以开始了吗？努留斯，您都准备好了吗？

安那太马　可以。我准备好了，大卫。

大卫　那就请你们排队站好。我暂时还没收到钱，它们还在美国，不过我会分毫不差地把每人所需的数目记下来。

苏拉　大卫，大卫，你想对我们做什么？看看罗莎，看看可怜的纳乌姆。

纳乌姆震惊了——想要开口说什么，却说不出来；岔开的五指在空中无力地抓着。离他稍远处，在这些穷人虚弱不堪的脸孔，平坦受压的胸脯和无药可救的败类糟粕中间，罗莎的年轻、美貌和活力与众不同，她气愤地看着父亲。

罗莎　我们两个难道都比不上这些街上找来的孩子吗，难道我们比死去的哥哥姐姐都要轻贱吗？

大卫　罗莎说得对，孩子母亲，所有人都只能得到他应得的。

罗莎　是吗？那你怎么知道每个人需要多少，父亲？（苦笑着想离开，用手鄙夷地挤出路来）

大卫　（温和而忧伤地）够了，罗莎！

罗莎　我在这里无关紧要。我听到了，你要唤来所有人……哦，你的呼喊那么响亮！……可你邀请漂亮的人了吗？我在这里无关紧要。（往外走）

苏拉　（忧郁着站起来）罗莎奇卡！

大卫　（同样温和地，带着笑）停下，孩子母亲，——你要去哪里。你要跟我在一起。

纳乌姆跟在罗莎后面迈出几步，又萎靡不振地回来坐在母亲身旁。

准备好了吗，努留斯？请上前来，站在第一位的可敬的人。

赫辛　（上前）是我，大卫。

大卫　您叫什么？

赫辛　我叫阿布拉姆·赫辛……难道您忘记我的名字了？我跟你可是从小玩到大的呀。

大卫　嘘！这是秩序需要，阿布拉姆。清楚地把这个名字记下来，努留斯：这是第一位等待我并接受我主意志的人。

安那太马　（奋笔疾书）第一个……我随后再画格子，大卫！第一个：阿布拉姆·赫辛……

纳乌姆　（安静地）妈妈，我以后不会再跳舞了。

落幕

第四场

同样的尘土道路，歪斜的柱子和废弃老旧的值勤室；同样的沿街铺子。同样的还有，太阳依然残忍地炙烤着。然而道路两旁铺子周围已经不如之前那般门可罗雀了……一大群聚集起来的穷人想要问候散尽自己家产的大卫·雷泽尔，他们的呼喊、走动和欢快的聊天将发烫的空气填满。幸福的普里克斯、别斯克莱尼和宋卡因为自己铺子里玲琅满目的货物而自豪着，动作麻利地贩卖着苏打水和冰糖。同之前一样，苏拉·雷泽尔坐在自己的铺子边，穿着整洁却穷酸：自打儿子纳乌姆因为痨病死去，而美人罗莎抱了一大笔钱不知跑去了哪里后，苏拉便恨透了财富，渴望做回原来的生意，这也是大卫所希望的。几乎所有的钱都分完了，只剩下区区几十个卢布，足够让彻底贫穷的大卫·雷泽尔与妻子前往耶路撒冷并在圣城的墙上结束自己的生命。人们正在为前去海边的大卫·雷泽尔与他的朋友安那太马筹备一个盛大的集会。所有店铺，甚至是柱子和废弃的勤务室都被装饰上五彩斑斓的碎步和树枝；道路右边干枯倒伏的草地上，人们为集会准备了一个乐队——由几个看上去是临时召集过来的手持不同乐器的犹太人组成：有上好的小提琴、扬琴、老旧折损的铜管，还有大鼓，尽管有些开裂。乐队成员演奏得十分糟糕，所以此时正激烈地吵骂，指责对方的乐器。人群中有很多孩子，有年纪很小的，甚至是尚在襁褓中哺乳的婴儿。一些熟悉的面孔，比如阿布拉姆·赫辛和第一天分发财产时到场的穷人也在其中；远处的山丘上，流浪乐师拿着自己的乐器阴郁地站在那里准备着。他已经成功借钱买了一把新的手风琴，但还是没能找到一只新猴子：所有他询问过价格的猴子，不是毫无天分，就是体质虚弱，正毫无疑问地走向衰老。

年轻的犹太人　（吹响自己皱巴巴的小号）她为什么只能朝一边吹呢？多好的小号呀。

小提琴手音乐家　（着急地）您在干什么——这样的号子能用来迎接大卫·雷泽尔吗？您真该带只猫来，抓着它的尾巴妄想大卫会把你唤作自己的儿子吧。

年轻的犹太人　（固执地）多好的号子。我爸爸在军乐团用它演奏的时候，所有人都夸他。

音乐家　您爸爸吹过它，可谁在它上面坐过？为什么它这么皱巴巴的？难道能用这样皱巴巴的小号迎接大卫·雷泽尔吗？

年轻的犹太人　（带着眼泪）这号子就是很好。

音乐家　（几乎要哭出来，对一脸阴沉，胡子刮得精光的老头说）这是您的鼓？不，请您告诉我，您当真认为这是一只鼓吗？难道鼓面上会出现这样一个狗都能钻进去的窟窿吗？

赫辛　别担心，雷布克。您是个天才的人，您能演奏出绝妙的曲子，大卫·雷泽尔会非常感动的。

音乐家　可我办不到。您，阿布拉姆·赫辛，是个可敬的人，您已经在世上活了很久了，难道您什么时候见过破了这么大洞的鼓吗？

赫辛　不，雷布克，这么大的洞我是没见过，不过这根本不重要。大卫·雷泽尔曾是个百万富翁，他有两千万卢布，可他是个俭朴的人，从不骄奢，您的爱会将快乐传达于他的。难道心灵需要敲鼓才能表达爱意吗？我在这里看见，人们没有一只鼓，一把号，但他们幸福地哭泣，——他们的泪水无声无息，就像露水，升上天空，雷布克，抬头看看天上，您就听不见鼓声了，而后听见的，是泪水的滴落声。

老头 不要让争吵破坏了这样欢快的节庆气氛。大卫会不高兴的。

徒步朝圣者倾听着他们的对话——他面容肃杀，晒得黝黑；剩下其他的：头发和衣服，都被路上的尘土弄灰了。他举止周到谨慎，但目光纯粹直接，他的眼中没有光亮——就像夜晚住房里紧闭的窗。

徒步朝圣者 他把和平与幸福带到大地上，整个大地都已知晓他。我从远方来，那里的人们与你们迥异，他们有着不同的习性，只有在苦难与悲伤面前你们成了同胞。那里的人们已经知道散发面包和幸福的大卫·雷泽尔，并赞颂着他的名字。

赫辛 您听见了吗，苏拉？（擦干眼泪）他们在谈论你的丈夫，大卫·雷泽尔。

苏拉 我听见了，阿布拉姆。我全听见了。我只是听不见死去的纳乌姆，也听不见罗莎的言语。老爷子，您已经走遍了大地，也认识了与我们不同的人，——那么您在路上遇到过漂亮的女孩吗，比世上任何女孩都漂亮？

别斯克莱尼 她有个女儿罗莎，是个漂亮姑娘，她不愿意把自己那份分给穷人，离家出走了。她带走了很多钱吗，苏拉？

苏拉 对罗莎来说难道会有多余的钱吗？请您告诉我，君主的王冠上有多余的宝石吗，太阳有多余的光芒吗？

徒步朝圣者 不，我没见过你女儿：我沿着大路走来，那里没有富人和美女。

苏拉 不过也许，您碰到过聚集起来的人们，热烈讨论着某个美人？那就是我的女儿，老头子。

徒步朝圣者 不，我没见过这样的人。但我见过另外一些聚拢来讨论大卫·雷泽尔这个分发面包和幸福之人的人。您的大卫把曾患不治之症的已故女人治愈复活了，这是真的吗？

赫辛 （笑起来）不，不是真的。

徒步朝圣者 大卫为天生失明之人恢复了视力，这是真的吗？

赫辛 （摇头）这不是真的。有人欺骗了这些和我们迥异的外邦人。只有上帝才能创造奇迹。大卫·雷泽尔只是个善良可敬的人，所有铭记上帝之人都应像他一样。

普里克斯 不，不是这样，阿布拉姆·赫辛。大卫并非凡人，他身上有非人的力量。我知道这点。

　　人民围住他们，如饥似渴地听着普里克斯的话。

普里克斯 我亲眼所见，在被太阳烧焦的无人道路上走过来一个我误认为是顾客的人，——他触碰了大卫的手，大卫开口说着可怕的话，我没能听见。您还记得吗，伊万？

别斯克莱尼 没错，大卫并非凡人。

宋卡 难道凡人会像拿着石头扔狗一样把钱抛向人群吗？难道凡人会在

非他所生非他所养，死时也非他所埋葬的别人的孩子坟前哭泣吗？

双手抱孩子的女人　大卫不是凡人。谁见过有照顾别人的孩子比亲生母亲更像母亲的凡人呢？有谁会站在帘子后面看别人的孩子吃饭，高兴地落泪呢？又有谁不让孩子惧怕，甚至是最小的婴儿也能像拨弄爷爷的胡须那样拨弄他可敬的胡须呢？难道又小又傻的鲁维姆没有从大卫·雷泽尔可敬的灰色胡须中拔下一大束来吗？——大卫生气了吗？他因为疼痛而叫喊了吗，跺脚了吗？没有，他像是幸福地笑了，又像是高兴地哭了。

醉汉　大卫不是凡人。他是个怪人。我对他说：您为什么把钱给我？没错，我赤着脚脏兮兮的，但您别以为我会用您的钱去买肥皂和靴子。我会拿它们去最近的酒馆喝酒。这是我应该告诉他的，因为我虽是个酒鬼，但我很诚实。怪人大卫可笑地回答我，就像一个善良的疯子：如果您喜欢喝酒，谢苗，那就喝吧，别客气，——我来不是为了教育众人，而是为了送去快乐。

老犹太人　老师很多，可带来快乐的——却一个也没有。愿上帝保佑造福众生的大卫。

别斯克莱尼　（对醉汉）当真没买鞋？

醉汉　没有，我是个诚实的人。

音乐家　（绝望地）请你们凭着良心告诉我：难道造福众生的大卫喜欢这样的音乐吗？我很惭愧，组织了如此糟糕的乐队，与其在大卫面前丢脸，我还不如去死。

苏拉　（对流浪乐师）您要演奏吗，乐师？您现在的乐器这么漂亮，伴着它的乐声连天使都会起舞。

流浪乐师　我会演奏的。

苏拉　您怎么没带猴子?

流浪乐师　我找不到出色的猴子。我遇见的所有猴子，不是太老，就是太凶，或者毫无天赋，甚至不会捉跳蚤。我已经有一只猴子被跳蚤咬死了，我不想第二只也这样。猴子跟人一样，也需要天分，——要成为猴子光有一条尾巴是不够的。

徒步朝圣者平静地追问阿布拉姆·赫辛。

徒步朝圣者　（平静地）请告诉我事实，犹太人：我代表人民而来，在太阳下不顾辛苦，用自己这双老腿跋山涉水无数，就是为了知道真相。谁是造福于民的大卫？但愿他治愈不了有病之人……

赫辛　认为有人可以治愈绝症起死回生——那是对上帝的亵渎和犯罪。

徒步朝圣者　但愿如此。不过大卫想要用白色巨石和蓝色玻璃建起宏伟的宫殿，收容地上所有的穷人，这是真的吗？

赫辛　（不安地）不知道。难道能建起这么大的宫殿吗？

徒步朝圣者　（确定地）可以。还有，他想剥夺富人的财富分给穷人的事是真的吗？（悄声地）从统治者手中夺取王位，从施令者手中夺取权力并平均分给人民，不管他们在世上有多少？

赫辛　不知道。（胆怯地）你吓到我了，老人家。

徒步朝圣者　（谨慎地环顾四周）据说他已经派信使前往埃塞俄比亚，让那里的黑人准备迎接新的王国，因为他希望本着公平的精神，对黑人和白人一视同仁（神秘地低语，像是在恐吓）让每个人都能得到自己所渴望得到的。

大卫·雷泽尔从道路转角处出现了，缓步走来；他的右手挂着拐杖，左手由安那太马恭顺地搀扶着。等待的人们一阵骚乱与紧张：乐师们扑向自己的乐器，女人们赶紧叫回玩耍的孩子。人们叫喊着：他来了！他来了！——人们呼唤着：摩西，彼得，萨拉。

徒步朝圣者 我还听说……

赫辛 问他自己吧。他过来了。

一看见人群，安那太马让沉思的大卫停下，并用夸张而隆重的手势指向人群。他们像这样站了一会儿，大卫向前探着灰白的头，安那太马靠着他；他把脸凑向大卫，热情地对他耳语着，不断用左手比画着。愤怒地跑来跑去的雷布克终于把乐队集合起来，参差杂乱的迎宾曲突然响了起来，那样多彩而欢快，就像飘扬在风中的各色破布条。愉快的欢呼、笑声中，孩子们钻到前头，有人哭着，更多的人做祈祷状将手伸向大卫。在一片杂乱的欢声笑语中大卫慢慢移动着。人群为他让出道路，很多人将树枝抛在地上，将自己的衣服铺于其上，女人们从头上扯下围巾抛在他脚下的路上。他就这样走到苏拉跟前，她起身，与其他女人一道向他问候。音乐停止。可大卫沉默着。众皆窘迫。

安那太马 你怎么不说话，大卫？这就是你所造福的人们，他们向你问候并用衣服铺就你的道路，他们对你的爱如此饱满，他们的胸脯已难以装下这份喜悦。说句话吧——他们在等待。

大卫站着，双眼低垂，双手扶着拐杖；他面色严肃沉重。安那太马警觉地从肩后望着他。

安那太马　他们在等你，大卫。说点欢快的话来抚慰他们的情感吧。

大卫沉默着。

女人　你为什么沉默，大卫？你让我们害怕。难道你不是造福于民的大卫？

安那太马　（不耐烦地）说话呀，大卫。他们的耳朵都在等待你欢快的发言，而沉默如同无声的石头，你正在把他们期待的心压到地下。快说话。

大卫　（抬起眼睛严厉地看向人群）这些繁文缛节，嘈杂的人声和刺耳的音乐是从何而来？这些只属于国王和伟人的仪式是为谁而设的？你们是为我这个又老又衰的将死之人用衣服铺出了道路吗？我做了什么，值得你们如此欣喜若狂，激动的泪水失去理智地夺眶而出？我给了你们金钱和面包——可这些钱属于至上的神，从他而来，经由你们又重归于他。我所做的，只是不像小偷一样将它们私藏，不像强盗一样忘记上帝而已。我说得没错吧，努留斯？

安那太马　不，大卫，不是这样。你的话语不够智慧，也并非从谦卑之人嘴里吐出。

老头　没有爱情的面包，就像吃草不加盐①：肚子填饱了，可嘴里满是苦涩难受的回忆。

大卫　难道我忘记什么事了，努留斯？提醒我吧，朋友：我已经老了，眼睛看不清了，告诉我，我看见的是不是乐师们，努留斯？在我头上是不是飘着喜鹊舌头一般的五彩旗帜？告诉我，努留斯。

安那太马　你忘记的是人民，大卫。你没看见孩子们，大卫·雷泽尔。

大卫　孩子们？

女人们哭泣着把孩子抱给大卫。

众人　保佑我的孩子吧，大卫。

　　　　——快摸摸我的女儿吧，大卫。

　　　　——保佑他吧！

　　　　——爱抚他吧！

　　　　——爱抚他吧！

大卫　（把手伸向天空）哦汉那和韦尼阿明，哦拉斐尔和我的小摩西……（低头将手伸向孩子们）哦，我那死于寒冬裸露枝头的可爱小鸟们……哦，孩子们，姑娘们，还有婴儿……努留斯，我没哭泣过吗？难道我没哭泣过吗，努留斯？好——就让所有人都哭吧。那么——就让乐队继续演奏吧。努留斯，我现在明白了！哦孩子们，亲爱的孩子们，我把自己献给了你们，我给你们的是我衰老的心，我给你们的是自己的忧愁和欢乐——我

---

① 原句是俄罗斯谚语："没有痛苦的爱情就像面包不加盐"，此处是老头的口误。——译注

没有把整颗心都献出来吗，努留斯？

哭声和仿佛带泪的欢笑互相交织。

大卫 你又一次将我的心灵从罪恶的深渊拉回，努留斯。在欢乐的日子里我阴郁地站在人民面前，在庆祝的日子里我将目光朝向地面，而不是天空，我是个又老又坏的人。我想用自己的伪装欺骗谁呢？我不正是时时刻刻都生活在惊喜之中，双手满满地捧着爱和幸福吗？我为何要假装忧愁？……我不知道你的名字，夫人，请把你的孩子抱给我，就是他，当所有人都在哭的时候，他却在笑，因为只有他是聪明的。（透过泪水微笑着）你害怕我会像茨冈人一样把他盗走吗？

女人跪下来把孩子交给大卫。

女人 给您，大卫。一切都属于您，无论我们还是我们的孩子。

第二个女人 还有我的孩子，大卫！

第三个 我的，我的！

大卫 （接过孩子抱在胸前，灰色的胡须盖住了他）哎呀……胡子！哎，多可怕的胡子！不过没关系，我的小可爱，靠紧一点，笑一笑——你是最聪明的。苏拉，我的妻子，到这里来。

苏拉 （哭着）我来了。

大卫 过来一下。我会还给您的，夫人，我再多抱他一会儿。过来一下，苏拉。在你面前无论是留下痛苦的泪水还是欢乐的泪水，我都不为自己哭泣而羞耻。

两人走到一旁，轻声哭泣。只能看见他们年老弯曲的脊背和大卫用来擦眼睛，被孩子脸上的泪水打湿的红色手绢。

众人　安静。安静。

　　——他们在哭泣。

　　——不要打扰他们哭泣。

　　——安静。安静。

安那太马踮着脚，小声地说："安静，安静"，——走到乐队前跟他们嘀咕着什么，并用手指挥着。喧哗声变大了。别斯克莱尼，普里克斯和宋卡已经倒满酒杯等待许久了。

大卫　（转身回来，用手绢擦着眼睛）您的孩子，夫人。我们一点也不喜欢他，对吗，苏拉？

苏拉　（哭着）我们再也不会有孩子了，大卫。

大卫　（笑着）不，不，苏拉。世上所有的孩子，难道不都是我们的吗？有人没有孩子，有人有三个，六个甚至十二个，但对多得无法计数的人来说，数字就无关紧要了。

宋卡　尝尝这杯苏打水吧，尊敬的大卫·雷泽尔，——这是为您准备的。

普里克斯　饮了这一杯吧，大卫，这能让我生意兴隆。

别斯克莱尼　喝一杯皇家格瓦斯吧，大卫。现在这是正宗的了。我敢这么说：有了您的钱后一切都成了真的。

苏拉 （含泪笑着）你瞧，我总是跟您说，伊万，您的格瓦斯是假的。可现在成真的了，您又不请我喝了？

别斯克莱尼 哎呀，苏拉……

大卫 她是开玩笑的，伊万。感谢你们，可我喝不了这么多，只能每个人的尝一点。非常非常可口的水，宋卡！您找到了秘方很快就会致富的。

宋卡 我在里面多放了些苏打，大卫。

徒步朝圣者 （悄悄对安那太马说）您是大卫的挚友，对吗？您能告诉我，他是不是真的想建造……

安那太马 为何这么大声！靠边一点。

两人低语着。安那太马否定地摇摇头，——他没有说谎，——并微笑着抚着老人的背。可老人看上去并不相信他。随后安那太马将乐队成员、流浪乐师和人民带到柱子后面，看不见了——但听得见喧闹、喊叫、欢笑声，以及乐器调音的短促响声。留下的一部分人恭敬地同大卫对话。

赫辛 大卫，您真的要跟苏拉去圣城耶路撒冷，那个对我们而言只是个幻想的城市吗？

大卫 对，是真的，阿布拉姆。虽然我健康多了，胸口也完全不痛了……

赫辛 这就是奇迹吗，大卫？

大卫 快乐带来健康，阿布拉姆，而忠于上帝让它强健。总之我和苏拉活不久矣，所以想去目睹天国之地的绝美景致以便安息。老朋友，你为何又对我说"您"，难道你还没原谅我吗？

赫辛　（惊慌失措）哦，大卫，别这么说。如果您坚持：要么对我说"你"，要么就去死，那我宁愿选择自尽。——您，不是凡人，大卫。

大卫　对。我不是凡人。我是幸福的人。不过那个欢快的努留斯去哪儿了，我没看见他……看来，他又在准备什么玩笑了——我了解他。他不会让大地的脸上阴郁无光，阿布拉姆，他从不避讳生活中的欢笑，如草叶上的露水，闪耀着五彩阳光一般的欢笑。当然了，他也喜欢开玩笑——您会听到的。

　　石柱后响起音乐；乐队和流浪乐师饱含激情地演奏起之前只从手风琴里传出来过的曲子。声音撕扯着破裂着，有些粗糙，有些可笑，但却出奇地欢快。长笛没有章法地吹奏着，就像老手风琴的呻吟，小号也喑哑作响地走调，不知道跑哪儿去了。同乐声一起出现的还有朝这里走来的人民，——这是一支盛大的游行队伍。在头里，流浪乐师阴沉地踏着步子，而他一旁的安那太马却翩翩起舞地走着：肩上用皮带绑着手风琴，兴致勃勃地摇着手柄，吹着刺耳的口哨，激情地挥手指挥，把一双欢快的眼睛看向两边，看向天上。在他身后，乐师们和欢庆的穷人们踏着同样的舞步行进着。经过大卫面前，安那太马把头伸向了他那边，就好像把自己所有的口哨声、音乐声和欢乐都献给了大卫。乐队和人民经过时，也同样将脖子伸向大卫的方向。大卫笑着，开玩笑似的责备地晃晃头，捋着自己灰白的大胡子。队列消失了。

苏拉 （激动地）多么动听的音乐！多么美妙！多么隆重！大卫，大卫，难道这一切都是为了你？

大卫 为了我们，苏拉。

苏拉 怎么是我！我只知爱自己的孩子。可你，可你……（略带恐惧）您——不是凡人，大卫！

大卫 （笑着）够了，够了。我究竟是谁——大官还是将军？

苏拉 您别开玩笑，大卫。您不是凡人！

徒步朝圣者一直留在这里，也看见了游行队伍，现在正听着苏拉说话，并肯定地点头。愉快而有些气喘的安那太马出现了。

安那太马 怎么样，大卫？我觉得，很不错。他们走得很好——甚至出乎我的意料！只是那个可笑的小号手！……（踏着舞步，吹着口哨，又一次从大卫面前经过，好像是让大卫的记忆重现刚刚所发生的事。他呵呵笑着）

大卫 （赞许地）是的，努留斯。曲子很棒。我还从未听过这样的乐曲。感谢你，努留斯，——你用自己的玩笑为人民带去巨大的宽慰。

安那太马 （对徒步朝圣者）你喜欢吗，老头子？

徒步朝圣者 喜欢。太棒了。只是不知道，世上所有人民都跪倒在大卫·雷泽尔脚下的场面是否会出现。

大卫 （惊诧地）他说什么，努留斯？

安那太马 嗨，大卫！这很让人感动：人们爱您，就像新娘爱着新郎。这个令人吃惊的家伙走了一千俄里才到这里……

徒步朝圣者 比这更远。

安那太马 他问我：大卫·雷泽尔会创造奇迹吗？喏，——我笑了，我笑了。

赫辛 他也同样问我，但我不觉得好笑：毕竟精诚所至——金石为开。

徒步朝圣者 瞎子的步子很短，但是思想却很高远。（走开了，在远处就像一个影子，盯着大卫）

　　已近黄昏，大地被阴暗笼罩。空气中弥漫着离别时刻的肃穆寂静，露珠如梦幻一般躺着——在霞光中呈现出温暖的玫瑰色。明天，沉重的车轮会碾起沾染尘埃的它，神秘无声的脚步会践踏而来，如幻象一般出现和消失，风会将它吹散，雨水会将它带走，——可今天它会闪闪发亮，五彩晶莹，在宁静祥和中安睡，在霞光中透着温暖的玫瑰色。

安那太马 （喘着气）哎，终于结束了！我跟您又完成了一件大事，大卫——只是那个小号（掩着耳朵）太糟糕了。（坦诚地）我很遗憾，大卫，——那是种可怕的刺耳声，难以忍受的刺耳声，就像，没错，就像狗叫。我应该听到的是……

大卫 我很累，努留斯，我想休息。我本也不想在今天看见众人，你不要为此而委屈，我的老朋友……

安那太马 我理解。让我送送您吧。

大卫 我们走吧，苏拉，——我想跟你独自安静而愉快地度过这个伟大日子的剩余时光。

苏拉 您并非凡人，大卫。否则您如何能猜到我在想什么？

他们朝石柱的方向走去。大卫停下来，把手搭在苏拉肩上，朝后看看，开口说话。

大卫 看呀，苏拉：这就是我们度过一生的地方，——它是如此悲伤而贫穷，苏拉，它如荒漠一般困苦地呼吸着。但不就是在这里，苏拉，我明白了人类命运的永恒真理吗？我曾是个贫穷、孤独、奄奄一息、愚蠢而衰老的人，我向海浪寻求答案。来了这么多人，——难道我是孤独的吗？难道我是贫穷而奄奄一息的吗？听我说，努留斯：对人而言不存在死亡。死亡是什么样的？什么是死亡？是哪个悲伤之人，想出了这个悲伤的字眼——死亡？也许，它是存在的，只是我不知道，但我，努留斯……我是不死的。（他就像受到了突然一击，弯着身子，双手向上举起）哎，多么可怕：我是不死的！天空的尽头已被我抛弃。人类的尽头已被我抛弃。我是不死的。哦，人的胸口会因不死而疼痛，快乐就像火一样炙烤着他。人类的尽头——便是我的永生！阿德诺伊，阿德诺伊！那个为人类带去永生的名字将世世代代地传颂下去。

安那太马 （急迫地）名字！名字！你知道他的名字？你在骗我。

大卫 （没理会他）时间无尽的远方带给我人的魂灵：他永远活在永生之火中，他永远活在永生之光中，这便是生命。而痛苦会徘徊在永生之光的处所前。我是幸福的，我是不死的——哦上帝！

安那太马 （神情狂乱地）撒谎！我要听这个傻子说到什么时候。北方和南方，东方和西方，我在召唤你们！快到这里来，帮助魔鬼！请让四大洋的泪水涌向这里，并将人类埋葬在自己的深渊里！到这里来！到这里来！

没人听见安那太马的呼唤：大卫没听见，他全身心沉浸在顿悟不死之道的狂喜中，苏拉没听见，其他人也没有，他们都全神贯注地盯着大卫庄严神圣的面容和伸向天空的双手。只有安那太马一人不安地走动，念咒。传来了喊叫声——从城市方向的道路上跑来一个女人，画着吓人的浓妆，就像多神教徒为死尸画的彩妆。她的衣服极其廉价而鲜亮，被某个恶汉的手撕烂了，漂亮的脸蛋难看地扭曲着。

女人　上帝呀！分享财富的大卫究竟在哪儿？两天两夜，整整两天两夜我为了找他跑遍了城市，可房屋缄口不语，人们兀自欢笑。哦，告诉我吧，善良的人们，——你们看见大卫了吗，你们看见造福于民的大卫了吗？哦，请不要盯着我敞开的胸脯——恶人将我的衣服撕开，并将我的脸染红。哦，不要再盯着我敞开的胸脯：她还不曾体会过哺育纯洁的小嘴的幸福。

徒步朝圣者　大卫就在这里。

女人　（双膝跪地）大卫在这里？哦，可怜可怜我吧，各位，不要欺骗我，我已经来迟了。我会死在路上——我再无可去之处了。（眼泪滴在布满尘土的路面）

安那太马　好像有人找你，大卫。

大卫　（走上前去）这个女人要干什么？

女人　（低着头）是你吗，造福于民的大卫？

徒步朝圣者　没错，是他。

大卫　没错，是我。

女人　（低着头）我不敢看你。你就像太阳一样。（温柔而笃信地）哦，大卫，我找了你很久……我一直被人们所骗。他们说，你已经走

186

了，你彻底不在了，也从没有过你。一个男人对我说，他是大卫，他表现得我很友善，却像强盗一样对我。

大卫 起来吧。

女人 哦，就让我在你脚边暂歇吧。就像飞跃大海的鸟儿，——我被大雨打过，被暴风吹过，我累得要死。（哭泣着；笃信地）现在我很平静，现在我很幸福：我就在造福于民的大卫脚边。

大卫 （犹豫地）可是你迟到了，女人。我已经把所有的一切都分完了，我已一无所有。

安那太马 （不客气地）对！所有钱都已被我们散尽。回家去吧，女人，——我们一无所有。我们替你可惜——但是你迟到了。明白吗——迟到了！就在今天早上我们分完了最后一戈比。

大卫 别这么无情，努留斯。

安那太马 可这是事实，大卫。

女人 （不相信地）这不可能。（抬起眼睛）是你吗，大卫？你多么善良。是你说我迟到了吗？不，是他——他有凶恶的嘴脸。大卫，给我一点钱，求你了，救救我吧。我就要累死了。您叫苏拉吗？您是他的妻子？我也听说您了。（爬到她跟前亲吻她的裙裾）为我说句话吧，苏拉。

苏拉 （哭着）给她点钱吧，大卫。起来吧，亲爱的，地上太脏了，而你的头发如此乌黑美丽。在这里坐一会儿，休息一下。大卫马上就把钱给你。（将女人扶起，安顿在自己身旁的石头上，把她的头揽在怀里抚摸着）

大卫 这叫我怎么办？（慌乱地用红色手绢擦着脸）我该怎么办，努留斯？你那么聪明，帮帮我吧。

安那太马 （摊开双手）上帝保佑她，我也不知道。这是记录——我们已经没有一分钱了，我是个诚实的委托人，不是造假币的，每天能从美国给你带回那么多遗产来。（吹着口哨）我无事可做，在世上走来走去。

大卫 （痛苦地）这太残忍了，努留斯。我没想到您会这样。该怎么办，到底该怎么办？

安那太马耸耸肩。

苏拉 在这里坐一会儿，亲爱的，我马上来。大卫，请跟我来一下——我有话跟您说。

走到一边耳语着。

安那太马 您被打得很惨吗，女人？看上去，打您的那家伙不是很在行，还是没能把要害的地方打出来。

女人 （用头发遮挡自己）你们别盯着我看。

苏拉 努留斯，请过来一下。

安那太马 （走过去）我在这儿，雷泽尔夫人。

大卫 （悄悄地）我们还有多少钱，努留斯，能撑到耶路撒冷吗？

安那太马 三百卢布。

大卫 把它们给这个女人吧。（哭泣着露出笑容）苏拉不想去耶路撒冷了。她想在这里做生意直到死去。真是个愚蠢的女人，不是吗，努留斯？（忍着不哭出来）

苏拉　你很痛苦吗，大卫？你多么渴望去那里。

大卫　多么愚蠢的女人，努留斯。她不明白，我也想继续买卖。（哭泣着）

安那太马　（动情地）您——真不是凡人，大卫！

大卫　这是我的梦想，努留斯，我想死在圣城，将自己的骨灰埋在那些正直守规之人的骨灰旁边。不过（笑着）对死者来说所葬之处即为善土，不是吗？把钱给那个可怜的女人吧。我开心多了。这样如何，苏拉？把铺子重新开起来，并向宋卡请教如何调制好喝的苏打水吧。

安那太马　（庄重地）可怜的女人！造福于民的大卫赐予你金钱和幸福。

别斯克莱尼　（对宋卡）我早告诉过你，他们没把钱分完。他们可有好几百万呢。

徒步朝圣者　（倾听着）没错，没错。大卫怎么可能把所有钱都分完呢？他才刚刚开始分。

女人感谢大卫和苏拉；动容的大卫把手放在跪于面前的女人头上，就像在祝福她。在他身后的地面上，沿着大路出现了一团灰色的，脏兮兮的东西，缓慢而沉重地蠕动着。它无声地前进，很难相信这是一群人——他们形同路边的灰尘，与饥渴和苦难相依为伴。在他们无声无息，不屈不挠的前进中透出某种让人警觉的不安来——这边的人们也忐忑地注视着。

别斯克莱尼　是谁沿着大路走过来？

宋卡　有灰色的东西沿着大路爬来！如果他们是人的话，那也完全没有人样！

普里克斯　哦，我为大卫感到担心！他背朝他们而立。而他们就像瞎子一样行进。

宋卡　此刻他们正向他围拢。大卫，大卫，回头看看。

安那太马　晚了，宋卡！大卫听不见你说话。

普里克斯　可他们是谁？我害怕。

徒步朝圣者　他们是——我们的人！这些瞎眼之人是从我们那里前来向大卫祈求光明的！（大声地）立定，立定，你们到了！大卫就在你们中间。

盲人们几乎已将受惊的大卫围作一团，他徒劳地试图抵抗聚集起来的人潮，可他们不为所动地继续无声地探寻。他们无力地伸出灰色的手臂，在死寂的半空中摸索着；其中几个已经找到了大卫，并迅速用灵敏的手指将他摸个遍——他们的脑袋仿佛秋风扫落叶时发出的哀鸣，微微地在凝固的空气中摇曳。快速降临的黄昏模糊了一切轮廓，吞噬了所有色彩；只能看见一团难以辨认的东西，慌乱地骚动，无声地哀怨着。

盲人们　大卫在哪儿？

　　　　——帮我们找到大卫吧。

　　　　——造福于民的大卫在哪儿？

　　　　——他在这里。我已经用手指感受到他了。

　　　　——是你吗，大卫？

　　　　——大卫在哪儿？

　　　　——大卫在哪儿？

——是你吗，大卫？

黑暗中传来惊慌失措的声音。

大卫　是我，大卫·雷泽尔。你们找我有何贵干？

苏拉　（哭着）大卫，大卫，你在哪儿？我看不见你。

盲人们　（围上来）这就是大卫。

　　　　——是你吗，大卫？

　　　　——大卫。

　　　　——大卫。

落幕

⚜

第五场

庄严肃穆而有些阴森的房间——是大卫·雷泽尔奢华公寓中的办公室，他在这里度过生命最后的日子。房间里有两扇大窗：一扇正对台下，窗外是通向城市的道路；另一扇在左面的墙上，窗外是花园。在这扇窗户边是大卫的大工作桌，上面杂乱地堆着纸张：这边是穷人们请愿的小纸片，有便条，有匆忙订成册的长条笔记本；那边是会计账本模样又大又厚的书。桌子底下和周围散落着撕碎的纸片；一本巨大的皮封面的破旧圣经被打开了，书脊朝上书页朝下平放着，就像坍塌的房顶。尽管天气很热，壁炉里还是烧着火——大卫·雷泽尔犯了热病，他很冷。夜幕降临。从落下的窗帘外隐约能透进来黄昏微弱的亮光，但房间里已经漆黑一片。只有桌上的小灯勉强于黑暗中让两个白点一样的灰色脑袋显现出来：大卫·雷泽尔和安那太马。

　　大卫坐在桌子后。很久没有梳理的头发和胡子让他显得粗鲁而可怕；他面色倦怠，两眼大睁；双手抱着头，他紧张地透过巨大的铁边放大镜查看着写满铅笔字的纸张，翻过一张，抓起另一张来，就这样焦躁地翻看着厚厚的账本。而安那太马俯在他身上，双手抓着圈椅后背。他好像没有看见大卫似的——一动不动，神情严肃地思索着。他不再说笑，像庄稼汉在收割之前出门眺望无边无际的麦田一样警觉。窗户紧闭着，但透过玻璃和墙面还是传来低沉的嘈杂声和个别喊叫声。他慢慢直起身子，情绪激动地晃来晃去。那些把大卫围起来的人此刻已将他的住处包围。沉默。

大卫　　一切都泡汤了，努留斯！那直达天际的高山裂成了石块，石块变成了粉末，被风带走了——我们的高山去哪儿了，努留斯？你带给我的几百万呢？我已经在这纸上找了一个钟头，就为了一个戈比，一戈比，能发给祈求的人，可就是没有……搁在那里的是什么？

安那太马　　圣经。

大卫　　不，不是，就在那里，在纸堆上？拿过来。那是本报表，我好像还没看过。但愿有好运，努留斯！（急忙看起来）没了，全都打钩了。看吧，努留斯，看吧：一百，然后是五十，再是二十，——最后是一戈比。可我不能从他那儿拿回一戈比吗？

安那太马　六点，八点，二十点——赢了。

大卫　不是，努留斯：是一百，五十，二十——一戈比。都泡汤了，就像水一样从手指缝里流走了。手指已经干涸——我好冷，努留斯！

安那太马　这里很热。

大卫　我跟你说话呢，努留斯，这里很冷。往炉子里添些柴火……不，等等。——柴火值多少钱？……哦，它值很多钱，把它放下，努留斯，——这无耻的火苗如此轻易地将木料吞噬了，仿佛它完全不明白，每一根柴火——都有生命。停下，努留斯……你的记性很好，你像书本一样什么都记下来了，——那你是否还记得，我赐给阿布拉姆·赫辛多少钱？

安那太马　一开始是五百。

大卫　没错，努留斯，——他是我的老朋友了，我们一起玩到大！对朋友来说五百一点也不多。当然了。他可是我的老朋友，不过，也许，我是因为可怜他才在最后给了他比别人更多的钱，——要知道友谊是那么脆弱的情感，努留斯。可这样不好，如果为了一个朋友而伤及那些陌生的、远道而来的人——他们没有任何朋友和保障。就让我们少给阿布拉姆·赫辛一些，稍微从赫辛那里再拿回一点……（**惶恐地**）告诉我，我到现在一共给了阿布拉姆多少钱？

安那太马　一戈比。

大卫　这不可能！告诉我，是你弄错了！可怜可怜我吧，说你弄错了，努留斯！这不可能——阿布拉姆是我的朋友——我们从小一起玩耍。你明白这意味着什么吗，两个孩子一起玩耍，然后一起长大，直到他们胡子花白还在一起笑看这稍纵即逝的过往。你的胡子也花白了，努留斯……

安那太马 是呀，我的胡子白了。但你还是只给了阿布拉姆·赫辛一戈比。

大卫 （双手抓住安那太马，耳语道）可她说了，他孩子就要死了，努留斯，——就快死了。请你理解我，老朋友：我很需要钱。你如此高尚，你（抚着他的手）如此善良，你像书本那样把一切都记得清楚，再找出一点钱来吧。

安那太马 清醒吧，大卫，理智已背叛了你。你已经两天两夜坐在桌子后面却一无所获。去面对那些等待你的人民吧，告诉他们，你已经一无所有了，让他们走吧。

大卫 （愤怒地）我不是已经出去过十几次，告诉他们我已一无所有了吗？——可他们中有一个离开了吗？他们站着等待着，顽石一般深陷自己的苦难中，如此坚定，像吮吸母乳的婴儿。难道婴儿会去考虑母亲的胸脯里还有乳汁吗？他只会用牙齿咬住乳头贪婪地扯动吮吸。当我开口说话，他们沉默地倾听着，就像正常人；可当我默不作声的时候，他们心中便生出绝望而贪婪的恶魔，数千张嘴一齐哀嚎着。我没把一切都献给他们吗，努留斯？我没有流干最后一滴眼泪吗？我没有为他们流尽心中最后一滴血吗？——他们在等什么，努留斯？他们还想要我这耗尽生命的可怜犹太人怎么样？……

安那太马 他们在等待奇迹，大卫。

大卫 （起身，恐慌地）住嘴。努留斯，住嘴——你这是在向上帝挑衅。

我是谁，如何能创造奇迹？清醒吧，努留斯。我能把一个戈比变

成两个吗？我能攀上山巅并命令：地上的群山呀，请变成座座面

包堆起的山峰来扫除穷人的饥饿吗？我能跑到海边并命令：咸如

眼泪的海水呀，请变成牛奶和蜂蜜的海洋来扫除缺水的干涸吗？

想想吧，努留斯！

安那太马 你看见那群盲人了吗？

大卫 我只有一次鼓起勇气抬头看了——可我看见的是群奇怪的灰衣

人，他们不知被谁画上了白色的眼翳，他们触摸空气，他们害怕

土地，就像危险和恐惧降临一般。他们想要什么，努留斯？

安那太马 你看见四肢不全的病人和残疾人了吗，看见他们在地上爬行

了吗？他们是从地里冒出来的，就像渗出的血滴，——大地

是由他们耕耘的。

大卫 闭嘴，努留斯！

安那太马 你看见那些良心在焚烧的人了吗：他们面色暗沉就像被火烧

焦，而眼睛闪着白色的光环，像匹发疯的野马一样飞快地转

圈跑着？你看见那些目光笔直，手握长手杖丈量道路的人了

吗？——他们都在寻找真理。

大卫 我不敢再看他们了。

安那太马 你听见大地的声音了吗，大卫？

苏拉进来，胆怯地靠近大卫。

大卫 是你，苏拉？快把门关紧，别留缝隙。你有什么事，苏拉？

苏拉 （害怕却信任地）还没准备好吗，大卫？赶紧出去面对人民吧：

他们已经厌倦了等待，很多人都害怕死去。让这些人回去吧，还会有新的过来，大卫，很快就没有可以落脚的地方了。而喷泉里的水也已耗尽，面包也没有按你的指令从城里运来，大卫。

大卫 （抬起手，恐惧地）醒醒吧，苏拉，你已被梦编织成的狡诈的大网捕获，你已被疯狂的爱毒害了心灵。是我，大卫！……（恐惧地）我没有下令把面包运来。

苏拉 如果还没准备好，大卫，他们还会再等下去。不过请你下令点起火把，将垫子发给女人和孩子吧：夜幕很快就会降临，大地会变冷。下令把牛奶发给孩子们吧——他们都饿了。我们听见远方传来无数的脚步声：那是按你的指令赶来的一大群乳牛和母羊吗，它们的乳房因为饱含乳汁而垂挂着？

大卫 （嘶哑地）哦，上帝呀，上帝！……

安那太马 （平静地对苏拉）出去吧，苏拉：大卫在祈祷。不要打扰他祈祷。

苏拉同样害怕而小心地出去了。

大卫 宽恕吧！宽恕吧！

窗外的嘈杂声平息下来——随后变成雷鸣般的沸腾：苏拉已向人群宣布，没必要再等下去了。

大卫 （双膝跪地）宽恕吧！宽恕吧！

安那太马 （下令似的）起来，大卫！在巨大的恐惧面前像个男子汉一样。难道不是你把他们召唤来的吗？难道不是你用爱的声音向安息着难以名状的可怕的黑暗和沉默宣告的吗？于是他们过来了——从北方和南方，从东方和西方，他们的泪水如四大洋汇聚在你脚下。起来，大卫！（**扶起大卫**）

大卫 我该怎么办，努留斯？

安那太马 告诉他们事实。

大卫 我该怎么办，努留斯？该不该拿一根绳子给我，挂在树上，像处置那个叛徒一样①把我吊死呢？我是叛徒吗，努留斯，我把他们叫来，却不给予他们，我爱他们，却把他们害死？哦，我的心好痛！……哦，我的心好痛，努留斯！哦，我好冷，就像铺满冰霜的大地，而它的体内却是炎热的白色火焰。哦，努留斯，——你看到那白色火焰了吗，它让月亮黯然失色，让太阳如烧尽的黄色干草垛！（**不安地踱步**）哦，把我藏起来吧，努留斯。何处有不透光的暗室，何处有不透风的坚壁能阻隔这些声音？他们想让我怎么办？我是个体弱的老人，我经受不住如此漫长的折磨——我自己也有孩子死去，难道这都不足惜吗？他们在呼唤谁，努留斯？我已经忘了。这个叫大卫的造福于民的人是谁？

安那太马 他们在呼唤你，大卫·雷泽尔。你被骗了，雷泽尔，你被骗了，还有我！

大卫 （**祈祷**）哦，替我求求情吧，努留斯先生。请前去大声地告诉他们，让他们都听见：大卫·雷泽尔——这个年老体弱的人，已经一无所有。他们会听您的，努留斯先生，您的外表如此令人景

---

① 意指犹大。——译注

197

仰，他们会回家去的。

安那太马　好吧，好吧，大卫。看来你已经看见了真理并很快就将告知
于众。哈！是谁说大卫·雷泽尔能创造奇迹的？

大卫　（双手交叉在胸前）没错，没错，努留斯。

安那太马　谁敢要求雷泽尔创造奇迹呢，难道他不是像所有人一样年老
体弱，临近死亡了吗？

大卫　没错，没错，像所有人一样。

安那太马　难道雷泽尔没有被爱所欺骗吗？它向他许诺：我会赋予你一
切——可它却像街角刮起的一阵散乱的风，把路上的灰尘掀
起，喧闹地翻飞随即又无声地落下……它只会让双眼迷蒙，
让争端四起。请你们去找那个将爱赐予大卫的人，质问他：
你为何要欺骗我们的兄弟大卫？

大卫　没错，没错，努留斯！人为什么要有爱，尤其是他无助的时候？
既然没有不死之躯，为何还要生存？

安那太马　（急忙地）出去把这个告诉他们——他们会听从你的。他们
会向上天发问，而我们将会听见来自天国的回答，大卫！告
诉他们真理，你就将大地领向天国。

大卫　我这就去，努留斯！我要告诉他们真理，——我从没撒谎。开
门，努留斯。

　　安那太马迅速打开阳台的门并恭敬地邀请大卫，他愁眉不展，迈着
缓慢而庄严的步子。安那太马在大卫身后将门关上了。一瞬间，呼喊声
被死一般的寂静所代替，只听得见大卫含混不清的虚弱的噪音在颤抖。
安那太马则在房间里发狂似的上蹿下跳。

安那太马 啊！你那时候不愿听我的话——那就听他们的吧。啊！你让我像条狗一样肚子贴地爬行。你甚至不让我朝那缝隙里望一眼！……你用沉默不语将我嘲笑！……用纹丝不动将我扼杀。现在你就听好吧——但愿你还有反驳的理由。这不是魔鬼在同你讲话，也并非霞光之子向你提高了自己勇敢的嗓门——这是人类，你所挚爱的子民，你的关切，你的爱恋，你的柔情和自豪的希冀……他们盘曲在你脚下，像蠕虫一样。怎么样？不说话了？大声地对他撒谎吧，假装盛怒地欺瞒他吧，他怎敢抬头看天？就让他像安那太马的下场一样……（抱怨着）可怜的，委屈的安那太马，像条狗一样肚子贴地爬行……（狂怒地）就让人也在自己黑暗的洞穴中爬行，在寂静之中消失，在那安息着难以名状的恐惧的晦暗之中被埋葬！

窗外又响起嘈杂的喧闹声。

你听见了吗？（讥笑地）这可不是我。这是他们。六点，八点，二十点——赢了。魔鬼总是赢家……

门开了，被恐惧笼罩的大卫跑了进来。他的身后袭来阵阵喊叫。大卫靠在门后，用肩膀顶住。

大卫 帮帮我，努留斯！他们就要闯进来了——门是顶不住的，他们会把它撞碎。

安那太马　他们说了什么？

大卫　他们不相信，努留斯。他们期待奇迹。可是就连死人也会喊叫吗？——我看见他们带来了死人。

安那太马　（狂怒地）那就向他们撒谎，犹太人！

大卫从门边走开，惊慌失措中神秘地说着。

大卫　您知道吗，努留斯，有某种东西触动了我：我一无所有，可当我出去面对他们，一见到他们的时候，我立刻感受到这是不对的——我还有一些东西。我对他们讲话——可就连自己都不相信，我对他们讲话——可自己却与他们为伍反对着自己，狂热地祈求着。我嘴上否认，可心里却在许诺，眼睛却在呼喊：是的，是的，是的。——到底该怎么办，努留斯？说吧，或许您知道：我真的一无所有了吗？

安那太马笑了。右面的门外传来苏拉的声音和敲门声。

苏拉　放我进去吧，大卫。

大卫　哦，别开门，努留斯。

安那太马　这可是你妻子，苏拉。（开门）

苏拉领着一个可怜的女人进来了，女人手上拿着什么。

苏拉　（短促地）请原谅，大卫。可这个女人说她再也等不下去了。她说，如果您再拖延下去，哪怕孩子复活她也认不出来了。如果您想知道他的名字——请叫他摩西，小摩西。他很黑，我看过了。

女人 （跪下来）请原谅，大卫，我没有等在队伍里。可那些人刚死不久，而我已经把他抱在胸前三天三夜了。也许您该看看他？我这就抱给您——因为我没有骗您，大卫。

苏拉 我已经看过了，大卫。她让我抱了。她非常劳累，大卫。

大卫将手掌推向前，慢慢地后退，将将撞在墙上。就这样举着双手停下来。

大卫 宽恕吧！宽恕吧！

两个女人都在等待。

大卫 我该怎么办？我无能为力，哦，上帝。努留斯，快告诉我，我无法让死人复生。

女人 求您了，大卫。难道我是在求您复活一个年事已高、坐吃等死的老人吗？难道我不明白谁应当复活而谁不能吗？或许让您感到为难的是，他已经死了这么久了？——我不清楚这个，——请原谅，只是在他将死的时候我答应过他：——别害怕，摩西，安心去吧——造福于民的大卫会把你的小生命还给你的。

大卫 把他给我看看。（看着他，摇着头，轻声地哭泣，并用红色手绢擦着眼泪；苏拉信任地靠在他肩头，看着）

苏拉 他几岁了？

女人　两岁多了，已经第三年了。

　　大卫转向安那太马，哭丧着的脸几近疯狂，说话的声音也变了。

大卫　我该试试吗，努留斯？（但突然弯下身嘶哑地叫起来）阿德诺
　　　　伊！……阿德诺伊！……从这里出去！出去！你是魔鬼派来的。
　　　　努留斯，告诉他们，我不会起死回生之术。他们是前来嘲笑我
　　　　的！看吧，她们两个在呵呵窃笑。从这里出去！出去！

安那太马　（轻声对苏拉）走吧，苏拉，把这个女人也带出去。大卫还
　　　　　　没完全做好准备。

苏拉　（耳语着）我把她带回去。请告诉大卫，她在我的房间里。（对女
　　　　人）我们走吧，夫人，——大卫还没完全做好准备。

　　两人出去。大卫筋疲力尽地坐到圈椅里，无助地垂下灰色的脑袋，
微弱地念着什么。

安那太马　她们走了，大卫。您听见了吗，她们走了。

大卫　您看到了吗，努留斯：那是个已经死了的孩子？哎——呀——
　　　　呀——呀，是死了的，死了的，死了的孩子。摩西……没错，是
　　　　摩西，黑黑的；我们看见他了……（深陷悲伤和忧愁中，大声
　　　　地）我该怎么办？教教我，努留斯。

安那太马　（急促地）逃跑。

　　他倾听着窗外的响动，肯定地点点头，缓缓地像阴谋家一样小心翼

翼地靠近大卫；大卫双手摆出祈求的姿势，绝望而依赖地笑着等待安那太马过来。他的背像老头一样弓着，经常拿出自己的红色手绢来，但并不知道拿来做什么。

安那太马 （急促地低语）快跑，大卫，快跑。

大卫 （兴奋地）对，对，努留斯，——逃跑。

安那太马 我会把你藏在那无人知晓的阴暗房间里，等那些饱受等待和饥饿折磨的人们都睡着了，我带你穿过沉睡的人群——让你获救。

大卫 （兴奋地）对，对，救救我。

安那太马 而他们还会继续等！沉睡的人们，他们还将继续执着于等待，还会幻想着奇迹，——而你已经不在了！

大卫 （兴奋地点头）而我已经不在了，努留斯。我已经逃走了，努留斯。（呵呵笑着）

安那太马 （呵呵笑）而你已经不在了！逃走了！到时候就让他们去同上天理论吧。

他们互相看着对方，呵呵笑着。

安那太马 （友善地）等着我，大卫。我这就出去看看：房子是不是空着。要知道他们可是群疯子。

大卫 对，对，去看看吧。他们可是群疯子！我就在此准备，努留斯……不过，请你不要让我一个人待太久。

安那太马走出去。大卫小心翼翼地垫着脚尖走近窗户想看一眼，但是犹豫着：他走到桌子跟前，又对散落满地的纸张心生畏惧，尽量不踩在任何一张纸上，像跳舞一样挪动着，挨到了挂着外衣的角落；慌乱之中弄混了衣物，急急忙忙穿了起来。他想了很久如何处理自己的胡子，最后决定将它塞进背心的领子里藏起来。

大卫　（嘟囔着）好了。必须把胡子藏起来。所有孩子都认得出我的胡子。只是他们为什么不把它拔下来呢？算了，算了，这胡子……可是背心又太黑了！没关系，没关系，能藏起来的。就这样，就这样。罗莎有镜子……只不过罗莎已经跑了，纳乌姆也死了，而苏拉……哎，努留斯怎么还不来？难道他没听见他们喊得如此起劲吗？

有人小心翼翼地敲门。

大卫　（惊恐地）谁？大卫·雷泽尔不在这里。

安那太马　是我，大卫，开门。（走进来）

大卫　怎么样，努留斯？——是不是完全认不出我来了？

安那太马　很好，大卫。只是我不知道该怎么出去：苏拉让客人站满了屋子；所有我经过的房间里都有残疾人和盲人挂着笑容等待你；有将要死的，也有已经死了的，大卫。您的苏拉是个高尚的女人，但她过于好客，大卫，她希望能用周到的照料换来奇迹。

大卫　可她不敢，努留斯！

安那太马　很多人都已经在您的门边入睡，在梦中微笑了——自大的幸运儿们，赶在了别人的前头……花园和后院里也都是人……

大卫　（惊恐地）后院里也有？

安那太马　轻点，大卫。注意看，注意听。

房间里的灯熄着，窗帘是拉开的：窗户的四角被一团团晦暗的红色光团染亮；屋里漆黑，——只有大卫的头是白色的，散落在地的纸张也被染上淡淡的血红色。天花板上怪异而模糊的深红色身影在无声地移动；人们挥动着手臂，相互分开又忽然交织成长长的一串影子，有的在快跑，有的踏着粗鲁奇怪的舞步。而从最遥远的地方传来了新的隐约难辨的喧闹声，——就仿佛大海退潮和涨潮时的响声：压抑的，轰鸣的，不可阻挡的。

大卫　（害怕地低语）这火光是怎么回事，努留斯？我害怕。

安那太马　（同样低语着）夜晚寒冷，他们点起了火把。苏拉说还要等很久，于是他们就这么做了。

大卫　他们从哪里拿来的木头？

安那太马　他们把什么东西劈开了。苏拉说你下令点起火把，于是他们就服从地把能找到的木料点着了……而在远方，大卫，很远的远方……

大卫　（绝望地）什么，努留斯？很远的远方还有什么？

安那太马　我不知道，大卫。但是通过敞开的天窗，我仿佛听见海上大浪拍岸的怒吼，就连峭壁也疼痛得瑟瑟发抖；又仿佛听见了无数铜号齐鸣，大卫——他们在向上天，在向您呼号，他们在召唤您……您听见了吗？

从沉闷而混沌的轰响中仿佛能听出拉长拖沓的呼唤：

大——卫——，大——卫——，大——卫——。

大卫　我听见自己的名字了。是谁在喊？他想干什么？

安那太马　不知道。也许他们想为你加冕，拥你为王。

大卫　我？

安那太马　你，大卫·雷泽尔。或许，他们会带来权势和力量——一击
创造奇迹的能力，——你不想成为他们的神吗，大卫？看看
他们，听听他们的声音吧。（打开窗户）

在一团团火把的烟雾中立刻沁入了来自远方雄壮而有力的乐曲——
那是无数铜号的齐鸣，它们被高举的双手抬起，向着大地和天空发出自
己祈求的呼号。号声沉寂下来。伴着大队人马行进的踏步，响起无数个
呼唤的声音：大——卫——，大——卫——。呼唤声逐渐有了旋律，成
了曲子。号声再次响起。接着又是坚定，有力而嘹亮的呼唤：大——
卫——，大——卫——。当号声第一次响起时，大卫踉跄着靠在了墙
上；随后他一步接一步地——*越来越勇敢*——*越来越迅速*——*越来越坦
然*地径直走向窗边。他向外望去——推开安那太马，伸出双手迎接穷苦
的大地。

大卫　（呼唤着）到这里来！到这里来！来吧。我就在这里。我与你们
同在。

安那太马 （惊讶地）什么？你在呼唤他们？——你在——呼唤——他们？醒醒吧，雷泽尔！

大卫 （愤怒地）闭嘴——你不明白！我们都是人，我要与他们同行！（激情洋溢地）我们要一道同行！来吧，兄弟们，到这里来。看吧，努留斯，——他们抬起了头，他们在眺望，他们听见了。来吧，来吧！

安那太马 你要创造奇迹？

大卫 （愤怒地）闭嘴——你这个异类。你说话就像与上帝和人类为敌。你不知怜悯和宽恕。我们已不堪重负，我们已精疲力竭——就连死者也厌倦了等待。来吧——让我们一道同行。来吧！

安那太马 （望了一眼）瞎子们不是能靠自己指认方向吗？

大卫 如果连盲人都不被赋予光明，谁还需要呢？到这里来，盲人们！

安那太马 （望了一眼）没腿的人不是也能自己顶着尘土开掘道路吗？

大卫 可如果连没腿的人都无路可走，谁还需要呢？到这里来，残疾人们！

安那太马 （望了一眼）他们不正撑起担架左右摇晃着把死人抬来吗？仔细看，大卫，大胆地告诉他们：来吧，到我这里来。我就是那个能起死回生之人……

大卫 （苦痛地）你不理解爱，努留斯。

安那太马 我就是那个能让人失而复明之人！（从窗户向外大声喊）来吧！追求上帝的大地子民，都会聚到大卫脚下吧——他在这里！

大卫 （抓住他的肩膀）您疯了，努留斯。他们听见了会闯进来的——您在干什么，您想想吧，努留斯！

安那太马 （喊叫着）大卫在呼唤你们！

大卫 （用力将他从窗户边推开）闭嘴！只要你敢再喊一声我就掐死你——你这条狗！

安那太马 （摆脱）你和其他人一样愚蠢：当我叫你逃跑的时候，你咒骂我。可当我呼唤爱的时候，你又要掐死我。（假惺惺地）人啊！

大卫 （虚弱地）哎，请不要置我于死地，努留斯先生。哦，我这个又老又笨的家伙记性也不好，如果我刚刚对您发火了，还请您原谅。只不过我不能——我真的不能创造奇迹！

安那太马 跑吧……

大卫 对，对，跑吧。（疑惑地）可是去哪儿呢？您想带我去哪儿，努留斯？难道大地之上还有……（苦恼地）上帝发现不了的地方吗？

安那太马 我带你去见上帝！

大卫 我不去。上帝会对我说什么？我该怎么回答他？想想吧，努留斯，现在的我还有什么可用来回答上帝的？

安那太马 我将带你去那荒野。把这些无耻凶恶的人抛弃吧，他们就像生猪一样，深受疥疮的折磨，在搔痒的时候蹭倒了柱子和篱笆。

大卫 （犹豫地）可他们是人，努留斯。

安那太马 摒弃他们并孑然一身地在荒野中面对上帝吧。就让石头成为你的卧榻，就让豺狼变作你的朋友，就让天空和沙石听见大卫忏悔的哀鸣吧——任何罪恶的污秽都将在他的心怀中化作纯净的白雪。近墨者黑，丑恶是会传染的——而只有在荒漠中你才能发现上帝。到荒野里去，大卫，到荒野里去吧。

大卫 那时我将祈祷！

安那太马 你会祈祷的。

大卫 我将身负重责倾尽所有！

安那太马 你会身负重责倾尽所有的。

大卫 我将以头抢地悲痛欲绝！

安那太马 为什么？那是不幸之人的举动。你将获得幸福，大卫，你是无罪的。到荒野里去，大卫，到荒野里去吧！

大卫 到荒野里去，努留斯，到荒野里去吧！

安那太马 （催促地）快跑吧。有一个无人知晓的地下室。那里摆满陈年的木桶，散发着葡萄酒香，我把你藏在那里。待他们都睡着了……

大卫 到荒野去！到荒野去！

两人匆忙地跑下去。屋内杂乱而安静。在敞开的窗外，又传来铜号的鸣叫和大地觉醒的呻吟与呼唤：大——卫——！而那本《圣经》书脊朝上书页向下，像坍塌的房屋一样静躺着。

幕布缓缓落下。

❖

第六场

　　这一夜和第二天大部分时间里，大卫·雷泽尔都被安那太马藏在一个废弃的采石坑口里，他知道这些蛮荒而目所不能及的地方。临近傍晚，在安那太马的建议下他们离开藏身之所，沿着大路朝东方出发；但第一个看见大卫的人便认出了他，大卫的荣光至高无上，以至于没有一个女人，孩子或老人不曾目睹过他或听说过有关他的描述。认出大卫的人欣喜若狂地叫喊着跑向城市，兴奋地宣布消息，失散之人已找到。不消一会儿围在大卫住处周围那些难以计数的几近绝望的大队穷人就已开始了追赶；大路上的人，村落里的人以及所有寻找上帝的人都加入了他们的队伍。他们认定，大卫逃离人民并非出于自己的愿望和意志，而是被恐惧和黑暗的主宰所胁迫，于是难以计数的大卫的亲友们决定将其从绑架者手中夺回，并推举他成为整个穷苦大地的王。大卫被人们蜂拥追赶的吼叫声吓到了，他倒在安那太马身上，向他祈求着拯救和死亡。而安那太马离开大路，把大卫领入网布的小径，它们有始而无终，因为它们回环往复，没有出口，而大卫已经开始绝望，狡猾的安那太马最终也离开了迷幻的小径；此时他们径直朝远方沉吟的大海走去，希望能从渔夫那里借船逃生，抑或是葬身海浪中。他们就这样跋涉了一天一夜，大卫累得说不出话；因为他们笔直地前进，所以途中遭遇了无数的高垒、河流、深沟和其他障碍。夕阳西下，当他们翻过最后一道残破的墙垣抵达海边时，大卫吓坏了：面前是深不见底的悬崖，没有下坡路，同时又如此靠近城市，以至于能隐约地见出城市建筑的轮廓。

第六场的布景如下：断崖的轮廓线从舞台左侧角落向上延伸并在右边向下弯折；在这之下，舞台左侧，汹涌的海浪将海平线高高抬起。舞台右侧沿着山坡有一道石头剥落的残破墙垣，它后头是一个郁郁葱葱的废弃花园——树丛中有两棵又高又黑的柏树。暴风雨未至，但大海与天空已经做好迎接它的准备。海上一片阴沉，海面有几处没有光亮，就像沉入了黑夜；而有几处泛起不详的暗淡波光——仿佛是数千条蛇，鳞片潮湿闪着寒光，它们互相游戏，用尾巴激起浪花，发出噪声并沙沙地低鸣。阴暗、沉重而浓密的乌云让人惴惴不安，堆积在天空，一直延伸到地平线。它们被高处的狂风驱赶着，快速地在太阳下掠过，深红的落日平缓沉重地向地平线以下滑动；已经很难透过密致的云层看到它了，它如一只渗血的眼睛只是偶尔露出短暂的一瞥，便足以让大地与海洋惊恐万分——就像一个茹毛饮血的巨人，吃饱喝足后睡意袭来，却仍环视四周，寻找着猎物。

大地还是一片寂静，而树已经预感到夜晚风高，枝叶在不停颤抖，仿佛是体内产生的一阵无声的痉挛；只有黑色的柏树与夜色浑然一体，——沉默而凝重，顶端锐利的枝杈咿呀作响，毫无抵抗地融入夜色中。大幕开启时舞台空无一人，随后安那太马翻过那堵墙垣，并把虚弱得几乎不能动弹的大卫也拉了过来。他们宽大的黑衣脏兮兮的，还被撕破了几处；他们的帽子都在路上丢失了，大卫的银发立在他的头上，就像白浪拍击峭壁。

安那太马 快点，快点，大卫。他们就在我们身后追赶着。在这个静谧的黑色花园里，我从这个方向听见远方的沉吟——那里似乎有另一片海。快，大卫。

大卫 我不行了，努留斯。就把我安放于此，让我死吧。

安那太马 把脚踩在这里，这块石头上。当心。

大卫 我的眼前是圈圈绕绕的小路，而终点是死路。是死路，努留斯，在这条深邃的沟壑底下，横着肿胀的马尸……我们到哪儿了，努留斯？

安那太马 我们到海边了。我们要向渔夫借一条船并投身于浪涛中——与其向那群发疯的人祈求宽恕，大卫，在无情的海浪里我们将更快地获得它。

大卫 是的。死是最好的选择。（*躺在墙垣边*）我五十八岁了，努留斯，我需要休息……可我们在大路上遇见的那个人是谁，他一见我们就欣喜若狂，奔走叫喊着：造福于民的大卫在这里。他怎么会认识我？我从没见过他。

安那太马 （*装出在查看海岸的样子*）您的荣光至高无上，大卫……奇怪，我找不到下去的坡路。

大卫 （*闭上眼*）柏树变黑了——晚上会起风，努留斯。我们本该留在石坑里的。那里又黑又静，我可以心安理得地睡在那里。（*抱怨地*）你怎么不说话，努留斯？难道我已经落入旷野之中，只能自言自语了？

安那太马 我在寻找。

大卫 （*不满地*）那里有什么可找的？——我们已经找了一整天，像被训练的狗一样跳了一整天了。我很羞耻，努留斯，当我翻过墙垣的时候我觉得自己像个翻墙偷苹果的小孩子。您最好还是过来，跟我讲讲您旅途中的见闻吧。我累得快睁不开眼了。

安那太马 不能睡，大卫。（走上前）这里没有通向海里的下坡路。

大卫 那还能怎么办？去别处找找吧。

安那太马 （把手指向城市的方向）你仔细看看，大卫，——那远处的亮光是什么？

大卫 （抬起头）我没看见。

安那太马 那是等待你的城市。你再仔细听听：是什么在远处沉吟？

大卫 （倾听着）那是——毫无疑问，努留斯，那是海浪的回声。

安那太马 不。那是人潮声，大卫，他们现在正在赶来的路上，向你祈求奇迹，并要拥你为这穷苦大地上的王。但我们藏在石头后面时，我听见两个人匆忙地朝城市赶去，口中说着你被某个邪恶之人所胁迫的事，他们要将你从绑架者手中解放出来，并为你加冕。

大卫 我就是个年老体衰的犹太人，又不是块金子，还要被抢来抢去？停下来吧，努留斯，您又在胡说了，还有那些人……我想睡觉了。

安那太马 （焦急地）可他们就要到这里来了。

大卫 就让他们来吧。请您告诉他们，大卫睡着了，他不愿创造奇迹。

（摆出舒服的睡姿）

安那太马 醒醒，大卫！

大卫 （顽固地）没错，他不愿创造奇迹。晚安，努留斯。我老了，不喜欢闲聊。

安那太马 大卫！

大卫不回答：他把双手垫在头下，睡着了。

安那太马　醒过来，大卫，他们过来了。（狠狠地推着大卫）起来，我
　　　　　跟你说话呢！别装睡了——你骗不了我。听见没？（咬着牙）
　　　　　睡着了——该死的畜生！（走到一边倾听着）哈！来了……
　　　　　来了——可他们的王却在酣睡。他们来了——而他们的圣人
　　　　　却像一匹运水的骡子一样睡死过去。他们带来了王冠和死
　　　　　亡——而作为受难者和统治者的他却张着嘴巴装进海风，津
　　　　　津有味地咂巴着。哦，可怜的种群：你们的骨头上蚀刻着背
　　　　　叛，你们的血液里流淌着出卖，而你们的心脏中跳动着谎
　　　　　言！不如就像踏在桥上一样安心地踏入流水中，迎着海浪走
　　　　　去，不如就像靠着岩石那样踏实地倚靠向空气，——这也好
　　　　　过把自己高傲的怒气和辛酸的梦想托付给叛徒。（靠近大卫，
　　　　　粗鲁地推搡着他）起来！起来，大卫；苏拉来了——苏
　　　　　拉——苏拉。

大卫　　（被叫醒）是你吗，苏拉？……我这就来，我很累，苏拉……什
　　　　么？是您，努留斯？那苏拉呢，是她在叫我吗？我太累了，太累
　　　　了，努留斯。

安那太马　苏拉在路上。苏拉会把孩子抱来。

大卫　　什么孩子？我们已经没有孩子了呀？我们的孩子……（直起身
　　　　子，惊恐地环顾四周）那是什么，努留斯？谁在那里叫喊？

安那太马　苏拉会把死去的孩子抱来。您需要让他起死回生，大卫。他
　　　　　皮肤黝黑，他叫摩西——摩西——摩西。

大卫　　（起身在空地上踏了几步）跑吧，努留斯！快跑！哪里有路？你

214

把我带到什么地方了？（抓着安那太马的手）听，他们在叫喊。他们在朝这里行进，追赶我——哦，救救我，努留斯！

安那太马　已经无路可去。（抓住大卫）那里是悬崖。

大卫　我该怎么办，努留斯？难道要跳下去在石头上摔得粉身碎骨吗，——难道我们是不被上帝所召唤的恶人吗？只要上帝召唤，——我这颗衰老的心就会飞箭一样朝他而去……（倾听着）人们在叫喊。他们呼唤着，呼唤着，——走开，努留斯，我想祷告。

安那太马　（走向一边）请快一点，大卫，他们很近了。

大卫　（双膝跪地）你听见了？他们来了。我爱他们，但我的爱比恨更痛苦，它如此无力而被冷落无视……你把我杀了自己去见他们吧。杀了我吧——并宽恕地迎接他们，用你的爱去原谅他们。将我的尸体回馈给饥饿的大地吧，愿它之上长出面包来，让我的灵魂将忧伤驱赶，并生出欢笑来。幸福——哦，上帝——幸福属于人们……

传来大队人群靠近的声音；听不到单独的人声——所有声音都汇聚成一个拉长的寻找着的呼喊。

安那太马　（走上前）快点，快点，大卫，——他们过来了。

大卫　马上，马上。（陷入绝望）幸福……还有什么？就差一个词，唯一的词——可就是想不起来。（哭着）哦，在如此多的词汇中——竟然找不出那个词……不过，或许，它根本不需要词汇的描述。

安那太马 就是找不到那个词？真奇怪。可他们好像已经找到自己的答案——你听，他们在呼唤。大卫——，大卫——。起来吧，大卫，骄傲地迎接他们：不然他们就要开始笑话你了。

大卫起身。显然，他们发现了他——叫喊声变成了雷鸣般欢快的吼叫。一个人赶在其他人前面跑出来，兴奋地喊着："大——卫"——挥挥手，又跑回后面。太阳如充血的眼睛般笼罩着高高的山丘，柏树和大卫灰色的头颅，并最终隐藏在了乌云后，仿佛眼睛藏在了紧皱的浓密眉毛下。海上像被洒满了鲜血；似乎在某个无声的漩涡里爆发了一场夺命的战役。

大卫 （退后一步）我害怕，努留斯。这就是在路上那个棕色胡须的人……我怕他，努留斯。

安那太马 骄傲地迎接他们。用真理，用真理敲醒他们，大卫。

大卫 千万别丢下我，努留斯，否则我又会忘了真理在哪里。

人们从下面翻过墙垣，急匆匆地跑着。他们像大卫一样肮脏、疲惫，又像是什么也看不见，但是在他们脸上满是炽烈的欢愉；没有多余的言语，他们颇有些贪婪隆重地呼唤着一个词：大——卫——，大——卫——。

大卫 （向前推出双手）退下。

他们没有听见，依旧拉长音调呼唤着往上爬；呼唤声一直蔓延到人群的最远端，当前排的人已经停止发声，在那看不见的远方它仍旧经久不息地回荡着，像无数次回声一样渐远渐息：大——卫——，大——卫——。

安那太马　（粗鲁地）往哪儿去？退后——退后，跟你们说话呢！

　　　　领头的人们惊慌地停下来。

众人　停下。停下。这是谁？

　　　　——这是大卫？

　　　　——不是，这是那个绑架者！

　　　　——绑架者！

　　　　——绑架者！

某个惊慌失措的人　安静。安静。大卫有话要说。大家听大卫讲。

众人安静下来，但远方仍有拉长的呼喊传来：大——卫——，大——卫——。

大卫　你们想要什么？没错，是我，大卫·雷泽尔，和你们一样是从城里来的犹太人。你们为何要像小偷一样跟踪我，像强盗一样叫喊着吓唬我？

安那太马　（粗鲁地）你们想要什么？快从这儿离开。我的朋友大卫·雷泽尔不想见到你们。

大卫　没错。就让我在这里死去吧，因为死亡已经靠近了我的心脏；回家与你们的妻儿团聚吧。我没有任何办法减轻你们的痛楚，走吧。我说得没错吧，努留斯？

安那太马　没错，没错，大卫。

某个惊慌失措的人　我们的妻子在这儿，我们的孩子也在这儿。他们就站在这里等着听你亲切的讲话，造福于民的大卫。

大卫　我已耗尽所有力量，我已说不出任何话来。走吧。

女人　往前走走，鲁维姆，向我们的主人大卫鞠躬问好。您也许能帮帮他，大卫？——再鞠个躬，鲁维姆！

小男孩深深地鞠了一躬又藏到人群中去了。传来善意的笑声。

老头　（笑着）他害怕你，大卫。别怕，孩子。

克制的笑声。徒步朝圣者上前。

徒步朝圣者　是你召唤了我们，大卫，——所以我们才来的。你的声音散布在大地最遥远的尽头，而我们已经沉默着等了很久，期待着你仁慈的呼唤，大卫。于是各条路上黑压压地挤满了人，荒芜的小道和狭窄的幽径微微颤抖，人们的脚步纷纷落在其上，很快大路也被他们占据——就像体内的血液，向那唯一的心脏蜂拥而去，我们也穿越整片贫瘠的大地，蜂拥地向你，唯一的你奔涌而来。向你问好，我们的主人大卫，——你的人民以大地与生命之名向你致敬。

大卫　（痛楚地）你们想要什么？

徒步朝圣者　（平静地）公平。

大卫　你们想要什么？

徒步朝圣者　公平。

　　虽然只有一个词——却像天雷在地面炸裂一般，四周已然安静下来，无论近处还是远处，人们已经意识不到：是他听到了什么，还是说了什么，想了什么——抑或是什么也没发生。等待。

大卫　（突然心生希望）告诉我，努留斯，告诉我：难道公平——就是奇迹？

安那太马　（痛苦地）那当中有瞎子——但他们是无辜的。那当中有死人——他们也是无辜的。地上的子民在自己的棺材前，在黑暗之中也要向你问候致意。为他们创造奇迹吧。

大卫　奇迹？什么奇迹？

徒步朝圣者　（质疑和阴沉地）人们不希望你同这个我们不敢直呼其名的人交谈。他与人为敌，夜晚时分当你入睡，他便将你劫持到这深山中——但他没料到的是他劫走的是人民的心脏；它一直搏动着，将我们领到你面前。

安那太马　（傲慢地）看来，我在这儿是多余的？

大卫　不，不。别离开我，努留斯。（深受折磨）走吧，离开这里吧。你们是在挑衅上帝——我不认识你们。请回去吧……回去吧。

安那太马　（简明地）快离开！

众人　（惊恐地）大卫发怒了。

　　——我们该怎么办？

　　——主人发怒了？

　　——大卫发怒了。

老头 把苏拉叫来。

女人 快叫苏拉，苏拉。

众人 苏拉，苏拉，苏拉！

　　声音向远处传递：苏拉，苏拉。

大卫 （恐慌地）你听见了吗？他们在叫苏拉。

兴奋地声音 苏拉来了。

　　众人壮了壮胆。

阿布拉姆·赫辛 （多次鞠躬）是我，大卫。是我。您好，我们的主人
　　　　　　大卫。

宋卡 （笑着多次鞠躬）您好。真挚地向您问好，大卫。

　　大卫背过身去用手掩面。

安那太马 （冷漠地）快离开！

　　众人陷入窘迫，停止欢笑，屏住呼吸。苏拉在众人恭敬的伸手指引
下走向大卫，他的面庞显得模糊不清，更没有人敢向他靠近半步。她向
前几步走出了队伍。

　　回头，大卫……苏拉来了。

苏拉 （短促地）您好，大卫。打扰您了，请原谅，但人们求我同您谈
　　　一谈，问一问您何时有意愿返回您的宫殿，回家去。他们还请求

您抓紧时间，大卫，已经有很多人因为难以忍受的折磨而死去了；就连尸体也厌倦了等待。不少人已经因为不可承受的痛苦而失去理智，即将开始自相残杀；如果您再不抓紧，大卫，人群中的每一个都将相互为敌——而您将很难在死亡的大地上再建起王国了。

痛苦的呻吟从远方传来：大——卫——，大——卫——。

大卫 （克制地）快走，苏拉！

苏拉 （短促地）您的衣服被撕破了，大卫，我怕您身上有伤口。发生了什么？为什么不同我们一起欢笑？

大卫 （哭丧着）哦，苏拉，苏拉！你对我说了什么？想想吧，苏拉——你们都想一想——难道我没把一切都交给你们吗——我自己已经什么也没有了！请你们可怜可怜我吧，就像我同情你们那样，举起石头砸向我这无用的躯壳吧。我爱你们——愤怒的言辞在我口中变得无力，爱你们的人也不忍以恐吓来威胁你们——所以也请你们可怜我吧。我一无所有。我的血管里已没多少血液流淌，如果它能消除折磨你们的饥渴——我又何尝不会将它全部献上，直到流干最后那即将凝固的一滴呢。我会像挤压海绵一样双手挤压我的心脏——不敢在狡猾且贪婪生存的心脏里私藏一滴血。（用力扯下衣服，用手指划伤裸露的胸膛）现在我的鲜血正在流淌——鲜血在流淌——可你们中间有一个人能欢快地笑出来吗？我这就从胡须上拔下一团灰色的毛发抛在你们脚边——可有一个死人站起来了吗？我这就朝你们的眼

睛里吐气——可有一个人恢复光明了吗？我这就像头发疯的野
兽一样啃⋯⋯啃石头——可你们有谁不再饥饿了吗？我这就把
整个人都献给你们⋯⋯（他快步向前走了几步——人群惊恐地
后退。慌乱的叫喊声）

安那太马　没错，没错，大卫。打他们。

苏拉　（后退着）哦，请不要惩罚我们，大卫。

徒步朝圣者　（向着人群）他听了绑架者的教唆。他说：我什么也不愿
　　　　　　分给人民。他吐着唾沫说，这是朝人民的眼睛里吐的⋯⋯

慌乱的叫喊声伴随着渐渐生出的敌意。但远方依然传来祷告般的沉
吟：大——卫——，大——卫——。

某人　他不能这样唾弃人民。我们什么也没对他做。

另一个　我看见了，我看见了：他举起了石头。快跑啊。

安那太马　当心，大卫：他们现在正抓起石头。这群野兽。

徒步朝圣者　（对大卫）你欺骗了我们，犹太人！

苏拉　（袒护大卫）你怎么能这么说。

赫辛　（抓着朝圣者的胸）你再说话，我就把你的嘴封起来。

大卫　（叫喊着）我没有骗任何人。我交出了一切，我已一无所有。

安那太马　你们听见了没，蠢货们？大卫已经一无所有。（笑起来）一
　　　　　无所有。我说得对吗，大卫？

徒步朝圣者　你们听见了吗？——他什么也没有。为什么还要唤我们
　　　　　来？他骗了我们。他骗了我们。

赫辛　（不解地）这话没错，苏拉：他自己说了——他一无所有。

222

苏拉　别听大卫的。他病了。他累了。他给了我们一切。

徒步朝圣者　（带着痛苦和愤怒）你为何如此，大卫？你对人民做了什
么，无耻之徒？

某个惊慌失措的人　听我说，我告诉你们造福于民的大卫对我做了什
么。他许诺给我十卢布，可随后又拿走了，只给了我一戈
比；我想，可能连这一戈比都是假的，于是我带着它去商
店要了很多东西——果然他们嘲笑着，像赶小偷一样把我
赶了出来。你——就是小偷。你——就是强盗，让我的孩
子没有奶喝。去你的一戈比。（把戈比扔到大卫脚下）

很多人都照着他做了，——因为所有人都只分到了一戈比。

苏拉　（护着大卫）你们不能羞辱大卫。大卫用手掩面，正无声地痛
哭着。

某个激动的人　叛徒！他让死人在棺材里复活，就是为了嘲笑他们。用
石头砸他。（弯腰捡石头）

就在此时，狂风大作，惊雷滚滚。众人皆惊恐。

大卫　（抬起头，露出胸膛）用石头砸我吧——我就是叛徒！

雷声更大了。安那太马欢快地呵呵笑着。

徒步朝圣者　叛徒！用石头砸他——他欺骗了我们。他出卖，他撒谎！

骚乱。人们握着石头朝大卫逼近；而有些人哀叫着跑开了。

大卫　来吧。我正走向你们。

安那太马　去哪儿？他们会杀了你。

大卫　你才是敌人。放开！（挣脱开来）

徒步朝圣者　（把石头举过头顶）退后，撒旦！

安那太马　（焦急地）诅咒他们，大卫。他们现在就要杀了你……快呀。

　　大卫举起双手——摔倒了，被石头砸伤了。人们几近无言，被盛怒驱使着说不出话来，粗野地低吼着，仿佛要把大地撕咬开来——他们将石头一遍又一遍砸向那一动不动的身体。他们听不见雷声。听不见安那太马刺耳的笑声。突然有人大声地哭泣：啊——啊——啊。一个女人。在她之后又一个也哭了起来。叫喊声，吼叫声。人们躬着身子，四散跑开了。最后一个举起石头要向大卫头上砸去的人，——环顾四周——发现只剩下他一人！——他丢下手中的石头粗野地叫喊着，抱头逃窜。喊声渐远。仿佛有什么可怕的东西降临在已经看不见的人群中。

安那太马　（上蹿下跳，一会儿跳到石头上，一会儿落下，再跳上去，观望着）啊哈，你赢了，大卫。（呵呵笑）看。看呀，这群牲畜因为你落荒而逃。哈！他们从峭壁上掉下去了。哈！他们投向海里了。哈！他们在践踏自己的孩子！看呀，大卫，他们在践踏自己的孩子！这都拜你所赐，伟大的，勇武的大卫·雷泽尔。亲爱的上帝之子——这是你的所为！哈——哈——哈！（转着圈，难以自制地哈哈大笑）哎呀，我该向

谁诉说我的快乐？哎呀，我该去哪里传递这个喜讯——大地
之上已经鲜有它们的容身之所了。东方和西方，北方和南
方，你们看好了，听好了——造福于民的大卫——已被人和
上帝所杀。而脚踩在他发臭的尸体上的是我——安那太马。
（对着天空）你听见了吗？如果你听见了，那就反驳我吧。
（用脚踩着大卫的身体）

脚下传来痛苦的呻吟，随后，沾满血的灰色头颅颤颤巍巍地抬了
起来。

安那太马　（退后）你还活着？这时候还骗人？

大卫　（爬动着）我来找你们了。等等我。苏拉。我这就来。

安那太马　（弯下腰，好奇地看着）你要爬过去？……像我一样？——
　　　　　像条狗？——追他们？

大卫　（痛不欲生地）哎，我走不到那里，拖着我走吧，努留斯。我说
　　　　了不该用石头砸我吗，——哎，就让他们用石头砸死我吧。拖我
　　　　过去吧，努留斯！我只想静静地趴在门槛上，我只想透过门缝看
　　　　一眼……孩子们吃饭的样子……哦，胡子，哦，吓人的胡子……
　　　　哦，别怕，我的小家伙，——只有你是聪明的，只有你一个在
　　　　笑。我的孩子们，我亲爱的孩子们。

安那太马　（跺脚）你弄错了，大卫。你死了。孩子也死了。大地是死
　　　　　的——死的——死的。看一眼吧。

大卫挣扎着起身看，伸出将死之人虚弱的双手。

大卫 我看见了，努留斯。我的老朋友……我的老朋友，在这儿待一会儿，我求你了，然后我就去找他们。你知道吗，努留斯……（甚至混乱地）我好像，找到了一戈比……（静静地笑着）我告诉过你，努留斯，再看一看这张纸……我的朋友阿布拉姆·赫辛……（确信地）我的朋友阿布拉姆·赫辛。（倒下，死去）

　　远方声音渐息，雷声也沉闷地响着，就像是一个穿着沉重铁甲的人踩着巨大的岩石台阶下来。四周因为厚重的乌云而一片漆黑，但急遽的狂风已经止息；红色的夕阳正在大海尽头落下，似乎凝固在那里，从云层的缝隙中露出它弧形的上缘，显得身形庞大，离你很近一般。然后它就消失了。

安那太马 （弯着腰）现在是真的？死了？还是又在假装？不——确实死了。把拳头给我。松开。不想松开？可我还是比你有劲。（起身端详着手里的东西）一戈比。（不屑地扔掉。用脚翻动大卫的尸体）永别了，蠢货。明天你的尸体会在这里被找到，人们会按照他们的惯例将你厚葬。善良的杀人犯们，他们总是对被自己杀害的人心怀爱意。至于那些因为爱而夺去你生命的石头，他们会用它建起一座又高——又歪——又蠢的纪念碑。而为了让这个可笑的死气沉沉的庞然大物显得生机焕发——他们会拥护我登上这丰碑的顶端。（笑着。突然又收起笑脸，摆出一副傲慢做作的姿态）谁能从安那太马手里夺走胜利？我将强者处决，让弱者踏着醉醺醺的舞步转圈——那是疯狂的舞步——魔鬼的舞步。（用脚踩了一下大地）屈服吧，大地，顺从地向我献上馈赠：尽情杀戮吧——焚烧吧——背叛吧，人类，以你们主人的名义。我要沿着那馥郁甜美的鲜血淋漓的大海，扬起炽烈燃烧的猩红风帆，将我的巨轮驶出……（对着天空。快速地）向你索要答案。我不再像条狗一样贴地爬行，——我将以一位尊贵的客人，统御大地的君主身份驾船停靠在你无言的岸边。（威严地）做好准备吧。我——会向你索要最终的答案。哈——哈——哈！（笑着消失在黑暗中）

落幕

❧

第七场

什么都没有发生。什么都没有改变。那两扇永远紧闭的大铁门仍旧凝重地立在大地的尽头，它的后面无声而神秘地潜藏着一切存在的开端，世间万物至高的理性。守门之人也同样无声而威严地伫立不动，——什么都没有发生，什么都没有改变。灰暗的光线照射在灰暗的石头上，令人生畏——但安那太马喜爱这个地方。所以他又出现在这里；但这次没有肚子贴地像狗一样爬行，没有像窃贼一样躲在石头后面——而是迈着傲慢的步子，慢悠悠，趾高气昂地努力维护着胜利者凯旋的姿态。但正义和真实从未降临于魔鬼之上，他心中无尽的怀疑猜忌将自己陷于永恒的矛盾中：他表现得像个胜利者，可内心却害怕着，他如统治者那样将头高高扬起，可自己也对这夸张的放肆暗加嘲笑；一个狠毒且痛苦的小丑——他渴望着伟大，厌恶逗乐，却又不得不强颜欢笑。在这副过分傲慢的伪装下，他来到半山腰，妄自尊大地等待着。就像干柴遇到烈火一般，——他那虚荣的傲慢立刻就被无声的沉默消耗殆尽——开始局促不安，就像一个糟糕的音乐家，没有控制好停顿，努力开着玩笑，大呼小叫，急急忙忙地打着手势来掩饰自己的迟疑和可恶的慌乱。他跺着脚，假惺惺地用威严的口气叫喊着。

安那太马 为何没有乐队和庆典欢迎我？为何要关上这老旧生锈的大门？为何没人向我递上钥匙？难道上流阶层就是这样迎接尊贵的客人——你们友善的邻居大地的统治者吗？除了一个睡着的看门人，再无他人。糟糕。很糟糕。（呵呵笑着。疲倦地伸着懒腰，坐到石头上。短促地，装作吃力地说着）可我并不讲求排场。——乐队，鲜花和欢呼——都是虚的！我亲耳听见，那一日乐队吹奏着大卫·雷泽尔的荣光，——可结果呢？（叹气）悲伤的回忆。（忧伤地吹起口哨）你肯定也听说了，我的朋友，大卫·雷泽尔，遭遇了什么样的不幸吧？似乎，我最后一次同你聊天时——你还不知道这个名字……不过现在你知道了吧？令人骄傲的名字！当我从大地上离开的时候，整片土地上数百万张饥饿的嘴巴都喊出了这个光荣的名字：欺骗者大卫！背叛者大卫！骗子大卫！但是，据我所知，这其中有些极为放肆的指责，但并非仅仅针对大卫，

228

而是另有其人。毕竟我这位诚实而早逝的朋友如此莽撞行事，并非以他自己的名义。（守门之人沉默着。安那太马凶恶地喘息着，已不再做作地威严地大喊）名字！告诉我那个谋害了大卫和几千条性命的名字。我安那太马，我没有心，我的双眼已在地狱之火上烤焦，它们里面已没有泪水，可如果有——我将全部献给大卫。我没有心——但曾有一瞬间，有什么东西在我的胸中颤动，而我害怕了：难道心会生长吗？我眼看着大卫和几千条性命死去，我眼看着他那黑色的，可怜地蜷曲着的，就像是太阳曝晒下死掉的蠕虫一般的魂魄向虚无的深渊坠落，去往我那阴暗的死亡处所……告诉我，是你杀死大卫的吗？

守门之人　大卫已获得永生，他将在永生之火中不朽地活着。大卫已获得永生，他将在永生之光中不朽地活着，那光便是生命。

　　受伤的安那太马落到地上，一动不动地躺了一会儿。随后抬起蛇一样被激怒的头颅。他站起来克制着无限的怒火，平静地说道。

安那太马　你在撒谎。请原谅我的鲁莽，但是——你在撒谎。当然了，你的权力没有边界——对于那被太阳烤焦而蜷曲的死蠕虫，你可以赐其永生。可是这样公平吗？难道你所遵循的数字也在撒谎？难道所有的重量都是虚无，难道你的整个世界就是个弥天大谎吗？——是残酷而野蛮的权力游戏，是暴君对沉默而顺从的奴隶的邪恶嘲弄吗？（他阴郁地说着，被永恒的晦暗迷茫所折磨）我已疲于寻找。我对生存，对没结果的挣扎和永远难以企及的追求感到疲倦。赐我死吧——别再让我受无知的折磨，请真诚地回答我，就像我承认引起奴隶暴动那样真诚。难道大卫没有爱吗？——回答我。难道大卫没有献出自己的生命吗？——回答我。难道献上生命的大卫不是被石头砸死的吗？——回答我。

守门之人　没错。献上生命的大卫被石头砸死了。

安那太马　（阴郁地笑着）你终于诚实地回答了。大卫没有让饿者饱腹——没有让瞎子复明——没有让逝者起死回生——而是挑起事端，纷争和残酷的杀戮，人们互相敌对，以大卫之名义制造出暴力，谋杀和掠夺，——大卫之所为不正说明了爱的无能，证实他创造了深重的罪恶，而这一切都是可以用数目来清算，用尺度来衡量的吗？

守门之人　没错，大卫做了你所说的一切；人们也犯下了你所谴责的罪孽。数字没有撒谎，而重量也诚实可信，所有尺度也准确无误。

安那太马　（威慑地）这可是你说的！

守门之人　但没有尺度可以计量，没有数字可以计算，没有筹码可以估重的，正是你所不知道的，安那太马。光明是没有边际的，火焰的炙热是没有界限的：有红色的火焰，有黄色的火焰，有能将太阳像黄色干草垛那样烧烤的白色火焰，——还有其他的，神秘的，无人知其名的火焰——因为火焰的炙热是没有界限的。大卫在数字、度量和重量中死去，却在不灭的火焰中获得永生。

安那太马　你又在撒谎！（绝望地在地上跳窜）哦，谁能帮帮诚实的安那太马？他永远被欺骗着。哦！谁能帮帮不幸的安那太马，他的永生——只是谎言。哎，哭泣吧，魔鬼的拥趸们，呻吟吧，悲伤吧，真理和智慧的信徒们，——他永远被欺骗着。每当我赢的时候，——他将我的果实剥夺，每当我获胜的时候，——他将胜利者铐上链条，将高傲的统治者刺瞎——让他点头摇尾地摆出狗的姿态。大卫，大卫，我曾是你的朋友，告诉他——他在撒谎。（把头埋在伸出的双臂间，像狗一样悲伤地低吟）真理何在？——真理何在？——真理何在？她被石头砸碎了吗——她和动物死尸一道被丢进深沟了吗……哎，光在大地之上熄灭，哎，洞察的眼睛消失于世间——它们被乌鸦啄瞎……真理何在？——真理何在？——真理何在？（祈求地）告诉我，安那太马会明白真理吗？

守门之人 不会。

安那太马 告诉我，安那太马能看见门内之物吗？我能看见你的容貌吗？

守门之人 不能。永远不能。我的脸时刻敞开——但你看不见。我的话语响如雷鸣——但是你听不见。我的旨意清晰明了——但你不能领会，安那太马。你永远也看不见——永远也听不到，永远也领会不了。安那太马——不幸的魂灵，在数字中不朽，在尺度和重量间永生，却尚没有真正为生命而诞生。

安那太马猛地起身。

安那太马 你撒谎——沉默的野狗，抢走世间真理，并用铁门坚守的强盗。——永别了——我热爱公平的游戏并且不接受失败。不要把你夺走的还给我——我要向世上的众生呼喊：有人抢劫——救命！（呵呵笑着。吹着口哨，走出几步远——又转身。无忧无虑地）我无事可做，在世上走来走去。你知道我现在要去哪儿吗？我要去大卫·雷泽尔的坟墓。我要像一个悲伤的寡妇，像一个因角落里的阴谋袭击而丧子的父亲那样，——坐在大卫·雷泽尔的坟前，我将那样痛苦地哭泣，我将那样大声地喊叫，那样恐怖地呼唤，好让世上不再有对杀人犯还宽宏大量不加指责的诚实灵魂。我已经因痛苦而失去理智，我的手将左右指点：难道不是这个人杀的人吗？难道不是这个人犯下了流血的恶行吗？难道不是这个人背叛了吗？我将那样痛苦地哭泣，我将那样愤怒地指责，世上所有人都将成为杀人犯和刽子手——我做的一切都是以雷泽尔的名义，以大卫·雷泽尔的名义，以造福于民的大卫的名义！而在那尸体堆成的山上，那用散发着难闻的恶臭，肮脏不堪的尸体堆成的山上，我将向人民宣告，是你谋害了大卫和百姓，——而众人将信服于我。（呵呵笑着）因为你落下了这样一个龌龊的名声：骗子——叛徒——杀人犯。永别了。（笑着离开）

远处再次传来他的呵呵笑声。一切都冰封般沉默无声。

落幕。

绿指环

季·尼·吉皮乌斯

四幕剧

| 出场人物 |

◇米哈伊尔·阿尔谢尼耶维奇·雅斯维因，记者（"米卡舅舅""生无所恋的舅舅"）。

◇伊波利特·瓦西里耶维奇·沃仁，工程师，米卡舅舅的老友，一起住在一套房里。

◇叶莲娜·伊万诺夫娜，沃仁的妻子，他很早便同她离婚了。

◇安娜·德米特里耶夫娜·列别杰娃，寡妇，沃仁的女友，在隔壁租房子。

◇谢廖沙，列别杰娃的儿子，中学生。

◇索菲娜（菲诺奇卡）·沃仁娜，伊波利特·瓦西里耶维奇和叶莲娜·伊万诺夫娜的女儿，跟妈妈住（在萨拉托夫）。

◇露霞，女中学生，米哈伊尔·阿尔谢尼耶维奇（米卡舅舅）的侄女。

◇尼克斯，露霞的哥哥，中学生。

◇瓦列莉亚，别佳，莉达，薇拉，安德烈和其他孩子，少年和女孩。

◇两个女佣：玛基尔达，本地人，为沃仁干活；玛尔弗莎（玛尔法），萨拉托夫人，——为叶莲娜·伊万诺夫娜·沃仁娜干活。

❧

第一幕

工程师伊波利特·瓦西里耶维奇的屋子。大客厅。左边较深处是通往走廊的门，用屏风遮掩着。正面两扇门：左边的通向大堂和沃仁的办公室，右边的——通向接待室和前厅。最后那扇同样用屏风隔挡着。右边的墙上，靠前的地方有一扇不大的房门——通向沃仁的朋友，米哈伊尔·阿尔谢尼耶维奇（米卡舅舅）的房间。柔软的沙发，绘画；要说富丽堂皇嘛，总归是谈不上。正面的墙旁边摆着桌子。伊波利特·瓦西里耶维奇和安娜·德米特里耶夫娜正用完早餐。安娜·德米特里耶夫娜——圆脸，快活而愉悦，衣着漂亮，穿着家居裙，但不是那种用人的围裙。旁边的椅背上搭着皮草披肩。

安娜·德米特里耶夫娜　伊波利特·瓦西里耶维奇，我一定要再同您的玛基尔达谈一谈。夹糖的镊子没放好，您瞧瞧，还有这么一个咖啡壶盖子。

沃仁　这个从昨天起就这样了。昨天，她说打破了。

安娜·德米特里耶夫娜　那就该买一个。不，玛基尔达，——她现在还没那么糟，只是得注意点，当然了，这很必要。您的厨娘手艺不错，比我的玛利亚好，就是有点毛躁：比方我上您这儿来吃午餐，或者就像现在这样吃着早餐，她就动不动地——跑去玛利亚那儿谈这个说那个：更别提穿过露台，挨家挨户地串门了。

沃仁　上帝保佑她。她做饭很好。米哈伊尔·阿尔谢尼耶维奇很喜欢她。

安娜·德米特里耶夫娜　真让人惊讶，他喜欢她。真是个任性的人。对这对那都无所谓，唯独对一桌子美食没失去兴趣。说起他我就要笑。我的谢廖沙，还有那群孩子，都缠着您的米卡舅舅，他们管他叫什么，知道吗？生无所恋的舅舅。真好笑：唯独惦记着吃顿好饭。他现在呢，在家吗？

沃仁　在睡觉。昨天他叨咕着，好像要把什么文章写完，睡得很晚，到早饭的时候，他说，不起来了。都这个时间了，大概快出来了。

安娜·德米特里耶夫娜　就让他歇着吧。我才不找他呢。是我那谢廖沙一刻不停地说：米卡舅舅在哪儿？有事要问米卡舅舅……我们跟米卡舅舅说好了的……我跑去米卡舅舅那儿一趟……一刻不停，真的。（笑着）您不烦他吗？像谢廖沙这样？

沃仁　我没看见他。大概，直接去米卡那儿了。很多人经常去找他；都是谢廖沙的同学。还有女孩，姐妹们。比如露霞·沙波瓦洛娃，和她的哥哥尼克斯，米卡会送书或者其他东西给他们？

安娜·德米特里耶夫娜　沙波瓦洛夫兄妹——是他的亲侄儿侄女还是表的？尼克斯跟谢廖沙是同班。送什么书？说真的，伊波利特·瓦西里耶维奇，要不是米卡舅舅是您的老熟人，跟您一起住了那么多年，我都要怀疑他是不是把什么不能看的书送给这群孩子了？（笑着）还是给他们塞够了糖果？（笑着）

米哈伊尔·阿尔谢尼耶维奇·雅斯维因，"米卡舅舅"，"生无所恋的舅舅"走了进来。他四十岁上下，瘦削，年轻，没有胡子。举止非常得体，表情默然，毫无波澜。

安娜·德米特里耶夫娜　我们正说起您呢！您睡足了吗？

米卡舅舅　不，没睡够。今天我会早点睡。您好，亲爱的。（吻她的手）您已经用过早餐了吗？

安娜·德米特里耶夫娜　当然！我很快就要回家了，穿个衣服就该走了。晚上我和伊波利特·瓦西里耶维奇要去舞会。您没忘记吧，伊波利特·瓦西里耶维奇？

沃仁　记得，记得。

米卡舅舅　对您而言这很平常，安妮特①。不过您恐怕是太缠着伊波利特了。他年纪可不小了，上帝呀。

安娜·德米特里耶夫娜　怎么会，他可不是米卡舅舅，对生活暂时还没有失去兴趣。对了，我们聊到您了，我很好奇，为什么这些孩子都钻到您那儿去？我的谢廖沙还是第一个……他们为什么这么喜欢您？

---

① 原文为英文。——译注

玛基尔达走了进来，衣着整洁，是一个戴着便帽干瘪的首都女佣。

玛基尔达 （对沃仁）老爷，那里有个小姐找您。

沃仁 我？什么样的小姐？

玛基尔达 不认识。挺年轻的。

沃仁 不会，不会是我，她，大概，是找米哈伊尔·阿尔谢尼耶维奇的。去问问清楚。

安娜·德米特里耶夫娜 好一个陌生小姐！

玛基尔达出去了。

安娜·德米特里耶夫娜 他们喜欢您什么？您都失去对生活的兴趣了……

米卡舅舅 就是喜欢这点，失去兴趣了。我从不打扰他们，对他们没有任何私心，我用自己的理解去帮助他们。失去兴趣了，但生活的阅历却留在我这儿了。我——是有用的，我——对他们而言是活的课本，参考书，需要什么，——就翻到那一页。他们善于阅读。这一点您是不会明白的。您是参不透的。

安娜·德米特里耶夫娜 （受屈辱的）为什么明白不了？难道我这么愚钝吗？我的谢廖沙——不过是个孩子，我对他一清二楚，他……

玛基尔达回来了。

玛基尔达 那位小姐说，她不找米哈伊尔·阿尔谢尼耶维奇，就找伊波利特·瓦西里耶维奇。苦苦请求要见你。

安娜·德米特里耶夫娜　（打断）那把她带到这儿来，伊波利特·瓦西里耶维奇。如果不是什么秘密的话，我倒想看看，这是哪位大小姐过来了。真有意思。

沃仁　能有什么秘密？就是弄错了。您应该问清楚，玛基尔达，她，有何贵干或者……怎么称呼……也许是，她弄混了。也许，找的是米哈伊尔·阿尔谢尼耶维奇。

玛基尔达　她报上名字了。她叫索菲亚·伊波利多夫娜，是来找爸爸的……

沃仁　（一跃而起）什么？找爸爸？是找我的？索涅奇卡？一个女孩？小小的？和谁来的？这不可能！

玛基尔达　一位小姐。自己来的。您有什么吩咐要说！

沃仁　什么？说什么？完全不明白！什么索涅奇卡？等等，玛基尔达。等一下。也许不是……她是从萨拉托夫来的？一个人？我可是一周前才写信给她的。打算……不可能！胡说。弄错了。小女孩不可能一个人。

米卡舅舅　伊波利特，别着急。既然说是索尼娅，那就一定是索尼娅。你多久没见过她了？打算动身去萨拉托夫的念头也不止四年了吧？你看，现在她都十六岁了。已经成了一位小姐自己来你这里了。哪里还是小女孩？快去。要不这样。看你这么不安。我自己把她领过来吧。（出去了）

玛基尔达跟在他身后。安娜·德米特里耶夫娜起身，急忙把皮草披肩从椅子上拿起。

安娜·德米特里耶夫娜　伊波利特，我走了。到头来是您的女儿，那错不了。我走了。从走廊穿过去回我房里。我不想见她。

沃仁　去吧，亲爱的。唉，天哪！完全不明白。索涅奇卡！索菲诺奇卡！走吧。别受凉了，楼梯很冷，裹紧点……索菲诺奇卡！上帝呀！

安娜·德米特里耶夫娜　好，好。这有什么好担心的？自己慌了神，受了惊。晚上我们去舞会，别忘了！

沃仁　（心不在焉地）是，是，还能怎么。最好还是我自己……我去吧……

　　他朝右边的门走去，没看一眼安娜·德米特里耶夫娜，她正裹紧衣服，等着还想说点什么，但止住了，快速从左边的门出去了。沃仁在门槛边撞见了索菲诺奇卡。她后面是米卡舅舅。

米卡舅舅　喏，这就是你那儿的小姑娘。

菲诺奇卡　（打量着，静静看了一眼伊波利特，然后猛地抱住他，紧紧贴着他，大声地撒娇几次）爸爸！爸爸！

米卡舅舅　索尼娅，您瞧瞧他：还没清醒过来。这会儿都快哭了。他都不敢相信，时间过去那么久，小家伙竟长成了大人。

　　伊波利特·瓦西里耶维奇手足无措又非常高兴。容光焕发却也担心着什么。一会儿把女儿邀到沙发上，抓着她的手，一会儿又走向桌边。说些前言不搭后语的东西，问些话——却不等回答，又魂不守舍地跑到桌边。

沃仁 你最好坐到这儿来。对。我们刚刚吃完早餐……没关系。可以现做。我马上去。

菲诺奇卡 不用，爸爸，我不想吃。

沃仁 不想吃？那，茶呢。喝点茶？

米卡舅舅 确实是那个孩子，没错。你最好问问她，是怎么摸索到这儿的。

菲诺奇卡 哎呀，米卡舅舅，等一下。我自己也没清醒呢。他都那么久没见过我了，都认不出我来了。

米卡舅舅 我比他更久，不过我认出你来了。

菲诺奇卡 我一下子就认出您了，米卡舅舅。我们在伏尔加岸边那会儿您还去住过两年。还给我讲汉姆生①的小说呢。

沃仁 汉姆生？等等，等等，你那时候才八岁吧？

菲诺奇卡 怎么了，爸爸？人什么都记得住。

沃仁 我不明白。这么久了……菲诺奇卡，我给你写信，动身要去，可突然……

菲诺奇卡 （严肃地）我收到你的信了。我们在这儿只待三天。住在酒店里。还有玛尔弗莎跟着我们。妈妈来看医生……她被转到这里查看。生病了。喏，就这么全折腾过来了。妈妈在这儿会很痛苦。有两个多星期的疗程呢。

这时候玛基尔达收拾了桌子并端茶上来。

---

① 克努特·汉姆生（1859—1952），挪威作家，1920 年诺贝尔文学奖获得者。——译注

沃仁 原来如此。那。很好。棒极了。啊你看茶送来了。想喝茶吗？来吧喝点茶。（走向桌子）

索菲娜戴着皮草的帽子和皮手筒。沃仁慌慌张张，显得局促不安，对女儿有些不习惯。米卡舅舅待在一旁，吸着烟。

沃仁 你要不要，加点奶油，索菲诺奇卡？嗯……你看你都这么大了……我给你写了信——一直都想象着你还是个小女孩。就像最后一次见你时那样。是的，没错。可你什么也没写给我。关于你，关于生活的……（沉默）你学习怎么样？上中学？还有一年毕业？你今天是怎么出来的？旷课了？

菲诺奇卡 （沉默）妈妈本来不想走，但是不行，我说服了她。我本来就不去学校。辍学很久了。

沃仁 什么？辍学？为什么？不行！

菲诺奇卡 真的，我辍学了。我跟家庭教师学……

沃仁 难道家教更好？

菲诺奇卡 不知道……不。我总学不好。很差，不好。对不起，爸爸。我没写信，是不想让你伤心。我已经变懒惰了。

沃仁 完全不明白！你懒惰？你都是第一个到学校！还有关于学校，你信里告诉我的，在我这儿你可是个爱读书的人……这我可知道……怎么突然？（沉默）这一切……这些日子你在那儿……你过得好吗？女伴们呢……到底怎么了？

菲诺奇卡 很好。没什么。一般般。过得很好。

241

米卡舅舅悄悄走了。沃仁和菲诺奇卡不时地沉默着。

沃仁 那……就，就是，很好了。嗯。那，夏天你，跟以前一样，在伏尔加岸边，在别墅里？是吗？

菲诺奇卡 就在那儿。

沃仁 还有……夏天你会散步，阅读……你本可以写信给我，我好寄书给你。当然，那里，在萨拉托夫，很难送到。也许，还会多少……读上瘾。（沉默）总之你从学校……太可惜了……那朋友们呢，自己的生活呢，没什么可讲的？

菲诺奇卡 没什么说的，爸爸。

沃仁 家教们都挺好的？没问题？

菲诺奇卡 没问题。都正常。

两个人都沉默了。

沃仁 （突然一激动）菲诺奇卡！孩子！我不能这么做。你是我的唯一。是什么让你成了这样？告诉我。有人欺负你吗？对，是我自己的过错，准备了四年，一切都办好了，都想好了，就要出发了……你却来了——完全变了样。可我却不知道说什么。我不知道，你在那里……怎么过……

索菲诺奇卡放下茶杯，双手掩面突然哭起来，大声地，像个婴儿。

（慌张地对她俯下身）孩子！我的小家伙！我的宝贝女儿！

索菲娜 我没哭，没哭，停下！你问我过得怎么样，我告诉你：很差，不好！不好，就让你知道吧！一点都不好，而你却不在，你一点消息都没有！写信代替不了你。写信难道有用吗？

沃仁 是，写信没用……我的姑娘！你忘了，你心里有我？哪怕是让我知晓一下也好！

索菲娜 没有了，再也没有你了！几年前就没有了！我从学校出走——其实是被开除的！我在大厅，在大课间休息的时候，当着所有人的面打了卡佳·尚图洛娃的脸！

沃仁 天哪！菲诺奇卡！

索菲娜 对，没错！她怎么敢那样？我们发生了一点口角，而她突然说："你妈妈是斯维里多夫的姘头！你爸爸把她卖给斯维里多夫了。这事全校都知道。"她胆敢这么说！要是她再说，我就接着打！

沃仁 这都是什么。上帝呀！

索菲娜 等等，住嘴。你觉得，我会相信她说的？一点也不。我应该打她，但是我不信。不过是妈妈爱上了斯维里多夫而已，你们商量好了，让你离开，这样更好。我可什么都清楚；那时候我就全明白了，是您自己，觉得我还小什么都不懂。斯维里多夫不能结婚，他的妻子生着病，在商界要是离了婚，他父亲肯定会把他从工厂撵出去，我全知道！虽然斯维里多夫和妈妈从没在一个屋子里生活过，但她已经是他真正的妻子了，是爱情，才不是靠他养活的姘头！她自己也有钱，房子还是她的呢……我跟着妈妈，唯独不想见斯维里多夫请的家教们。最好什么都不用学……当个洗衣工，清洁工就行……

沃仁 什么斯维里多夫的家教？你们才不靠斯维里多夫的钱活着呢！既

然你什么都明白，那就该知道是我寄去的……

索菲娜 （不理睬）我恨他是因为——我没有错！我爱妈妈，我爱自己，你是因为他才不在的，妈妈是因为他……妈妈呀，多可怜，病倒了，总是受着煎熬，总是孤苦伶仃……他也讨厌我。也怕我。我不在的时候他就冲妈妈吼，好像她真的是被他买来的！可当着我他不敢。他们一吵架，他就走——我和妈妈就哭。妈妈她，她很虚弱。我安慰她，真可怜，我该把他……找个机会我把他……（突然变得阴郁起来）

沃仁 （惊恐地低语）菲娜，菲娜，你说什么呢……

索菲娜 （哽咽）而你却不在，老爸。如果妈妈能够……如果上帝保佑，让她自己看看……

沃仁 （亲吻她，抚摸她的头，颤抖着）我亲爱的……但愿我知道这些。可我什么也不知道。像个傻瓜。我只知道：这样不行。不会再这样下去了。你不许再丢下我了。我们得想一想。得谈一谈。我会把一切安排好的。

索菲娜 真的？（停顿，笑了）请原谅，爸爸。我没哭。我知道，只要能见到你，就一定能想出些办法来。所以我使劲求妈妈来。她病了，精神不好。而斯维里多夫现在在英国，为工厂的事出差。最近倒不常来，但凶巴巴的。妈妈都已经哭成这样了，我也就铁了心：随他去吧，就这样吧。嗐——他反而不吵了。只能让妈妈自己看清楚，让她自己开始慢慢意识到他是什么德行……靠我一人是没办法的。

沃仁 （恶狠狠地）那你是怎么在他们之间生活的——她看到这点了吗？

索菲娜 爸爸，看在上帝的分上！她已经这么不幸了！她已经病倒了！

沃仁 好吧，好吧……（在房间里踱步）当然，得想一想。得谈一谈。我得跟她谈一谈。

索菲娜 （突然一激灵）你和妈妈？那你……没问题？可以？可以和她见面？同意了？

沃仁 是的我……天哪，这究竟是为什么？当然，可以。你们能过来，就已经很好了。我甚至应该……我想，甚至不会，有比这更好的了。我们不是敌人，我的上帝。（在房间里踱步）只是需要，当然了，需要了解一下，她对此是怎么看的……怎么样更方便……我准备好了。

索菲娜 老爸，我亲爱的，我的唯一！我就知道，你能想出办法来！我去告诉妈妈。我们会搞定的。我们住在酒店，很近。我会安排好的。到时候你就来吧。啊哈，爸爸！

沃仁 只怕你妈妈现在情况很糟……

索菲娜 她已经好多了。再过几天她就全好了。我每天都来你这儿，好吗？然后把事情解决了。那，我现在走了。妈妈一个人。你真是我的好爸爸！太感谢你了！

沃仁 明天你要来？你一个人怎么来？

索菲娜 我坐有轨电车来。啊哈，爸爸，你这儿的饼干真好吃！还有糖果。只不过我现在没时间了。

安娜·德米特里耶夫娜的儿子，谢廖沙走进来。他是个高高瘦瘦的中学生，带着三本书。

谢廖沙 伊波利特·瓦西里耶维奇！您好。米卡舅舅不在？我找他有点事……

沃仁　哦，当然，找米卡舅舅啊。他刚刚还在这儿。这是……这是我女儿。谢廖沙，看呀，都长这么大了？从外地来的女学生。也还记得米卡舅舅呢。

谢廖沙和菲诺奇卡不说话，有些难为情地把手伸向对方。

谢廖沙　您刚刚到这儿吗？

索菲娜　刚到。您拿的是什么书？

谢廖沙　是法文书。关于工团主义历史的。米卡舅舅说还有一本，写得更广。过去一周我在学习这个。

米卡舅舅进来了。他在隔壁待着。

索菲娜　可我对工团主义一无所知。有一次在文章中碰到过，这些书却从没接触过。

米卡舅舅　没关系，在我们这儿住段时间，您就什么都懂了。

沃仁　她要知道工团主义做什么？这我就不明白了！

米卡舅舅　你不明白的还少吗！您要走吗，索菲诺奇卡？天已经暗了，您对这儿还不熟。让谢廖沙送您去车站吧。您有空吗，谢廖沙？顺便，在路上互相认识一下。得把索菲诺奇卡也介绍给露霞、尼克斯认识。

谢廖沙　还有莉达。我有空，米卡舅舅。您坐哪趟车走，索菲亚·伊波利多夫娜？我把您送到家更好些。您出门吧，我马上来，去拿件大衣，很快，就在露台对面。（刚跑向门口，又回来了）对了，伊波利特·瓦西里耶维奇，妈妈让我提醒您，今天去舞会，七点半！（赶快出去了）

　　索菲诺奇卡同米卡舅舅告别并从另一扇门出去。沃仁跟在她身后。米卡舅舅坐到圈椅里，抽着烟。几分钟后沃仁又进来了，一个人。

沃仁　我很慌。完全不知所措。换作是你，米卡，你也听到了。（在屋子里踱步）我都坐不住了。

米卡舅舅　我听见了。我就在隔壁。没关系你就说吧，以防我弄错了。

沃仁　好。这样更好。就是说，你也清楚：我应该把她接过来。对吧？

米卡舅舅　没事。继续。

沃仁　这事没有第二种办法。可要是我对她的爱都比不上——不，我感觉她是这世上我唯一的挚爱！——这简直就是罪过——把一个孩子丢在那样的环境里。对我来说，简直太糟了！你不知道，你想象不到的。

米卡舅舅　我可以想象。

沃仁　我已经看明白了。我当时在想什么？喏，那时候，八年以前，就像演戏一样，——我能怎么办？叶莲娜·伊万诺夫娜——一个诚实又坦率的人，她突然告诉我，她爱那个花花公子……呸，我不想指责，爱上那个小贩斯维里多夫，这是她的事。爱就爱吧，我保证了要给她自由。而孩子才八岁，怎么能离开妈妈呢？我怎么会知道该去哪儿安身，她跟着我会怎样？唉，我还能怎么办？

米卡舅舅　我怎么知道！你可没跟我商量过。我也永远不会给你任何建议。

沃仁 我到底该怎么选，留下来还是把这个不更事的孩子从妈妈怀抱里带走？我有没有这么做的权利？

米卡舅舅 现在已经无所谓了。

沃仁 当然，当然。现在应该按现在的情况考虑。也没什么可考虑的。把她接到我这里，解决了！你该知道，她还是个姑娘！我们应该把她送到好的私立学校去，然后念大学……

米卡舅舅 必须，他们两个都同意。

沃仁 谁——哪两个？哼，她妈可不傻，她应该看得明白！而菲诺奇卡自己也迫不及待，你听见了的，是吧。不用废话。只要赶快把这事解决了……我现在可算看明白了。

米卡舅舅 等一等。

沃仁 干吗？又怎么了？

米卡舅舅 没什么。只是想问问。你的意思是，想着把菲娜接到这里来住？

沃仁 不是想，是明确的决定。把我的卧室让给她住，就是大房间，我用不着，住办公室就行。附近有哪些好的学校？至于你，米卡，又多了个侄女。

米卡舅舅 我也可以搬出去，如果需要我的房间的话。不过等一下，我指的不是这个：我是想问，你确定，菲诺奇卡跟安娜·德米特里耶夫娜会融洽相处吗？

沃仁 （停顿一下）和安娜……什么？和安娜·德米特里耶夫娜？怎么了？

米卡舅舅 喏，看来，你忘了安娜·德米特里耶夫娜。我就是想提

248

醒你。

沃仁　忘了……没有。好吧，是忘了……我……

米卡舅舅　就是这个。你得搞清楚这个问题。菲诺奇卡——是个未知因素。她说不定就突然翻脸了：把妈妈和斯维里多夫换成爸爸和寡妇列别杰娃是否值得？

沃仁　你真是……真是粗鲁，米卡。你怎么能……我的心都在发抖，而你却……

米卡舅舅　不管发不发抖——事实就是这样。我不会给你任何建议，只是指出事实，让你看到而已。

沃仁　别担心，我料到了，我明白。安娜·德米特里耶夫娜……

米卡舅舅　那，你愣着干什么？

沃仁　（坚定地）我要跟安娜·德米特里耶夫娜一刀两断。

米卡舅舅　真厉害！

沃仁　对，就这样。你是对的；既然姑娘要来我这里，就应该开始体面的生活。一切都为了她，我没什么可推脱的。可安娜·德米特里耶夫娜呢？我是个简单的人。虽然她很好，很善良，温柔，我们两个也都曾孤苦一人……这事对她来说不难理解。至于斯维里多夫的问题也是一样，会有办法的！

米卡舅舅　真是让人惊喜，你这么快就把这位温柔善良的女人解决了：行行好，在其他街上给自己找间房子吧，祝您过得干净体面，不再孤独。这是打发谁呢？

沃仁　米卡！你就是这么对朋友的吗，但是你听着，我是不会让自己做出这种自讨没趣的事的！

米卡舅舅　（耸耸肩）多么愚蠢！

沃仁 她自己会一下子领悟的！如果她爱我，她就应该明白！

米卡 如果爱你，就该直接收拾走人？

沃仁 没关系，没关系，该怎么做，我就怎么决定！索尼娅会跟我一起生活，没有人，不管是你和你不怀好意的笑容，还是安娜·德米特里耶夫娜——没人能阻止我做出改变：一切都很清楚明了！

米卡舅舅 这么明了吗？你别那么信誓旦旦，飞得越高摔得越惨。

沃仁 （坐到圈椅里，安静而无助地）哎，米卡，我是个简单的人，我只是想弄明白。我没用这是真的，可怎么办；你也看到了——你就帮帮我呗。哪怕支持一下。

米卡舅舅 我，伊波利图什卡，什么都无所谓。我就是个旁观者，不给建议。就是看看会发生什么而已。

沃仁 是，你就是这样。跟你在一起真让人寒心，米卡。

米卡舅舅 丢下你的感伤吧。也不用大呼小叫地说出自己的决定。你要相信，你女儿可比你聪明。如果有什么会发生，那也是按照她的意愿发生，而不会按你的。

沃仁 （跳起来）够了！我为什么要跟你浪费时间？我的事，我的女儿，我自己决定。你这样我已经见怪不怪了。需要做什么，我就那样做。（出去了）

米卡舅舅 （向前，不舍的姿态）太愚蠢！太愚蠢了！多么幼稚呀你！

✤

第二幕

　　米卡舅舅的办公室，大屋子，墙壁上满是书架。窗边，靠右，摆着写字台和土耳其风格的沙发，左边的墙边，在角落里，摆着钢琴。平日里屋子应该相当空旷，像图书馆大厅那样。现在屋子中央摆满了椅子，各种各样的，很明显，是从其他屋子搬来的，摆成了一个圈。椅子上坐满了孩子，少男和少女们。有穿着学校校服的，有穿短上衣的，女孩们穿着齐膝的裙子，扎着辫子；但还有更成熟的打扮。有个十六岁左右的男孩，叫别佳，穿着老气的外衣。鲍里斯，很成熟的青年人，穿着工服。莉达，一脸孩子气，但很严肃，十四岁左右。中学生露霞，精瘦干练，穿着黑围裙，扎着又短又粗的褐色辫子，鬓角的头发卷得很厉害。中间摆着一张小茶几，尼克斯坐在后面，他是露霞的哥哥（会议主席），还有黝黑的大个中学生瓦列里扬（在做报告）。谢廖沙坐在一旁的写字台上，面前是一沓纸，正做着记录。旁边，土耳其风格的沙发上，是米卡舅舅。靠着沙发，再往里一点的凳子上，坐着菲诺奇卡。她没戴帽子，但是戴着暖手筒。卡佳和露霞——是两姐妹，瓦洛佳·拉姆辛，弗鲁齐，薇拉，安德烈和其他人。随意地坐着，有些拿着笔记本。能听见讨论声。

瓦列里扬 （正要结束）……以上便是我所说的：这就是不同时代间的往复性。

莉达 我表示反对并再次强调，如果要找类似的运动浪潮，那么六一年与六三年的更符合……

瓦洛佳 缺乏统一性，关于往复性的结论很随意……

薇拉 问题在于——细节，我们几乎不去考究时代的风貌，这样是为了……

别佳 （低沉地）什么样的时代！按十年一分，还是更短，我觉得……

尼克斯 （主席）稍等，停一下！这样下去我们会乱套的。关于瓦列里扬的报告谁还有补充？关于格拉诺夫斯基[①]和黑格尔？都发过言了？好。现在我说两句，然后可以进行私下讨论。我想说，我们的争论都是徒劳的，我们必须学习，而时间又少得可怕。我们互相提出各自的问题，是为了让每个人都更细致地研究和向对方表述。我们，最主要的，是对一切存在过的了解得更为详细，而剩下的都是次要的，会迎刃而解。同意吗？

大家 同意！当然！但是请瓦列里扬不要做那样的结论！当然，我们首先得学习。但为什么不争论呢？不，不，完全客观是不可能达到的……不对，争论是对的，不争论就永远都……

尼克斯 好，好！我们可以争论，在私下讨论的时候。比如现在接下来就是。谢廖沙，请你不要把争论记入备忘录中，只须记录补充和解释即可。

谢廖沙 那好，今天我只记录了瓦洛佳和安德烈关于黑格尔的发言，还

---

① 季莫非·尼古拉耶维奇·格拉诺夫斯基（1813－1855），俄国中世纪史史学家。

有玛露霞关于格拉诺夫斯基的概述。

米卡舅舅　我能发表点个人意见吗?

尼克斯　请吧,米卡舅舅。我们正要进行自由讨论。只不过大家得依次来。

米卡舅舅　我想说点什么,各位。今天在这儿,除了我这个虽然不是"绿指环"社团成员,却也经常出席会议的常客以外,还有一位客人:菲诺奇卡·沃仁娜。她碰巧到这儿来,找自己的父亲,但是没见到,我就擅自把她带来了,请大家允许她参加。

尼克斯、露霞　好,好!我们已经很高兴地……

米卡舅舅　你们中的不少人已经同她认识了,在她逗留的这两周里见过面了……

露霞　对,当然了!我保证过,她会加入"绿指环"的!哪怕她最后没在这儿留下来。我们有很多外省的成员。

尼克斯　等一下。米卡舅舅,您知道,成员要加入需要回答一些问题,然后再被通知……

米卡舅舅　那么通知由我来带。你们人很多,要开始讨论了,你们能否在讨论中试着,为这位刚来的新成员解释一下主要任务……嗯,我指的,就是,你们的"绿指环"。

菲诺奇卡　我自己来说,行吗?没错,我是碰巧到这儿,虽然没人跟我说过社团的事,但不知为什么我一点也不奇怪。就好像本就是这么安排的,必须如此。我非常想加入你们,尽管我知道得不多。甚至是一无所知,各位在这里讨论的问题,我都还没读到过。萨拉托夫,我在那里,一开始有些女伴,熟人,但就在最近一段时间里我没能……就是完全落下了……

尼克斯 （点头）嗯对，您的家庭情况很糟糕。这对您影响很大。如果一个人卷入大人的事务当中却无人可以交流，那是很艰难的。但是这可以赋予你相当多的知识。一定程度上，也是必要的。是阅历。我指的是同大人世界发生冲突的时候。

露霞 我们应该自己决定我们的生活以及我们与长辈的关系，自己理性地解决。

别佳 （低沉地）很多人的境遇都很艰辛，各有各的苦。甚至还有走投无路的。父母是知识分子，还能去中学念书的，就别抱怨了——已经很轻松了。

露霞 胡说，胡说！别佳，您已经自力更生，自然没什么压力在身上，遇到这么多事情，我该高兴才是。我们所有人都忙得喘不过气来，时间是不等人的。

瓦洛佳 生活已经扭曲得不成样子了，以至于只靠自己什么也来不及做！我们必须赶紧行动起来，现在的人们成长得更快，起来，行动吧！我们还在靠别人养活。跟混吃混喝没区别。女人们更辛苦。哪怕她们可以嫁人。

谢廖沙 这没什么，没什么！当然了，尽管这样不好，不过得考虑现实，考虑当下，为未来做打算。应该考虑，如何变得有用，我们暂时还没法改变现状。应当做有益的选择。喏，即使让她出嫁——这也需要很大的勇气。除非是特殊情况，否则完全站不住脚。虽然在以前，六十年代，你们知道，也有过这样的事：那些贵族小姐故意出嫁，就是为了能去学习。诸如此类。但我想说的是，必须想着去脱离困境，这得慢慢来，谁都不会变糟的。

菲诺奇卡　我不明白。我们毕竟还很年轻。怎么会没时间呢？需要学习，时间是有的呀？

谢廖沙　完全没时间！

露霞　我们本该高兴，但我们不能！我们还不成熟，却不断追赶，不能这么活着。您都听到了，人们现在成长得很快。我们时间很紧迫——必须行动。

莉达　将来会更糟，如果我们来不及……

薇拉　那么不成熟……是免不了的？

安德烈　斯特林堡说得对，不成熟是不行的；在以前，所有年轻人——都会觉得自己比其他人更聪明，而我们作为全新的年轻人，我们自己意识到……

瓦洛佳　是啊，特别奇怪的是，先前的父辈必定都会重复相同的错误。这也是全球循环学说拥护者的一个理由。

露霞　部分原因或许是，科学尚处在萌芽阶段？

尼克斯　喏，未必如此。不过当然了，创新的革命性思想还不能被人们的意识完全接受。而历史的意义在于，它在加速运动，就像飞行中的石头，这让我们开始明白——我们是前所未有的。我们必须抓紧……

菲诺奇卡　（慌乱地）不，我不明白……就是说，是的，要抓紧。必须这样，但如果我们并没有做好准备呢……

谢廖沙　（叫起来）那就糟糕了！我们不会做好准备——谁是做好了准备再生活的？更何况人很快就死了！

露霞　很快就死了，很快！老一辈的安逸地过活着，不经意间把一切都搞砸了；而现在不好收场了，所以困难也就来了。

菲诺奇卡 那……那些青年人呢？有比我们大一些的。我不懂……但还是……

尼克斯 （打断她）这个已经明了。他们之于我们也老了。完全不会生活。他们甚至已经有了自己的历史，自己的，——明白吗？某种自己的，失败的过去。他们一无所成。我们则是新鲜的。一切对我们来说——不是我们的经验史，而就是历史本身，是用于研究，而非娱乐的。

露霞 啊哈，你没明白！菲娜，我的哥哥是大学生，你见过他，他们就是典型！全是些老朽而病态的人。稍稍关注一下自己的事情然后就放弃了。到现在已经没什么能吸引他们了——就那么活着——对什么都没兴趣似的，或者自杀。

安德烈 举个不恰当——但很明了的例子。在文学当中。人们会被不同作家所感动，比如那个安德列耶夫，还有其他的，那个写《萨宁》的，他叫什么？而我们喜欢这些人，皮谢姆斯基，别林斯基，别涅季克托夫——一切都囊括在一个历史性的框架中。以供研究。我们看得很清楚。

米卡舅舅 对不起，打断一下。不得不说，你们似乎有些不太谦虚。

露霞 当然，舅舅，必须这样！舅舅，我们相信自己的力量！那些年纪稍长的青年人，他们力不从心且不学无术，这与我们毫无关系。

谢廖沙 他们已经跌入了历史的缝隙里，不能对他们有所要求。而最年长的那辈人，爸爸妈妈们，则好一些。从他们身上还能获取有用的东西，就像看书一样。

瓦洛佳 前提是得自己获取，而不是他们强加给你。

露霞　对，必须非常警惕。这样他们就不会妨碍我们自己的生活。要带着仁慈的心去接触。

菲诺奇卡　带着仁慈的心？

露霞　对，对，不带任何私心。就让他们随心所愿，想要什么，想做什么，觉得什么更好。当然了，必须是私事，不涉及公共事务。他们自己的事。只要他们不卷入我们的，公共的和其他人的事业就行……

谢廖沙　这是对那些老一辈的大人而言。对那些未老先衰的年轻人，我们不跟他们接触！

尼克斯　对，他们就这么过去了。我哥哥以前非常沉迷于两性之事。而现在他几乎什么都无所谓了。混日子。他觉得，就该这样。他什么也不懂。两周前他的一个同学自杀了。为情所困。他也完全不知道这事。

莉达　我想说一个问题……

瓦洛佳　如果是关于性的，那就不必了。我们先把它放一放。我们有家庭——那就是我们所有人，而性——暂时不需要。

大家　对，不需要！我们以后再讨论！这也是我们需要知道的。

莉达　可如果我恋爱了呢？不过，我其实想说其他的事……

露霞　我们所有人都相爱着！真奇怪！我们当中谁没有爱呢？这不妨碍任何事。为什么非要现在把性的问题弄清楚呢？我也想说，这个问题对我们来说还为时尚早。深究下去，我们同样解决不了，却会错过其他事情……这对我们来说甚至是有害的。

尼克斯　是啊，恋爱问题似乎永远得不到解决的办法。至于……已经提到的这个，我们已经获得了共识：关于性，生理意义上的，——保持克制对我们更有利。

别佳 （低沉地）这是当然了。要注意卫生及其他方面。要是和家畜生活在一起，就更要预防了。

鲍里斯 （忧虑地）那请你们考虑一下年龄吧……我二十三岁了。我知道，"绿指环"不在乎年龄大小，主要看个人品格……我真心实意地加入你们，不过生活就是这样。我已经不是处男之身了。

谢廖沙 这事没关系，鲍里斯，我们已经讨论过了。总会有这样那样的事发生。如果您爱得如此深切，并想结婚的话，又有什么不好的呢？您知道，总体上我们已经将一切问题都在第一时间解释清楚了。

莉达 我想说的跟性完全无关……其实，对于爱情我就是这样的态度。而我想说的是自杀……

露霞 又是自杀？

莉达 （委屈地）再说一遍不多余。当你们在讨论那些年轻人，未老先衰，混吃等死的时候，我没说话。我认为，这在我们当中也存在，至少有时候我会有那样的想法。

菲诺奇卡 啊哈，没错！有时候感觉糟透了，厌恶一切，你就会想，还不如死了更好。（难为情地）我反正总是一个人！…什么也不懂…活得很糟糕，很反感这样的生活，烦透了……

莉达 我过得很不错。直到昨天放学回家下楼梯的时候，四周昏暗，我忽然往扶栏外看了一眼，就想立刻跳下去，不想活了。关键是，无缘无故就想这样。

米卡舅舅 （从沙发上）我能告诉你们一点想法！

尼克斯、谢廖沙　请吧，百科全书！说吧，舅舅！

米卡舅舅　你们已经证实了梅契尼科夫[①]关于引发未成年人悲观情绪的生理原因理论的可能性。梅契尼科夫的发现是基于对动物肠道活动的记录。而不久前——又有研究者发现了一些脑细胞对其他不成熟脏器产生压迫性影响的可能……总之，这些都是生理原因。想要自杀也是如此——纯粹的生理反应。

露霞　（附和）对，对！如果内心是空洞、衰老、孱弱的，那么就没有同身体做抵抗的能力。而年轻的心无所畏惧。所以菲诺奇卡活着。而莉达也没从楼梯上跳下去。

莉达　我也不会无缘无故地跳。

菲诺奇卡　（带着忧虑）谁能保证呢？我可不能保证。周围的人都是不幸的，凶恶的，可恨的……一切都是不确定的。而我一个人，孤单地在这世上。想去爱，却没人可爱。我也不知道，自己该去哪儿或者谁需要我，已经想不起来，自己需要什么，到底做什么才好。我要做点什么，我等不及了，但是，没有办法，想要结果……却一点结果也没有。我谁也帮不了……也没人帮得了我，没人……我一个人活着，一无所知，对此我束手无策……

很多人都早已从座位上站了起来。现在围着菲诺奇卡。活泼的露霞亲了她一下。

---

① 埃黎耶·埃黎赫·梅契尼科夫（1845—1916），俄国生物学家，免疫学家，1908 年获诺贝尔生理学或医学奖。——译注

尼克斯　您不再是一个人了。

谢廖沙　您现在永远和我们在一起了。

瓦洛佳　她已经是我们的一员了，就像我们自己一样。

露霞　我们还有很多不清楚的，没办法解决的问题。但是你绝对不会忘记"绿指环"意味着什么——不孤独。在"绿指环"里我们一起解决我们自己的问题。你，首先要做的，就是别害怕。

米卡舅舅　你瞧，谈妥了。我真高兴。

菲诺奇卡　啊哈，米卡舅舅！我一下子就舒畅多了！您真好，米卡舅舅，您的心真善良。

米卡舅舅　好什么呀！不过，我真的很高兴。

菲诺奇卡　米卡舅舅不光善良，而且皮实！我是指——他就像我们的教科书，一本包着皮封面的圣书。（调皮地亲他）他看淡了一切，却对一切都心生喜悦。对吗，米卡舅舅？（再次亲他）

米卡舅舅　好了，好了！你们都这么开心，我也就放心了。我算什么？相亲相爱吧，跳舞吧。

露霞　我们跳舞吧！各位，讨论结束了，多么愉快的谈话！安德烈，为我们弹一曲吧，同上次一样，好吗？我先跳支舞——再来换你。

大家　好！来吧！

大家拉开桌子，拿走椅子，欢笑着。安德烈打开钢琴。

露霞　菲诺奇卡，你会跳舞吗？

菲诺奇卡　跳什么？

露霞　什么都行。你喜欢跳吗？

菲诺奇卡　喜欢极了!

尼克斯　我们跳各种各样的舞,只要是新的就好。瓦洛佳的妈妈很会跳,他也会给我们示范。这不难。想和我一起吗,我来教您?

　　安德烈开始演奏,几乎每个人都跳了起来。鲍里斯跳得相当费劲,但是努力地跟上莉达,露霞和谢廖沙在一起。

米卡舅舅　拜托! 他们就要跳探戈了! 可别被流行的东西给迷惑了!
　　　　　　(把双脚弯向沙发)

露霞　(停在他对面)舅舅,对我们来说所有舞蹈都是好的,只要我们喜欢。在我们看来一切都是新的,一切又都是旧的! 探戈怎么就不好了? 啊,我还喜欢华尔兹! 安德烈,安德烈,现在弹华尔兹!

　　跳起华尔兹来。舞蹈快速地变换着;有些人没能一下子跟上拍子,做出可笑的动作,又马上跟上了节拍。沙发旁靠近米卡舅舅坐的地方,伊波利特·瓦西里耶维奇·沃仁的脑袋从侧门处探了出来,随后他犹豫地走了进来。

沃仁　瞧! 又在米卡舅舅这里开舞会! 真欢快呀! 这么多孩子是哪里来的?

米卡舅舅　很棒的舞会。你要凑上去一起跳吗?

沃仁　有什么可跳的? 我跟你一起。

米卡舅舅　你跟我不一样,我是另一种人。来,坐吧。回家还早呢。

沃仁 天哪，菲诺奇卡也在这里？她怎么会在？天哪，我没在家，白天
还等着她呢。

菲诺奇卡发现了父亲。立刻丢下尼克斯，扑向伊波利特·瓦西里耶
维奇。

菲诺奇卡 爸爸！你来了！我在这儿等你……和大家……在米卡舅舅这
里……我今天非常需要你。

沃仁 你累了？瞧你脸都红了。坐下来，休息吧。

菲诺奇卡 不，爸爸，不累，是这样。我在等你，大家是……后来才开
始跳舞。爸爸，我很久很久没跳舞了。

沃仁 好极了，现在跳尽兴了。

菲诺奇卡 不，不，是这样的。我有很重要的事找你。谢天谢地，你回
来了。

沃仁 是什么事？别吓唬我。

他们稍稍走向一旁。菲诺奇卡靠着爸爸，变了神色，皱起眉毛，一
脸严肃而成熟的样子。

菲诺奇卡 爸爸，你能不能——明天？

沃仁 明天什么，亲爱的？

菲诺奇卡 啊，什么？难道你忘了？忘了你怎么答应的了？你同意过
的？记得吗，第一天我刚来的时候？

沃仁 哦，和妈妈见面？菲诺奇卡，只要你自己……我随时都准备着。

甚至，我觉得必须要见一下她。可你自己对我若即若离，甚至都没什么想告诉我的。而这些对我很重要。

菲诺奇卡 因为妈妈之前身体不好，很沮丧……我当然知道了，见面更好。现在她自己希望见一见。就是不害怕再受折磨了。她的意志坚强了很多。我跟她讲起了你。

沃仁 讲了什么？

菲诺奇卡 总之就是关于你的事。没什么。还有米卡舅舅。知道吗，米卡舅舅去我们那儿了。

沃仁 什么！什么！这可真是个大新闻。那，他去做什么？

菲诺奇卡 没什么，好着呢。聊了会儿。妈妈还挺高兴。米卡舅舅很擅长……安慰人。她很喜欢；真的，她说，米卡舅舅这几年变得更好了。爸爸，亲爱的！你明天来吧！再晚就没机会了。她的疗程快要结束了。明天十二点，好吗？

沃仁 十二点？好，很好。那是十二点整？好，按你说的。必须确认清楚……要不要再……是吧。

菲诺奇卡 你真奇怪，爸爸。我不明白……是你说想见她的，这好歹是你自己的意思……

安娜·德米特里耶夫娜从中间的门里急匆匆走了进来。不一会儿舞蹈和音乐都悄悄停了下来。

安娜·德米特里耶夫娜 这是什么？这里在干什么？米卡舅舅，您在这儿？您和他们一起？谢廖沙在哪儿？谢廖沙在这儿吗？

谢廖沙 我在这儿，妈妈。你怎么了？发生什么事了？

安娜·德米特里耶夫娜　这是我应该问你们的，发生什么事了？米卡舅舅！伊波利特·瓦西里耶维奇！这是什么？我回到家——谢廖沙不在。我跑到这里——到处没人，远处的屋子有吵闹声，说话声，我去前厅一看——挂满了大衣，女人的，军人的……怎么还有军人？从哪儿来的？

沃仁　安娜·德米特里耶夫娜！看在上帝的面子上！冷静一下，安娜·德米特里耶夫娜！

米卡舅舅　别管她。她自己会冷静。

莉达　（响亮地）什么军人？留着棕色胡子的？要是留着胡子——那就是我们的勤务兵潘捷列伊。他总是跟我一起来。

安娜·德米特里耶夫娜　潘捷列伊？和您？

玛基尔达跟在安娜·德米特里耶夫娜后面进来。

玛基尔达　是有人陪小姐们一起来的。冯·拉本小姐也是。

莉达　喏，我都说了。是潘捷列伊。

安娜·德米特里耶夫娜　啊哈，您就是冯·拉本上校的女儿？请原谅，我看见您了，就是没认出来。真是吓坏了。在外头可把我看傻了。

露霞　您也没认出我们来，安娜·德米特里耶夫娜。别生气，我们只是不明白，您怎么就吓坏了，所以都笑了起来。

安娜·德米特里耶夫娜　不明白就对了！我犯不着生气，况且我也不觉得哪里可笑？谢廖沙不见了，屋子空着，不知哪里在吵闹，前厅堆满了衣服，女人的，军人的……米哈伊尔·阿尔谢尼耶维奇日子过得相当滋润，难道这我还不知道么？谢廖沙呢……

谢廖沙　我就在这儿，妈妈。我们在米卡舅舅这儿读书，聚会的时候用人们经常过来。这有什么可怕的！

安娜·德米特里耶夫娜　好，够了，够了。回家吧。感谢您，米哈伊尔·阿尔谢尼耶维奇！

米卡舅舅　谢廖沙要是情愿，他可以不来我这儿。我没邀请任何人。

安娜·德米特里耶夫娜　情愿？我还是情愿让他……让他因为给自己母亲带来担忧而好好反思一下吧？

米卡舅舅　可以，这是他的事。

菲诺奇卡　（对尼克斯，悄悄地）我还是不明白，安娜·德米特里耶夫娜怕什么？……

尼克斯　都是些废话，她就这德行。什么也不懂。怕这怕那的。（**大声地**）露霞，走吧。你没有随从，跟我走吧。照理说，也应该有人送我们来。在校学生是不能上街闲逛的。

露霞　唉，有什么关系。再见了，米卡舅舅，菲诺奇卡，再见。明天没机会见了，对吗？那就以后。

所有人相互道别，慢慢往外走。

安娜·德米特里耶夫娜　伊波利特·瓦西里耶维奇，您作为一个父亲能否向我解释一下这些。要知道您的女儿也在这儿。

沃仁　瞧您说什么呢，安娜·德米特里耶夫娜，没错，他们跳得多好呀……

谢廖沙　妈妈，我们回家吧。走吧，求你了。

265

米卡舅舅　　晚安。看来我不得不把你的女儿，伊波利特·瓦西里耶维奇，把她送走了。就像勤务兵潘捷列伊。还好，不算晚，还能睡个饱。请吧，安娜·德米特里耶夫娜，我帮您把走廊灯点上。往前走吧，谢廖沙。

　　谢廖沙，安娜·德米特里耶夫娜朝右边的门走去；后面是米卡舅舅，安娜·德米特里耶夫娜很快地对他说了些什么。米卡舅舅耸耸肩。菲诺奇卡和沃仁留了下来。菲诺奇卡拿起自己的手套筒；想了想，突然笑起来。

沃仁　　你怎么了？

菲诺奇卡　　真好笑！你看谢廖沙，看谢廖沙！他对她……多么仁慈。

沃仁　　仁慈？谁？

菲诺奇卡　　（回过神来）不，爸爸，当我没说……哎呀，我这记性！我要说的是！老爸，这才是要紧的，要紧的！你没忘吧？老爸，我现在心里很矛盾！想要做的事——自己也不知道是否敢去做。我很爱你，老爸！非常爱，一直都这么爱！你也一样，对吧？爸爸？

沃仁　　（抱着她，摸着脑袋）我的小东西，亲爱的。我温暖的小太阳。放心，孩子，我们会把一切安排好的。一切都会好起来的。

菲诺奇卡　　明天你……和妈妈？

沃仁　　和她谈一谈，聊一聊，想一想办法……明天，亲爱的，就明天！

第三幕

普普通通的勤杂房间，但很体面，有沙发，睡椅，窗户，在左边，是一张四角的餐桌。房门一直通向小小的，独立的前厅和走廊，右边——通向另一个房间，叶莲娜·伊万诺夫娜·沃仁娜和菲诺奇卡的卧室。桌上盖着白色的桌布，玛尔弗莎，沃仁家的女佣，同她们一起从萨马拉过来的，正在洗着餐具。她中年模样，但不老，脸上显出足够的友善来。手绢的一个角塞在了围裙里头，头发打理得很平整。这便是平淡而乏味的一天的开场。

玛尔弗莎　（搬弄着餐具，埋怨着，茶具碰得叮当作响，很明显，心情
　　　　　　很糟糕。她抬起头，转过身来）谁在那儿？喂，谁呀到底？
　　　　　　别扒拉门了，没关。

玛基尔达，伊波利特·瓦西里耶维奇·沃仁的女佣走了进来。她穿着长毛绒的短上衣，带着帽子和又白又大的丝绒手筒；总之——摆着一副首都女佣自负的样子。鼻子冻得发红。

玛尔弗莎 （不解地）啊，对不起，您找谁？如果是找夫人，她不在，她们马上就要见老爷了。

玛基尔达 您好，玛尔法·彼得罗夫娜，祝您早上愉快。老爷有信条给夫人。

玛尔法 呀我亲爱的！这是玛基尔达·伊万诺夫娜！我真是糊涂。看打扮就该知道—— 一定是位女士。一看果然。不好意思啊有点乱。

玛基尔达很得意。两人握手问好。

我真糊涂，我还去给老爷送过信呢——那是我出过最远的门了，可您在那儿不是这么打扮的。所以我认不出来了。

玛基尔达 这算是什么特别的打扮吗？在这儿戴个帽子是为了体面，只要是，就像你说的，要出远门的话。

玛尔法 瞧您说的！不过我啊，真是不习惯，太受不了戴帽子了；在你们的彼得堡那儿，只要是穿马路我就心肝疼。还没到转角呢，一辆摩托车就冲着你，冲着你过去了！我已经很认真地求过小姐了：您就别让我送信了。花点钱，让男人去送吧，男的，听说，有那种专门送信的。

玛基尔达 是呀，有报信的。不过比起出远门闲玩，我更喜欢自己送信。

玛尔法 您请坐，玛基尔达·伊万诺夫娜，小姐现在本该到了的，不出意外她们还在医院，在浴室里耽搁久了吧。

玛基尔达 （坐下来）我理解您。外地来的在首都活动——确实有点可怕。以前有个女的被电车碾过去了，正好压着膝盖骨，膝盖骨呀！您肯定没见过那么惨的。

玛尔法 啊呀，我的上帝！这样的电车，我们那里好像也有，不过要说这么残忍的事儿，没有，一点没有。

玛基尔达 每处都有每处的规矩。这你也得清楚。

玛尔法 您该把外套脱了，玛基尔达·伊万诺夫娜。您会热的。规矩归规矩，可是也得有仁慈之心呀。我还听说，在彼得堡的俄罗斯人不多？

玛基尔达 什么叫俄罗斯人不多？

玛尔法 楚赫纳人①更多，还有德国的。是吧，不好意思，那些名字都不是基督教的。您的父称是伊万诺夫娜，名字却叫，不好意思啊，叫玛基尔达？

玛基尔达 *（被欺侮地）* 我就是俄罗斯人。我的教名才不是什么玛基尔达，而是玛特廖娜。只是我一直生活在上等人家里，所以叫玛基尔达——对主人家来说更有文化一些。

玛尔法 喏，你还别说！这就是，本地的特色吧。真是没想到！您还请原谅吧，玛特廖娜·伊万诺夫娜，就当我没提玛基尔达这事儿。嗨，您的这些老爷们真是太过分了，换作我们那儿，叫莫佳——这才更敞亮呢。*（碰掉了茶杯）* 哎呀你瞧，坏了！

玛基尔达 *（捡起来）* 没碎，只磕掉了一小片。您在这儿洗餐具做什么，玛尔法·彼得罗夫娜？勤杂间是打扫走廊的丫鬟待的地方。像这种情况。应该把她叫过来。

---

① 对芬兰人的蔑称。——译注

玛尔弗莎　怎么叫！我们夫人总是先找我。要知道我们都有各自的餐具，夫人也习惯用自己的茶具，她讨厌用别人的。是不是感觉自己的善意被这里的规矩打碎了。

玛基尔达　看来，夫人真是任性。

玛尔法　任性，任性着呢。（叹气）她病了，玛特廖娜·伊万诺夫娜。她的生活简直无人关爱。

玛基尔达　那您很早就服侍她了？

玛尔法　我呀？这已经有九年，有九个年头过去了。我是老爷还在家的时候过去的。于是就留了下来，住了下来，然后很快就出事儿了。小姐那会儿还不大。老爷就走了。

玛基尔达　他们分开了，而且很彻底。而您跟了夫人。

玛尔法　跟着她多少年了；可现在呢——我都乱套了。难不成我是为了图点什么吗？我也想走——可走不了。生活已经足够煎熬的了。而仁爱却是唯一不变的；所见所闻是痛苦的——视而不见同样是痛苦的。

玛基尔达　（好奇地）她有个情人，听说很有钱？好像，就是因为这个才离婚的。

玛尔法　我亲爱的！情人！就是因为情人。他们抢走我们的姐妹，不管是夫人，还是农妇；如果丈夫对你不管不顾，那么从谈话一开始他就已经准备好要说什么了，求求你，我要走了之类的，还能说出什么来？所以现在情人们很容易得逞，都是自己引狼入室。这就是我眼皮子底下的事，天哪，我说的可都是实话。

玛基尔达　总之，有了情人——就是件不幸的事。

玛尔法　当真不幸。她现在就有个所谓的情人，叫谢苗·斯皮里多内奇。

这能算是情人吗？你一个做情人的——起码得付出爱情吧，真挚一点，高尚一点。没有！压根儿对夫人不上心，这儿不如他意，那儿不顺他心，也没一点可怜她的意思，喝醉了就来，带着朋友们，还提一些甚至很出格的要求。她嘛，当然，也歇斯底里的，我爱你，她就这么说，永远爱你，而他仍旧只顾自己。只要小姐不来管，他们就整天围着这些无聊烦心事打转。

玛基尔达 唉，这是可怜！那小姐在他们中间怎么办？

玛尔法 谢苗·斯皮里多内奇只怕小姐一人。只要她一出来说话，帮着她妈妈。他立马老老实实地退让两步。她对付他，还有一招小窍门——"您试试看"——他开始还像个鲫鱼，嘶嘶地翻腾，然后就安静了，窝囊了。这样就消停了。

玛基尔达 丑事啊，真是。很显然。（沉默）那个，玛尔法·彼得罗夫娜，我听说，不知道真的假的——我们老爷有意把女儿接到自己那里去？

玛尔法 把谁？

玛基尔达 女儿，我们的小姐，要去我们那儿住。他这么说的，孩子已经陷在这种丑事中了，我，他说，作为父亲，不能不管。对着我们的米哈伊尔·阿尔谢尼耶维奇说了两三次了；两人相处的时候，就是这样。

玛尔法 （忧虑起来）那你是怎么听说的？这事是永远不可能发生的！

玛基尔达 怎么就不可能？他说得可清楚了，我说接过来就接过来。

玛尔法 啊哈，您可真逗！还吵起来了呀，我要接过来！不过这事一辈子也不会发生的！这事可能吗？让小姐离开？没了她夫人都活不下去了。归根结底，就是，斯皮里多内奇会把她折磨死。这小姐自己也不会同意的。

玛基尔达 那就不知道了。既然不同意，那还"爸爸""爸爸"地叫，"没你我过得很糟"，"你为什么不跟我在一起"，净说这些了。看来她也抱着幻想。

玛尔法 你可说对了，"幻想"！是她想象中的他，这是一定的，还激动地发抖，说到信还是其他什么的。小孩呀，分不清是非好歹，不知道谁糟践了谁。没准，还以为是妈妈把他赶出来的呢。不过呢，其他地方她还是有数懂事的，把母亲照顾得那么好！一切都看够了！我要是告诉你——圣母呀！知道夫人为什么病了吗？她自己服毒的，上帝作证。差一点就回不来了。就为了他那些花招勾当，为了这个斯皮里多内奇。可小姐什么也不怕，直接去他家里，去工厂，找他。一个人跑过去，上帝保佑。已经离不开她了。夫人怎么能没有小姐，没有索菲亚·伊波利多夫娜呢？就连我自己平日里都放不下她，也是出于对此的仁爱之心吧。

玛基尔达 您是对这些闲事瞎操心，自己找不痛快，玛尔法·彼得罗夫娜。您就相信，小姐她没有幻想吧。您呀，亲耳听过又全忘记了：别忘了，她说的，老爸，你答应会搞定的，我们不会分开的。于我何干，我就是个旁人，他把自己的孩子接过去，还是没接过去，我明天照样活着——后天我就走了。我想说的是：您的糊涂吓到我了。

玛尔法 你自己才糊涂呢，自己被自己吓到了。我告诉你：或许，索菲亚·伊波利多夫娜是说了些什么，但决不会指那个。我知道她的心思。

玛基尔达 （好奇地）指什么，未婚夫吗，已经有了？

玛尔法 我的天哪，我们扯哪儿去了？不过她确实有那个心思，想让妈妈再回到原来丈夫身边做回夫妻，好歹她也是女儿，是他们俩的，至于斯皮里多内奇，就让他继续放纵吧。

玛基尔达 （笑起来）这才是永远不可能发生的！我受不了了！

玛尔法 有什么受不了的？

玛基尔达 打赌，如何。当着妻子的面，他能把自己的小情人放哪儿去？

玛尔法 您这是说什么呢，玛特廖娜·伊万诺夫娜，我不明白？

玛基尔达 您啊，大概还是外地的一套老想法，当然不明白了。可在这儿是很普通的事。知道安娜·德米特里耶夫娜是他什么人吗？是姘头，这很清楚，哪怕她真成了夫人了也改变不了。我就看不惯她坐在那儿的模样：来家里找那两个单身汉，待一会儿又回去了，还喜欢管你的闲事，烦透了：哎呀，怎么茶杯没擦干净，哎呀，那三支小勺子去哪儿了，哎呀，走廊怎么这么暗……哎呀来哎呀去的，忍不了了！

玛尔法 这是怎么回事？我亲爱的！难道姘头就这么住在他屋子里？

玛基尔达 没住在一起，但恐怕也没什么两样。穿过露台就是她屋子了，也就没几步路。她儿子跟她住，是个中学生。谁的屋子对她来说不重要，没事就来我们家闲逛，不然——就是老爷去她那儿，或者一起去哪里看戏，吃饭。

玛尔法 （惊讶，而又好奇）哎哟你说，真有你们的！这得多下作呀。我们还在这儿着急呢。他倒把我们都骗过了，真是。等等，那我家小姐在你们那里怎么样？如果真是这么个事儿——那她们撞见了？

玛基尔达 她呀——来了又走了，坐了一会儿——老爸老爸地叫……昨天她来的时候，他跟自己那位在餐厅吃完饭就出去了，她去找米哈伊尔·阿尔谢尼耶维奇了，待在他那儿，和他的那些外甥们、小姐们一起，唱歌的，跳舞的……她能发现什么？安娜·德米特里耶夫娜的儿子也在，跳得也挺时髦。

玛尔法 随便吧，玛特廖娜·伊万诺夫娜，他就是个又狡猾又可恨的浑蛋，毫无仁爱之心。您真是让我震惊，这些着实打击到我了。脑子快反应不过来了。

玛基尔达 我明白，您一下子就吓坏了。不过您也别大惊小怪，这事与您无关。

玛尔法 我照料了她九年了……却冒出来这种卑鄙的事情。真够卑鄙下作的。我总觉得他很狡猾，看来真是。就该唾弃这种没有仁爱的家伙，都滚蛋吧。

玛基尔达 不过，狡猾也不是什么大罪过，如今谁要是没个姘头，那他活着就没什么意思了。倒是我们的米哈伊尔·阿尔谢尼耶维奇——什么都懂，属于那种懒洋洋的慢性子。等着看吧。

玛尔法 这都是怎么了……

从走廊传来门被打开的声音，和说话声。

玛尔法 他们来了，天哪，是他们！（蹭掉了抹布，又捡了起来）

玛基尔达起身，快速穿上外套。

菲诺奇卡进来，戴着皮草帽子，后面是叶莲娜·伊万诺夫娜·沃仁娜。她中等个子，身体瘦削，神情紧张地快速走动，说话很快。面容稍显黯淡，但不难看。脸上发白。头发梳得蓬松，与她不搭调。深色的裙子，不是很入流。

叶莲娜·伊万诺夫娜　菲诺奇卡，你看，真是，我们迟到了迟到了！晚到了那么久，喏，都半个小时了！坐马车来就不会迟到！慢慢吞吞地走，你说你那电车可能准点到吗？自己想想！玛尔弗莎，你……（看到玛基尔达）啊，对不起，您是……

菲诺奇卡　（插话）这是玛基尔达！爸爸派来的，是吧？您好！

玛基尔达　您好，小姐。有便条给您。吩咐说挺着急的，所以我就在这儿等。

菲诺奇卡　便条？爸爸的？那么，他……他在家？要回话吗？（接过便条，想要打开）

玛基尔达　倒是没说要不要回。我走的时候，有两位先生在家，找他有事。

菲诺奇卡　啊，好。（读便条）好，好。谢谢，玛基尔达。如果老爷在家又碰到什么事儿了，请告诉我们，好吗，我们等着。

玛基尔达　遵命。再见，夫人；再见，小姐。

叶莲娜·伊万诺夫娜　（摘下帽子，整理一下头发，看着玛基尔达。点点头）再见。

玛基尔达出去。玛尔弗莎跟着她。怎么了，什么事？

菲诺奇卡　上面说，妈妈，他会迟到一个半到两小时。有人找他办事。他很认真地答应过的，所以才会写便条过来。

叶莲娜·伊万诺夫娜　这都是废话，假惺惺做样子。从现在起过一个小时，到时候看吧。很简单的事情搞得兴师动众①。他既然想来见我——那请吧，我一点也不反对，我们又不是仇人，上帝啊。没时间——不可能。还在这儿摆这么大的谱……

菲诺奇卡　是我，妈妈。我请他来的，实际上。

叶莲娜·伊万诺夫娜　算了。我们自己也迟到了。既然没碰上，那就下次再来吧。什么人也没见着，我现在甚至有些高兴呢；被折腾得心累，我想躺下休息一会儿。（睡到在躺椅上）要不去卧室？在那里的沙发上更舒服些。

菲诺奇卡　随你，妈妈。

　　玛尔弗莎进来。

菲诺奇卡　玛尔弗莎，你没煮蛋吗？妈妈得吃早餐了。

玛尔弗莎　马上。这就上锅煮。我这儿还有餐具没收拾呢。（朝卧室走出去，然后回来，来回好几次，有时候自己低声念叨着什么）

菲诺奇卡　你快点，玛尔弗莎。等会儿就没时间了，有客人。爸爸要来。爸爸要来！

玛尔弗莎　爸爸？原来如此。原来是这么回事。我说呢。平时可没什么

---

① 原文为法文 grand cas。——译注

客人来！米哈伊尔·阿尔谢尼耶维奇老爷来过几次。不声不响地，也不打个招呼……

叶莲娜·伊万诺夫娜　你又怎么了？说什么呢？拜托，别犯糊涂了。

玛尔弗莎　我可没糊涂呢。只不过你们的这个彼得堡，无论如何，我是受够了。每个人头上盖个帽子，还有电车碾着人就过去了，这些下作的事儿我看够了。（出去了）

叶莲娜·伊万诺夫娜　粗鲁得吓人。（笑起来）她说米哈伊尔·阿尔谢尼耶维奇什么了？爱上他了吗？他呀，确实，很讨人喜欢；记者，还那么有风度！

菲诺奇卡　妈妈，那他以前，怎么样？

叶莲娜·伊万诺夫娜　怎么样？有风度？

菲诺奇卡　不是。是不是……有点，冷漠，是吗。你知道的，我们都管米卡舅舅叫"生无所恋的舅舅"。

　　玛尔弗莎进来了。

叶莲娜·伊万诺夫娜　不像话。不过，我很久之前听说过他的事，他有过很艰难的遭遇。他爱上了一个女人……她好像变心了，还是欺骗了他，不清楚。他呢，那时候当着她的面把话都说尽之后就走了。后来突然收到了一封信，说她已经死了。

菲诺奇卡　啊呀，真可怕！

玛尔弗莎　他们所有人都一样下作。（走了）

叶莲娜·伊万诺夫娜　我已经忘了，不过好像，实际上，她没有死，写信，只是为了吓唬他。他飞到她那里，连她都没想到。喏，他当时非常，当然了……

菲诺奇卡 她没死，那他高兴吗？

叶莲娜·伊万诺夫娜 哎呀，你什么也不明白。她是故意的。这让他的打击更大了。

菲诺奇卡 这些人可真奇怪！

叶莲娜·伊万诺夫娜 谁，米哈伊尔·阿尔谢尼耶维奇奇怪？

菲诺奇卡 是啊，还有这个女人。太奇怪了。都不能理解。

叶莲娜·伊万诺夫娜 （若有所思）你是不会明白的，可这是很自然的心理。她还爱他，想让他回来……爱着，却不考虑，不权衡。

菲诺奇卡 不明白。不过，或许，米卡舅舅并不是因为这么一个蠢女人的谎言，就对生活失去了兴趣。也许，他就是这样的人，一直是。他很深刻，妈妈，他什么都能看到，什么都明白。还很善良。这点很好，如果老人们……如果他们很善良。

叶莲娜·伊万诺夫娜 这是什么话！米哈伊尔·阿尔谢尼耶维奇老了！你真能说。

菲诺奇卡 可他跟爸爸差不多大了。

叶莲娜·伊万诺夫娜 （从躺椅上稍稍起身）那你的爸爸很老了？我猜，头发都白了吧！（完全直起身）喏，怎么说来着！不是岁月——而是痛苦催他老去。痛苦和疾病。我还很年轻，不过生完病之后，在左鬓角这儿……还是有了白头发。（走到镜子跟前）

玛尔弗莎 （在门边）蛋煮好了。要拿过来吗？

叶莲娜·伊万诺夫娜 不，不。我过去。再休息会儿。精神不太好。你去吗，菲娜？

278

菲诺奇卡　不想去。

叶莲娜·伊万诺夫娜　哦，随你吧。（走去卧室了）

菲诺奇卡一个人。在房间里踱步，看看时钟，再望着窗外。看上去，有些忧虑。拿起一本书，坐下来，起身，又坐下。终于，走廊的门外传来敲门声。菲诺奇卡奔向那里，打开第一扇门，打开第二扇。对父亲说着什么。好像是："是这里，这里。你在楼下脱衣服了？"两个人进来。沃仁用手帕擦着冻僵了的胡子。

沃仁　这么说，迟到一会儿，没关系？你们在家？有人找我办一件事，
　　　　很着急。我有些担心，怕你们坐得太久，让你等得太久……

菲诺奇卡　完全没事，爸爸！我们回来了，妈妈吃了早饭，休息过了。
　　　　没关系。我这就告诉她，爸爸，好吗？我这就去……（赶紧
　　　　从右边的门出去了）

沃仁一个人待了一会儿。打量着房间。拿起那本菲诺奇卡读过的书，思考着什么。叶莲娜·伊万诺夫娜从卧室门里出来。她还穿着那条裙子，不过身上披了一条足够漂亮的彩色发光的围巾。

叶莲娜·伊万诺夫娜　伊波利特·瓦西里耶维奇！我简直，太高兴了！

沃仁急忙起身，他们久久地互相握手，然后沃仁亲吻叶莲娜·伊万诺夫娜的手。

沃仁 （有些兴奋，高兴）来，坐吧。

两人坐下。叶莲娜·伊万诺夫娜坐在躺椅上，沃仁坐旁边。

叶莲娜·伊万诺夫娜 让我看看您。没变，多少年过去了，没什么变化，只是有些白胡子，不过看上去很健康。不像我似的，不停地消瘦，消瘦……

沃仁 （咳嗽一下）您一直不好吗，叶莲娜·伊万诺夫娜。

叶莲娜·伊万诺夫娜 啊，我病得很厉害！病得脸色发白，没有活力。现在已经好转了，在这儿心情不错，当然，无关紧要，都是菲娜求着我试一试的，总之……总之，我现在在恢复。我的精神糟透了，伊波利特·瓦西里耶维奇。

沃仁 是啊，当然……我完全理解。您必须认真地休息和治疗。

叶莲娜·伊万诺夫娜 唉，伊波利特·瓦西里耶维奇，治疗归治疗，可总是心痛！我承受了太多，心里有太多的伤！这怎么隐藏呢？我知道——现在您是能理解我的，我们永远都不是仇人……

沃仁 怎么会是敌人，上帝呀……

叶莲娜·伊万诺夫娜 对，对，此刻我觉得，一个懂我的朋友正在听我讲话。真让人欢喜，我很少能感受到这样的愉快，因为我，实际上很孤单……就是需要朋友的帮助。菲娜——还是个孩子。跟她说吧，她难道能懂我的苦难有多深吗？噢，我不想去抱怨，我不喜欢抱怨，又能去怨谁呢，谁都没错，每个人都应该勇敢地把握自己的命运。所以我已经不去抱怨了，我没有任何，没有任何可以懊悔的。就像我八年前对您直接坦白那样，我现在也要说：是的，我真挚地爱上了谢苗·斯皮里多诺维奇，爱得很深，它不会在任何阻挡面前停下，它是不需要什么理由的……

沃仁　没错，可是如果爱的对方……就是，我指的是，如果随着时间推移……

叶莲娜·伊万诺夫娜　跟时间有什么关系？难道爱情是有时限的吗？爱情就是爱情。她是永恒而无法解释的。时间！当然更广泛：如果我，告诉你吧，在将死之时不得不停止去爱，无法再感受，再看到爱情，我仍旧相信：在我灵魂最隐秘的深处她是存活着的！就是这种信念支撑着我，伊波利特·瓦西里耶维奇。只有她给予我力量去承受这种艰难得不能再艰难的生活了。

沃仁　但是，如果你都感觉不到爱情了……

叶莲娜·伊万诺夫娜　（没理他）我的日子太艰难，伊波利特，艰难而琐碎，被日常小事困扰……我——您是知道的！——我活得畏首畏尾，零星的浮尘就能割伤我，却不得不忍受扑面的尘埃，我要窒息了，现在，我只能叫喊，因为身体已经痛苦不堪，身体的痛苦……

沃仁　这是为什么，天哪，为什么要折磨自己？难道周围的人也要受此折磨吗？

叶莲娜·伊万诺夫娜　（不理他）我还想说。如果命运想要彻底而决绝地将我们分开，如果让我知道，即使永远都不该再见到我所爱的那个人，——无所谓！我会相信，爱情是活在我灵魂中的！

沃仁　上帝啊，叶莲娜·伊万诺夫娜……列那……我可怜的朋友……如果信仰支撑着你，谁又能剥夺她呢。平静下来，看在上帝的分上。我不指别的，我说的是生活。您在生活中……我是想说，您给自己设置了太多外界的折磨了。为了什么呢？如果没有爱情的纠缠呢？……怎么不心平气和地想想，考虑考虑自己的健康呢？

叶莲娜·伊万诺夫娜　我应该把自己的信仰坚持到底。（*哭了出来，声音变了*）谢苗·斯皮里多内奇……他的脾气太倔了！太倔了！有时候都不知道我该怎么做。日复一日，日复一日，循环，往复！他羞辱我……我不由自主地惶惶终日。但是我办不到……我离不开他……因为我爱上了他……

沃仁　（*抓起她的手*）冷静……亲爱的朋友，冷静一下，求您了。我们会有办法的。相信我，我都是为了您着想……首先需要冷静。

叶莲娜·伊万诺夫娜　谢谢，谢谢。我很冷静。说出来，就轻松些了。请不要可怜我，我的爱情——是我的心肝宝贝。我不需要可怜。对我来说可贵的是拥有。

沃仁　如果您需要我帮助的话……

叶莲娜·伊万诺夫娜　（*笑起来*）您已经帮过我了，很久之前，那时候您一下子就理解了我的爱，并很快慷慨地给了我自由。而现在……我命该如此，谁能帮得了？

沃仁　（*起身在房间里踱步*）是，命运……每个人都有自己的命运……当然……我很高兴，叶莲娜·伊万诺夫娜，很高兴看到您，并且您将我视作朋友，给予信任，开诚布公……上帝呀，我真高兴。现在我能更轻松地跟您讨论一下，我来见您的目的了……

叶莲娜·伊万诺夫娜　什么？您这是什么话？您对我一清二楚，伊波利特·瓦西里耶维奇；我不会对您心存芥蒂。我什么都能对您讲。

沃仁 不是，怎么说，这是当然的……不过，我是想说菲诺奇卡的事。

叶莲娜·伊万诺夫娜 （惊讶地）菲娜？她的什么事？

沃仁 是这样……我听说，上学的事儿她耽搁了……

叶莲娜·伊万诺夫娜 啊哈，这事无关紧要。菲娜她自己好像也做得不对，倔得很，从她那儿什么也问不出来：只是坚持要我把她领回家。现在请了两位家庭教师，准备教她到毕业。

沃仁 这些老师教得不好……

叶莲娜·伊万诺夫娜 是啊，她倔强得厉害。应该，是年纪的关系吧，叛逆的脾气。不用管她。

沃仁 （热切地）不，要管！不对，依我看，很有管的必要！（安静）总之，我想说，她那么聪明，却没有系统地上课，总之很可惜……

叶莲娜·伊万诺夫娜 是……那又怎样。她会长大的，会认真对待自己的。我可是已经病成这样了……

沃仁 当然，当然。说的就是这个。我都明白……您需要经常去旅行，疗养。去克里木，比方说。

叶莲娜·伊万诺夫娜 我也想过去克里木。如果条件允许的话，当然会去。

沃仁 对——对。（起身，在房间里踱步）所以我想把菲诺奇卡接过去。

叶莲娜·伊万诺夫娜 把谁？

沃仁 菲诺奇卡。这事明摆着……

叶莲娜·伊万诺夫娜 把菲娜接到哪里去？

沃仁 （不断地，踱步，焦虑地）哎呀，我的天，接到我那里，让她跟我住。我们得把她……送到好的私人学校去，她需要朋友、环境、上课……然后念大学。必须这样，真的……她长大了，十六岁了。她得上大学。

叶莲娜·伊万诺夫娜　　（出神地）大学……（盯着他的眼睛）上大
　　　学……

沃仁　您要去旅行，出远门……您自己清楚，叶莲娜·伊万诺夫娜，我
　　们不能这样，年轻一代要开始自己的生活，我们需要给他们提供
　　优越的条件，提供一切的可能。在我这儿她能获得这样的环境，
　　正确、安宁、勤奋的生活。而且不光是我跟您——菲娜她自己也
　　明白，这样的生活条件，她以前经历的……现在还在经受的……
　　他们是不合理……不正常的……菲娜自己……

叶莲娜·伊万诺夫娜　什么？什么？菲娜自己？什么？

沃仁　她在哪里？事情很清楚。多么简单自然的一件事。菲娜！（他喊
　　道）菲娜！到这儿来！

　　菲娜快速从卧室出来。沃仁——站在屋子中央，专注于自己的话
语，一脸焦急的样子，叶莲娜·伊万诺夫娜陷入持续的呆滞中，一动不
动地坐着。

沃仁　菲诺奇卡，我跟妈妈说了……不能再这样下去了。你要在这里念
　　书……然后上大学。记得吗，你自己说的？……我们再也不分
　　开了。

　　　　菲诺奇卡（笑逐颜开）啊，老爸！真的吗？难道是真的？啊
　　哈，老爸！（正要朝他过去）

　　这时候叶莲娜·伊万诺夫娜短促地尖叫出来，菲娜转向她那儿，不

过停住了。

叶莲娜·伊万诺夫娜　是你自己？自己说的？要去他那儿住？那我呢？
你要留下我一个人？像扔狗一样，扔下妈妈？……像条病狗一
样？……上大学……好啊……就把我抛下了……我是没用
了……跟条狗一样。

菲娜　妈妈，你说什么呀？你说什么呢？你怎么能这么说？……

叶莲娜·伊万诺夫娜　走，走，去吧！出去！抛下你妈吧！随她去吧！
跟他回去！（歇斯底里地叫着，倒在枕头上）

菲诺奇卡　（扑向她）妈妈，妈妈，你弄错了，妈妈呀！我怎么会把你
抛弃呢！我永远不会走的。上帝呀，真的，我不是那个意
思，上帝呀！妈妈（跳起来，转向父亲，他沮丧地站在屋子
中间。她快速而大声地说道）爸爸，你跟她说了什么？你怎
么这样？她怎么会认为，我去你那里，就是要抛下她？怎么
会这样？

沃仁　菲娜，亲爱的……我以为……怎么会这样？……我还以为……

菲娜　（喊道）玛尔弗莎！快！把桌上的药拿来！（扶着母亲，她一直痛
哭着，无意识地念叨着什么）快停下，妈妈！我哪儿也不去，决
不抛下你！

　　　玛尔弗莎带着药跑进来。

菲娜　（对父亲）爸爸，你现在还是回去吧。最好还是回去，我来安慰
她。走吧，爸爸。（抓着他的袖口）我明天去找你……现在不行。

285

看吧，她病了，她不理解你……

沃仁 （退向门口）我这就走。不过，菲诺奇卡，我觉得……她需要治疗，旅行……你得跟着我。你自己都说了……

菲娜 （停下来，震惊地）爸爸，怎么？你说真的？你是这么想的？让我就这么抛弃她？

沃仁 我没说：抛弃她。现在说什么——抛弃她？不过是你想象的……

菲娜 让我抛弃她这个不幸的女人，跟你生活？噢，爸爸，你不是这么想的，不是这么考虑的吧，我可是爱你的，老爸，你不能……（自己停下来）别说了，别说了，回去吧！我明天过去。我会跟你说的……（悄悄把他往门口推）

沃仁 那明天，明天……（压低嗓音，振作了一点）不过记住，我态度很坚定。我不会让步的。必须理性，不能感情用事。别忘了，你自己说过的。

菲娜 走吧！（几乎喊出来）喔老天，我该怎么办，我该怎么办？

沃仁走了。菲娜又回到母亲那，玛尔弗莎正扶着她。哭声安静些了。

菲娜 （故作欢快）老妈，亲爱的，你不害羞吗？喏，这事可能发生吗？喏。看着我……你那么胡思乱想不害羞吗？我要离开你？老爸就是吓唬吓唬你。他不是那个意思……

叶莲娜·伊万诺夫娜 （虚弱地）怎么……很好呀……跟他生活去吧……

菲娜 蠢话！真是蠢话！我怎么会去他那里生活？我去了他那儿，你却不知去向？这样可能吗？

玛尔弗莎 （絮叨着）明摆着不可能的事。

菲娜 你要是再不相信，老妈，我可生气了。爸爸完全不是那个意思，没让我丢下你。

玛尔弗莎 （还是那样，把药收起来）又在说什么！

叶莲娜·伊万诺夫娜 （抱怨而气愤地）可是你自己……他说，你自己不满意，你爱他，不想跟他分开。那就别分开了……那就行行好吧，别撒谎了，就承认你自己……

菲娜 我可生气了，妈妈！（沉默一会儿）你好点了吗？不是这样的。我从没想抛弃过你。这是事实……我爱爸爸。我相信，他……你……（热切地）唉，我怎么知道？难道我什么都知道吗？我想着，你们总能……爸爸总能想出办法来……一切都会好的，谁都不会离开了。就是这样！（沉默一会儿）老爸会想出办法来的。可你一下子就吓到他了。

叶莲娜·伊万诺夫娜 （靠着垫子稍稍抬起身，虚弱地笑着，喘口气）傻丫头！你把我，我的生活，我的信仰都忘了……我们不知道自己的命运，就不能提前做任何决定，不过只要还有力气，就要坚持信仰。伊波利特·瓦西里耶维奇不会明白这一点。我对他太失望了，他居然愚蠢地提出搬家的事……为了你……啊哈，我不同意！（闻着什么，冷静下来）不过这一点他是明白的：在这世上我没有权利为任何人……哪怕是为你做决定……再次和自己的父亲分别。这可能吗？

玛尔弗莎 有老天爷作证，这完全不可能。我虽是个仆人，但这个道理我还是知道的。从唯一的仁爱来说这简直太荒唐了。

叶莲娜·伊万诺夫娜　有什么荒谬的？什么事？你明白就好。我可没问你。

玛尔弗莎　不管是问了，还是没问，我就是知道，伊波利特·瓦西里耶维奇老爷脑子里想的可跟小姐不一样，他才不会这么说呢。小姐得去那里弄清楚，恐怕得去他家里，就在他家里，已经有人了。妻子不是妻子的，甩也甩不掉。

叶莲娜·伊万诺夫娜　什么？什么？什么妻子？在家里？

玛尔弗莎　就是那样的。旁人一看就讨厌的。

菲娜　让她走，妈妈。她胡说，不知道她什么意思。

叶莲娜·伊万诺夫娜　（担忧地）不，不，这倒有些新鲜。玛尔法，你这就把话说清楚！这是谁造的谣？

玛尔弗莎　造谣的就站在你们面前！我伺候了九年了。也没什么好怕的。这事我担！

叶莲娜·伊万诺夫娜　你能好好地说吗？

玛尔弗莎　没什么说的。他跟一个女的好上了，好多年了，门对门住着，跟一家人似的。但是免不了被人说闲话。小姐多少次去她爸那里都看见了，他们呢，自然了，装作没什么。就是这样。

叶莲娜·伊万诺夫娜　（不自然地哈哈大笑）真好！真好！情人，对吧？藏得很深啊，伊波利特·瓦西里耶维奇！

玛尔弗莎　情人！情人！他们对我们姐妹的那副下作模样我是看够了。这里还没撇清楚呢，那里又留情了。嘴里没一句实话。

　　　菲诺奇卡猛地凑近玛尔法，用力抓住她的肩膀，她把枕头，毛巾还有一些想带到卧室里的东西都碰到了地上，哎哟叫唤了一声。

菲诺奇卡　你敢！你别想在我面前这样胡扯。都是谎话，谎话！我把你从
　　　　这儿赶出去……出去！出去！（把她推出门外，砰地关上门）

叶莲娜·伊万诺夫娜　（继续不怀好意地大笑，踱着步）请你告诉我！
　　　　你这是在干什么？为什么是"谎话"？这很像是真的。非常像，
　　　　非常。

菲娜　（阴郁地）妈妈，我不允许任何人。你也不能。不能说爸爸的不
　　　　是！这不是真的，谎话，肮脏的谎话，不能说！

叶莲娜·伊万诺夫娜　你就是傻瓜，傻到家了！哈——哈——哈！到头
　　　　来他自由了，他赢了！不过我要谴责他——如此无耻！想把年
　　　　轻的女儿要过去，在他那儿过正常的生活，还要上大学……去
　　　　吧，去吧，去找自己的爸爸吧，他还给你准备了一个新妈。我
　　　　这个妈——有病，无聊，大概那个会有趣些。用脑子琢磨琢磨
　　　　吧，然后再挑！

　　　　菲娜急忙跑到卧室去。一下子只剩叶莲娜·伊万诺夫娜一个人了。

叶莲娜·伊万诺夫娜　你去哪儿？回来，多无耻啊！接到自己那里！合
　　　　适的条件！真不错！

　　　　菲娜快速送卧室出来，戴着皮草帽子，手上是大大的暖手筒，她把
　　　　它贴在自己身上。

叶莲娜·伊万诺夫娜　这是干吗，菲娜？你去哪儿？我不准你去！

菲娜　不准？（平静地）不，我要去。你休想再提起这个谎言。我要证明给你看，让你不敢再这样。我去找他，我要告诉他，让他当面跟你说。现在就去，现在，好让你立马不敢再那样说！

叶莲娜·伊万诺夫娜　（惊恐地）菲娜！菲娜！

菲娜　（在门旁停下）你别怕，我不会留在他那儿的。我绝不会把你丢下，也从没想过那样。你明白我说的。不过现在我得去了。（走出去）

叶莲娜·伊万诺夫娜　菲娜！上帝呀！哦上帝呀，我的十字架在这儿。玛尔弗莎！玛尔弗莎！

第四幕

　　第一幕中的屋子，沃仁家里的大客厅。安娜·德米特里耶夫娜的儿子谢廖沙和露霞一同进来。谢廖沙——从左边去大堂的那扇门，露霞——从通向接待室和前厅的门进来。露霞穿着中学校服，拿着一捆书。

谢廖沙　啊哈，露霞！您这是去哪儿？去米卡舅舅那儿？

露霞　当然了，去舅舅那儿。我需要见他，半小时。您也找他？

谢廖沙　不。我想去来着，我也得见他。不过现在得找伊波利特·瓦西里耶维奇，妈妈让我来看看他回来了没。看来还没有。您手上是些什么书？

露霞　（把书放到桌上）啊，都是些没用的！学校的书。我从来不拿，今天故意拿着。还带着书出去逛了逛。从学校出来去了鲍里斯那儿，然后去车间找了别佳，就一直和这些"克拉耶维奇"① 在一起。

谢廖沙　知道吗，我们也管学校的书叫"克拉耶维奇"，不过我有时候会在里面查一些……知识点的关系……相互的联系。

露霞　您居然在里面找关联性！所有的小通识读本都比我们的课本好。不，谢廖沙，您是机会主义者。或者说……说得更大些：是一个世俗的泛神论者。一切都求实利，一切都带着目的，连"克拉耶维奇"也不放过。

谢廖沙　（耸耸肩）您还是一股幼稚的学生义气。激烈地反对……课本。想想吧！

露霞　不，是您要想想了，智者！您的忍让和不严谨真是吓到我了。关键在于选择。所有一切都永远——需要选择！而您总是说些无关痛痒的话。

谢廖沙　说得真不公平！

露霞　那当然，不公平！

谢廖沙　我完全不是这样。

---

① 康斯坦丁·德米特里耶维奇·克拉耶维奇（1833－1892），俄国物理学家和教育家。——译注

露霞　好吧，肯定，不全是这样。我夸张了，为了生动些。但我很伤心。

谢廖沙　伤心？露霞，你看，事实上，我不是这样的。您不知道，我是个可怕的狂热分子。我是最痛恨这个老旧的社会体制的，这停滞而愚蠢，古板又荒谬的生活，被他们统治的生活。只有我……

露霞　（在沙发上坐下来，好奇地）只有您——什么？

谢廖沙　只有我在隐忍。这是积蓄力量。难道让我现在就胡乱地反对学校，反对妈妈，反对一切制度？如果不从历史的视角看问题，那一切都是虚假的。然后，我也会像一根钝铅笔那样，折断了。可如果把它削尖呢，磨刀不误砍柴工呀。

露霞　好吧，没错。只是我们做不到。您真是糊涂，谢廖沙。想得更理智点吧，事实就是如此。难道忍得过去吗？再多的力量都不够。只是您太冷血，而我们——不是。我们做不到。

谢廖沙　哪儿来的冷血。我在努力，我想克制住，可也不总是忍得住。我很清楚：那个会议，我们的"绿指环"——这就是个实验室；它不是生活——我们是闭门来造车；我们连大街都不能随便逛。我们必须平心静气的。而我在会上也不自在，所有人都群情激愤，真可怕。太幼稚，太浮躁……你们夸夸其谈。这是站不住脚的。我们还得靠别人活着。

露霞　是啊，我们现在还得靠着别人生活，这已经非常不堪了。

谢廖沙　接受他们的制度吧，接受它，承认它本身的样子，让两条腿坚实地踩在它上面——就在那里，在脚下，才是属于我们的地方！以此作为出发点，一跃而起。只有这样才不是虚假的。对于旧事物，对于昨天而言——它并不是虚假的存在。只是我们……我们不能在它当中生活。

露霞 一切都很艰难，谢廖沙。您说实验室也好，闭门造车也罢……事实是，如果麻木地活着，对一切都无所谓，那它反而会冲我们而来。不管你怎么讲道理。我们不一样，您要知道：一开始的确会毫无进展，但突然你能发现——障碍会慢慢地剥落的。

谢廖沙 我们需要一起帮助有需要的人。

露霞 讲道理可帮不上忙。

谢廖沙 不是讲道理。不是，我是说环境……

露霞 （打断他）就是要服从环境？

谢廖沙 不！不！是让环境服从我们自己。

露霞 （思考一下）可这……不会犯下罪过吗？

谢廖沙 您是指长辈？

露霞 是呀……就是他们。

谢廖沙 不会。因为我们对他们是怀有仁慈的心的。他们不理解我们，可我们理解他们，而且总是心怀仁爱。（沉默一会儿）总之有时候真的难以苟活。不过也没办法，我们不可能做到让一切都顺利，全方位地兼顾。那是在破坏生活。所以还是保持克制吧。对您，露霞，我已经毫无保留了。

露霞 我知道，我相信你。

谢廖沙 我没法不坦白。我跟你们中间许多人都很亲近，可您总是…对我来说…您总是…最让我舒心的。这种感觉就像在夏天，每当下完那种倾盆大雨，突然发现——晶莹的彩虹挂在天上。您呀，露霞，就像彩虹。（沉默一会儿）您就是那样。

露霞　（笑起来）彩虹！

谢廖沙　真舒心。还有您的头发，棕红色的几缕舒心地在鬓角打几个圈
　　　　儿。记得吗，在别墅那里，打网球那次，它们都卷成那样了？

露霞　（笑着）那是因为潮湿。它们为什么让你舒心的？

谢廖沙　我自己也不知道。可就是很舒心。它们应该，很柔很软吧？

　　　　（挨着她坐到沙发上）

露霞　（稍稍离远一些）猜错了，它们很硬。摸摸看。

谢廖沙　（轻轻触碰她的发丝）这是真的。不过没关系。总之赏心悦目。

　　　　（沉默一会儿）那能不能亲一下它们，露霞？我好像，爱上您
　　　　了。已经很久了。

露霞　我，也是……没有很久，不过……（把头靠向他）

　　谢廖沙轻轻吻了她的鬓角，然后他们一起坐着，紧挨着，面对面，
握着双手。沉默着。

谢廖沙　您觉得呢，露霞，或许我们，在以后的某一天，会结婚？

露霞　（想了想，认真地）我觉得，以后也许可能。不过现在……

谢廖沙　嗯，现在还没必要提这个，我只是问问，因为我太开心了。露
　　　　霞，您就是我的彩虹。我怎么能不高兴呢？

露霞　（轻巧地离远一点）对——对，这就是我总说的，无比开心！啊
　　　　哈，谢廖沙！亲爱的谢廖沙！（亲了他的额头并站起来）我们没
　　　　有欺骗自己，我们都很清楚，所有这些……爱情呀，婚姻呀，家
　　　　庭呀，孩子呀，所有这些——都非常重要！至关重要！举足轻
　　　　重！不过……（笑起来）现在还不是那么重要。暂时还没工夫讨

论这些。

谢廖沙 对，以后再提这些。应该把现在这事妥善解决了。不能像他们
那样。太糟糕了。所以我们不能那样。

露霞 看够了!

谢廖沙 露霞，应该心怀仁爱。

露霞 应该应该! 永远是"应该"的! 我知道什么是应该! 可当那些陈
年旧事，琐碎杂事，此时正在把一个人折磨，碾碎……不，不，
听我说，我指的不是我……我是说，比如菲诺奇卡。那她究竟该
怎么办?

谢廖沙 对，我说的就是这个，菲诺奇卡的事，昨天我也想过了。您跟
尼克斯说过吗?

露霞 说过了。

谢廖沙 我们得帮她。会没事的，她很坚强。

露霞 一定要帮。不能再袖手旁观了，不能等了。

从走廊传来安娜·德米特里耶夫娜的声音:"谢廖沙! 谢廖沙!"

谢廖沙 是我妈妈。她来了。

露霞 那我走了。我要去米卡舅舅那儿。走吗，谢廖沙?

谢廖沙 我马上去。等一下。我告诉她一声……

　　露霞从右面的门跑下，安娜·德米特里耶夫娜上，慌张地，焦
急地。

安娜·德米特里耶夫娜　你在这儿，谢廖沙？我等啊，等啊……伊波利特·瓦西里耶维奇在哪儿？

谢廖沙　妈妈，他还没来。

安娜·德米特里耶夫娜　那你为什么不回来告诉我？我可是特别关照你：如果伊波利特·瓦西里耶维奇没回来，你就……

　　伊波利特·瓦西里耶维奇进来（从通往接待室和前厅的门里）；看得出，他刚从街上回来。

安娜·德米特里耶夫娜　他在这儿！伊波利特·瓦西里耶维奇！您回家了吗？

沃仁　回家？哪个家？

安娜·德米特里耶夫娜　天哪，那您是从哪儿来的？

沃仁　我从哪儿来？

安娜·德米特里耶夫娜　您怎么了？我问您呢，您回来了？

沃仁　对，坐车。去的时候是，回来的时候是步行。

　　谢廖沙悄悄跑去米卡舅舅那儿了。

安娜·德米特里耶夫娜　那好吧。无所谓。您为什么事快快不乐呢？还好吗？伊波利特，我需要您说几个字回答我。

沃仁　几个字。等会儿……好吗？

安娜·德米特里耶夫娜　不，上帝啊！我受不了。我闷得慌。我焦急地等您。上帝啊！

沃仁 （叹口气，用毛巾擦擦额头，坐在圈椅上）怎么了，安涅塔。如果一定要……那我就说。

安娜·德米特里耶夫娜 （坐到沙发上露霞刚刚坐过的地方）您是个直爽的人，伊波利特，您是不会撒谎的……说吧：发生了什么？

沃仁 发生了什么？

安娜·德米特里耶夫娜 是呀，我应当首先是从您嘴里得到消息，而不是道听途说地知道发生了什么。我已经听说了一些。您想要同您的妻子和好，是真的吗？

沃仁 谁说的？真是胡扯！

安娜·德米特里耶夫娜 那么，没这回事儿？

沃仁 我妻子自己不愿意。你知道，她爱着另一个人。她自己今天还告诉我，说很爱他并且永远不会变心。我这不刚从她那儿回来。

安娜·德米特里耶夫娜 就从她那儿回来了？

沃仁 嗯对，还能怎么样？我必须得去。你知道，我们有个女儿。（起身，踱步）我无比地爱她。说真的，我必须告诉你：我已经决定把她接过来了。我态度很坚决！

安娜·德米特里耶夫娜 哦，这跟我没关系。当然了，您应该把自己的孩子接过来，如果找到她了，就应该这样。

沃仁 对呀，你看，安涅多奇卡……相信我，我是想亲自告诉你的，我本来是要自己开口说的……

安娜·德米特里耶夫娜 坐吧，伊波利特，您这么在房间里走，我受不了……

沃仁 你是明白的，亲爱的，你自己也有孩子。不能把她留在那儿。那里环境糟透了，你无法想象。简直穷凶极恶！孩子自己也受尽了苦。所以，我就这么决定了。不过现在遇到了一些麻烦，所以我还不想告诉你。不想开空头支票。我承认，可能，我是有点软弱。我也很受煎熬。可如果……如果你都不理解我，我就彻底崩溃了。

安娜·德米特里耶夫娜 我现在还真有些不明白。您是说——遇到了什么麻烦？

沃仁 对。她妈妈一开口就歇斯底里的，孩子被吓住了，总之——不好办！不过我已经决定了，她不能再待在那儿，我保证会去接她，我保证！不过——不容易。之后你得……

安娜·德米特里耶夫娜 我怎么？天哪，伊波利特·瓦西里耶维奇，您在吓唬我……

沃仁 （一下子跳起来——又坐下）啊这个，那……反正，这个不值一提。最好以后再说。来得及。

安娜·德米特里耶夫娜 （温和地）您为什么，伊波利特，为什么不尊重我？

沃仁 我不尊重，我？我再尊重不过了。我这就证明给您看。简单明了地说，我们必须分手了。

安娜·德米特里耶夫娜 （温和地）您不爱我了？

沃仁 这有什么爱不爱的？有关系吗？如果我的家里有个长大的女儿……那我应该把整个生命都奉献给她。应该守护她。女孩儿是多么敏感、脆弱。我不能……安涅塔，就理解我一下吧，我自己也深受煎熬，我也不容易。请理解我吧，安涅塔……

安娜·德米特里耶夫娜 为什么？为什么？我把生命都交给了您。您为什么要羞辱我？

沃仁 （从圈椅上站起来，挨着她坐在沙发上，抱着她）安涅塔，安涅塔……

菲诺奇卡从门外（通向接待室和前厅的门）进来，无声地停在屏风边上，看着，一动不动，把暖手筒紧贴着自己。

沃仁 难道我没珍惜你？我没理解你？我没感觉到吗，安涅塔？我也一个人过，你给予我女人的爱抚、同情，你用自己温柔的爱点燃了我……（吻她）

安娜·德米特里耶夫娜 （无力地）伊波利特……伊波利特……

沃仁 你曾是我夜空里闪亮的星光……在黑暗中……星光一般……我对您的心是依恋的，感激的。我很煎熬，你看得到。但是为了女儿我必须同你分开。如果要说补偿……我宁愿牺牲自己的生命，用它来永远报答你所给予的舒适与温暖……亲爱的……

安娜·德米特里耶夫娜 （悄悄地哭着）上帝保佑您，伊波利特·瓦西里耶维奇。到头来，到头来……我怎么妨碍您了？不，一定是您想和妻子和好。那，愿上帝保佑您吧……

沃仁 我愿以一切神明对你发誓！我怎么会呢？亲爱的，请理解我吧，相信我吧……

安娜·德米特里耶夫娜 有什么信不信的。不过是您不再需要我罢了。以前需要，现在不需要了而已。请记住，是您自己……自己想要如此的……我把全部生命都给了您……上帝自有明鉴，伊波利特……（她起身，用手绢盖住脸）

沃仁 安涅塔，安涅塔……

安娜·德米特里耶夫娜　上帝对您自有明鉴！（从左边跑出去，头也不回）

沃仁　不，这样我受不了！安涅塔！（最后一个字快要吼出来了，快速追着安娜·德米特里耶夫娜从左边的门出去了）

菲诺奇卡一直静止地站着，此刻慢慢向前走了几步，以同样的姿势停在屋子当中，面向安娜·德米特里耶夫娜和爸爸跑出去的那扇门。右边米卡舅舅的房门稍稍打开一点。露霞惶恐不安的小脸探了出来。看到菲娜一个人一动不动，露霞赶紧出来，关上了门。

露霞　（走上前）菲娜，你怎么了？刚才是谁在喊？

菲娜不说话也不回头。露霞抓住她肩膀，努力把她转向自己，盯着她的脸。

露霞　菲娜，你听见我说话了吗？谁在这儿？你爸爸？

菲娜沉默着。

露霞　到这儿来，来吧，坐。（领她坐到沙发上，搂着她）给，喝点水。喝吧，听见没？现在就喝！把暖手筒给我。把她摘下来。（摘下菲娜的暖手筒，一把左轮手枪硬生生地从里面掉出来落在地毯上）啊，这又是什么！（弯下腰，捡起来）别怕，别怕，我不会抢去的，我就放在桌子上。如果你要走这一步……这自甘堕落的一步……我不会自讨没趣的。我不会抢去的。不会强迫你。请自便吧！想对这美好的身体做什么就做吧。那样才好呢。

菲娜把头垂到枕头上哭了起来，一开始很轻，然后大声起来。

露霞　（等着，看着她）哭够了？对吗？把水喝了。喝，跟你说话呢！现在能回答了吗？你，应该是刚刚进来吧？看见什么了吗？你爸爸跟安娜·德米特里耶夫娜？偷听到他们的谈话了？

菲娜　我没有……偷听……我想……

露霞　那为什么拿着手枪？干什么？喂，回答呀！

菲娜　这是妈妈的……这个……我自己也不知道……我就跑过来了……爸爸去过我们那儿……然后她们说的对他太不公平了……我跑过来，想要让他自己说清楚，说他……可我还是没成功。

露霞　唉，好吧。不出所料。上帝啊，我真替你可惜！上帝啊，你真蠢！可又如此不幸！

菲娜　（坐直了）不需要你的可怜。你不懂我。我不需要任何人。我这就走。

露霞　（拉住她）天哪，真愚蠢！你去哪儿？自以为看透了！自以为应当高傲！不，你不仅仅愚蠢，还狠毒，蛮横的自私鬼：自己爱着别人，就要求别人也同样只爱自己，但要求别人只爱自己——却是罪恶，明白不——罪恶。愚蠢和罪恶。

菲娜看着她不说话。

露霞　你盯着我干什么？我这样不讲理，是因为你不讲理，因为你是个十足的傻瓜，所以我才生气的。我们早就替你想过了。我不想跟你讲道理，你一下子就翻脸不听劝，哪里还听得进道理！我想帮助你。你看你都把手枪带来了。我们真的想帮你。

菲娜　怎么帮？（突然火起来）这事帮不上忙，没人能帮！事已至此，想让它不存在，没人做得到……让我……让妈妈……让爸爸……

露霞　（生气地嘲讽）让妈妈……让爸爸……哎呀你啊！是啊，没人会愿意为了你的任性而任你摆布。不过帮助你，为你争取有利环境……这是必要的。我们替你想过了。你一个人是摆脱不了的。等等。我去叫谢廖沙。

菲娜　谢廖沙？啊呀，不，不，不要谢廖沙。不要叫谢廖沙！

露霞　看吧，你多可怜呀。你想想，你为什么这么对谢廖沙？……从你独特的，愚蠢的视角想想——他有什么不对吗？他在那里，跟你和你妈妈在一起一样；只是他更聪明，他心怀仁爱。

菲娜　露霞，唉，得了；我只是嘴硬而已，可我是真的……发疯地爱着他们两个！而一旦爱得这么疯狂……那就没有仁爱可言了。

露霞　（若有所思地）我明白。这时候就很难做到和颜悦色。一旦疯狂地爱着，就会希望对方按自己的意愿活着，按自己的意愿爱着——只要他爱着，就还会希望对方永远与自己在一起。而这已经没有什么自由可言了。我明白。可罪恶就在于此：爱得如此疯狂。这是错的。

菲娜　那就算是罪恶吧。

露霞　不，不行。我们可不是这样的……我们可不能这样去爱。互相给予这样疯狂的爱意……对那些长辈们，亲人们——我们可全然不能这样，毫无仁爱呀。你不能回避这点，而你……

菲娜 （又哭了）不，跟我没关系……天哪！可我该怎么办？我能怎么办？

露霞 你看，我就知道，光说是没用的。你需要帮助。我们想到一个办法……你相信我们吗？

菲娜 我相信，相信你们所有人。现在也只有你们可以信任了。露霞，别丢下我。你别多想，我很坚强。我只是现在……一下子对我……可我很坚强。

露霞 可一说到谢廖沙你还不是那样！我现在去叫他。（说得很快）菲娜，如果我们没有仁爱之心，那我们所有人都会枯萎。所有人都有自己的苦衷。我有一个画家妈妈，情绪多变。这是什么画家呀！而爸爸——是个"社会活动家"。两个人都同床异梦。可为了顾全体面，他们还是留下来在一起，因为他们的保守。就是这样……我对他们很生气。可又很爱他们。要知道他们是没有回报的，我们不让他们来干涉我们的生活，那就让他们自己过自己的吧，让他们去爱吧，愿上帝保佑，随他们的意愿。而你却想把你父亲最后的自由都剥夺，强迫他，指责他。为了什么？他妨碍你了吗？

菲娜 我什么也不想。我自己都不知道，想要什么。

露霞 你也不能离开自己的妈妈。她不能一个人在那儿。你面对的是罪恶。你一个人扛不过来。稍等，这是谢廖沙。（走向谢廖沙，他从米卡舅舅的屋里出来，她冲着他，热切地说着什么）

两人一道慢慢地走向菲娜。谢廖沙形容严肃，点头示意。

谢廖沙 （走近）亲爱的菲娜，亲爱的，没关系的。

菲娜 （轻声地）谢廖沙，我不是有意的……露霞说得对，我太傻了。对不起。

谢廖沙 （亲吻她，坐在旁边）没关系。总会发生这样的事。您知道，我们所有人——我指的是"绿指环"——我们都有难言之隐。可我们总能解决的。长辈会干扰，我们还不自由。可我们还是爱着，尽管尚未站稳脚跟。

露霞 您呀，谢廖沙，不用跟她多说这些，您最好坐着，让她冷静一下。我去去就来，马上。这很要紧！（*跑去找米卡舅舅*）

谢廖沙 （安静地抚摸菲娜的头）要紧的是你妈妈离不开你，菲诺奇卡，这是最难的。不过你别怕。别怕，我们会有办法的。我们会帮你。

菲娜 （悄悄地）我会坚强的。

谢廖沙 是呀，你现在就需要帮助。你一个人摆脱不了这些。（*沉默*）原谅你爸爸吧，永远地原谅他吧。我们总是在原谅他们。

菲娜 （深吸一口气）我明白，那样会轻松些。

谢廖沙 这就对了，亲爱的，原谅吧。

菲娜 （再次吸一口气）我活得很糟，谢廖沙。我原谅他了，既然已经明白，已经学会怜悯，怎么能不原谅呢？不能不原谅，可总之……我跟妈妈一道出来，是因为……我还有爸爸，我相信……他什么都知道，他会想办法的，一切都会好起来。可现在呢？

谢廖沙 他们才不会为我们想出什么法子来。什么也不会！还不如我们替他们想呢。他们，表面善良——其实怯懦，表面凶狠——其实愚蠢。好在，你现在已经知道这一点了。（想了想）不过有一个人不是那样，他就是米卡舅舅了：他不愚蠢，也不凶狠。

菲诺奇卡 啊哈，不凶！他很善良。他是那样，那样……

这时候露霞进来了，她后面跟着慢腾腾的米卡舅舅。

米卡舅舅 （对露霞）这真是个悲剧，露霞。你们自己替他们操心就够了。

露霞 米卡舅舅，我们也是这么想的。可是如果现在需要你呢？如果没有你，现在就没办法呢？

米卡舅舅 （耸耸肩）我没法严肃地对待你跟我说的那件事。你们的孩子气也该有个限度。甚至，不得不说，我都不相信你们是认真的……

他们走近些。

菲娜 （站起来，突然扑向米卡舅舅）啊哈米卡舅舅！我亲爱的米卡舅舅！

米卡舅舅 （笨拙而温柔地把她拉开）怎么了，您这个外省的小唯心主义者？不要沮丧。一切知识都是财富。我断定，您比这些"绿指环"的朋友更明白生活的意义。您更冷静，更老练，更简单。他们也能想出点什么来……相信他们吧，可也别太信任。

菲诺奇卡 （认真地）不，我很信任他们。不，我自己，跟他们一样。只是我以前一直一个人……

米卡舅舅 不好吗？开心点吧！你们已经跟她聊过了，看起来，还挺成功？（发现了手枪）这是谁的玩具？

露霞 （从他手中拿过手枪，藏进菲娜的暖手筒里）没人的。你什么时候需要的话，我们就送给你，对了饭做好了吗？

米卡舅舅 啊请吧，该用餐了。

菲娜 米卡舅舅，把我送到妈妈那儿去吧。您跟妈妈聊得那么好……而我现在还不能见爸爸。我很冷静。我冷静下来了。但是现在不想见。

米卡舅舅 那，好吧，走吧。现在几点？（走向一旁，看时钟）

露霞对跟在米卡舅舅后面的谢廖沙说了几句后，就跟菲娜一起轻声而密切地聊起来了。

谢廖沙 舅舅，露霞跟您说了我们的打算了吗？关于菲诺奇卡的？

米卡舅舅 （笑着）我当然知道，谢廖沙！上帝知道这都是什么！

谢廖沙 （严肃地）我们早就想过，谈过了。现在您也看到了，这是绕不过去的，必须得帮她。当真帮忙。

米卡舅舅 （笑着）当真，当真！你说怎么个当真法？让我把菲诺奇卡娶回家？真是让人笑掉大牙。跟菲诺奇卡结婚？你们想帮忙，却让我结婚？

谢廖沙 （依然严肃地）不是真结婚！这多明白呀！外部条件要求如此。难道我们还真能让她结婚不成？这不就等于把她彻底毁了，还让我们陷入两难的境地吗？我们只是希望能搬出个救世主，好保全大家，只要我们恢复了正常生活，就不会那样！就不会那样了！

米卡舅舅　哦天哪！这可真是胡闹！怎么解释才能让人相信这不是闹着玩的——这是其一；其二，这也不合道理呀？让我跟菲诺奇卡结婚！别人看来——这不就是出闹剧吗！

谢廖沙　（伤心地责备）舅舅，舅舅！闹剧！这是悲剧，可不是闹剧。我们只有不断挣扎，竭尽所能，——才能摆脱痛苦！我们的生活还要继续。可眼下——就请您帮帮忙吧。为了菲娜——这是继续活下去的希望。有了您的帮助，她就不再一个人了，她就能站稳脚跟了，菲娜能照顾好她妈妈。她们母女能能住下来，在这儿，而不是跑去外面。伊波利特·瓦西里耶维奇也就能放心了。哎呀，舅舅，这一切您比我们看得明白。这是值得一试的！

米卡舅舅　简直是胡思乱想，就像书里写的似的。

谢廖沙　这不是什么新鲜事。六十年代这种婚姻是有过的，记得吗？为了克服环境约束，走出绝境，为了能去学习，记得吗？必须帮菲娜，她是值得的，她会坚强。而您也无所谓。我们一点儿都不骗您，您看到的——就是我们所想的。

米卡舅舅　胡说！又胡说！我真想知道，你们究竟想干什么！想想吧，她就快长大了，马上会恋爱，如果真要嫁人了呢？那时候怎么办？

谢廖沙　（耸耸肩）那就和她离婚，现在这很平常。听我说吧，舅舅：实话跟您说吧，如果我能独立生活，我都想自己跟她结婚呢。

现在唯独您才有如此幸运的机会。

米卡舅舅 （笑着）是啊，幸福的生活呀！就这么替我安排好了！任你们凭空想出来了！（笑着，向前走几步）

菲娜走向他。露霞跟在后面。

菲娜 米卡舅舅。她跟我说了这奇怪的主意。我能理解，我也明白——这很奇怪。我不想，米卡舅舅，我无论如何也不希望您因此而困惑，害怕……我不想那样。唉，上帝，我现在就像在做梦。

露霞 这世上没什么他害怕的。他明白着呢。

米卡舅舅 孩子们，快把她叫醒吧。你们自己一开始就该想清楚。

菲娜 我没事，米卡舅舅，没关系的，如果您自己不愿意……如果您是被迫的话。我不想这样，不想。我们应当心怀仁爱。

米卡舅舅 唉，我亲爱的孩子们！我知道你们的仁爱之心！可对我就，拜托，对我就不必仁爱了吧。

露霞 当然，舅舅，你完全不一样！你是我们的课本——这是你自己说的。只不过现在我们需要书的封皮。

谢廖沙 我明白，这不完全……不太合乎……正常道理……可如果全按着常规来，想着把一切都考虑周全，那么直到死去，我们在生活中将什么也办不了！生活的扭曲不是我们造成的；我们自己尚且需要从中挣扎摆脱出来。而后……只要新的生活开始了，那么一切就会不一样了。就会不一样了！

米卡舅舅 那，什么叫——而后。现在呢，意思是要通过我来摆脱困境？

露霞 （喊出来）是啊，如果你无所谓的话？

菲娜 （忧虑地）不，我看，他不是什么都无所谓的。别，米卡舅舅，别勉强，请不要难为了，也许，我们都错了……

露霞 哎，闭嘴，拜托。哪儿错了！

米卡舅舅 菲诺奇卡，亲爱的，您言重了。别着急。如果说这世上还有谁是我在乎的……是我想好好相处的，对他还充满希望和生活兴趣的话，那他一定是你们所有人，是你们的"绿指环"。是那些未来的，进步中的人。我们身上会发生什么，不得而知，但必须心怀好奇。如果你们真的需要我，我在所不辞。只是现在得想想，不能意气用事，不能随便了事。好好琢磨一下。因为你们——总归还是孩子。

露霞 当然了，舅舅。我们明天会一起过来，讨论一下……（孩子般地兴奋）太好了舅舅！"绿指环"会议要解决菲诺奇卡的问题了！我们是多么光荣、自由、快乐、可靠呀！而菲诺奇卡所爱的人——也会得到慰藉。

米卡舅舅 （笑着）看吧，看吧。一切都会明了。现在呢，菲诺奇卡，该走了吧？我把你送去你妈妈那儿吧。

玛基尔达进来了。

玛基尔达 饭需要给您送来吗？伊波利特·瓦西里耶维奇老爷说，他不来吃饭了。

米卡舅舅 是啊，吃饭……都八点了。

露霞 （打断他）玛基尔达，米哈伊尔·阿尔谢尼耶维奇现在也要出去。

不过你还是送过来吧，我和谢廖沙留下来吃。回家太晚了。

玛基尔达出去了。

米卡舅舅　我很高兴您又替我决定了！那我去哪儿吃饭呀？

菲娜　我们和妈妈一起，米卡舅舅。随便吃点什么吧。

米卡舅舅　随便吃点！唉，好吧。我就好人做到底吧。出发，菲诺奇卡！您的妈妈还需要安抚呢！这样的日子，或许不会很久了。

谢廖沙　我会暂时对其他人保密的。之后再告诉他们。

米卡舅舅　（笑着）我不介意，说吧！可以想象，他们一定会发晕的。米卡舅舅，这个老傻瓜，还想结婚呢……

谢廖沙　（严肃地）才不会有人发晕呢。高兴还来不及。他们喜欢这样。

米卡舅舅　（想要走，又回来，半开玩笑地）菲诺奇卡，万一我，时间一长，真的爱上您了？那我可怎么办？

露霞　（笑着）我来说，我来说：你会备受煎熬的。我们的舅舅还会堕落，失去对生活的兴趣！也许——比这好点，也可能——更糟。

菲娜　暂时不要，什么也别说。啊哈，我就像在做梦。（从暖手筒里拿出手枪）拿着吧，米卡舅舅。我现在很平静。拿去吧。

米卡舅舅　我有什么用？那好吧，就放在桌子上吧。走吧，穿衣服去，菲诺奇卡，我直接去前厅了。（朝自己房门走去）唉，真是把我弄晕了。饭也没得吃，还稀里糊涂说了一堆……这哪是绿指环，简直是绿转盘！自己转起来——把我们转晕了。不过看起来挺有趣。（回自己屋里了）

菲诺奇卡、谢廖沙和露霞站在一起，菲诺奇卡在中间。他们手握着手。

菲娜　我就像在梦里……就像在梦里……

谢廖沙　现在别想了，我们亲爱的。现在只要相信。一切都会好起来的。

露霞　她相信。对吧，菲娜？你相信我们会帮你吧？我们一定帮你。会成功的。我们总会找到这样那样的办法，会成功的。我们想帮你，我们爱你，所以没法不帮你！

谢廖沙　最重要的是，我们在一起。你是我们的。

菲娜　是啊，在一起……我相信，我相信！我感受到了三个灵魂的力量。未来怎样——不得而知，我只知道——现在很好。我爱所有人。我疯狂地爱着坚信着。我心中汇聚着三个灵魂，三个灵魂！

谢廖沙　露霞。亲爱的，亲爱的，一切都会好的。

三个人互相亲吻，拥抱。

升 官

苔 菲

│出场人物│

◇廖什卡——打扫房间的男孩

◇房客——形容猥琐的青年人

◇女士——卖弄风情，庸俗空洞

◇厨娘

◇廖什卡的姑妈

房客的房间。一面墙边摆着桌子，盖着暗沉的小桌布，有一张沙发，两把圈椅。另一面墙边——一张床摆在了屏风后面。

厨娘正在打扫房间。门槛上站着一个愁云满布、闷闷不乐的农村老妇人——她是廖什卡的姑妈。从虚掩的门缝里看得见正在偷听的廖什卡的脑袋。

厨娘 我老早就看出来了，他就是个马大哈。跟他说多少次了：你这孩子要是不傻的话，就多长点心眼。自己的活已经干不好了，还不勤快地多盯着点儿。这不——都是杜妮亚什卡擦的。可他呢，啥也不操心。刚刚夫人又喊呢——炉子连通都不通一下就连着炭火一起闭上了。

姑妈 那我还能拿他怎么办？马弗拉·谢苗诺夫娜！靴子也给他买了，上辈子欠他的，交出去五卢布呢。去改个上衣，真是要命了，又被裁缝宰了六个银币①去……

厨娘 要不然只能打发他回乡下。

姑妈 亲爱的呀！这路费，真要命了，还得四卢布呢，亲爱的！

厨娘 好吧，反正时候还早。暂时也没人赶他。夫人就是吓唬吓唬他……可那个房客，叫彼得·德米特里奇的，还挺护着他。像他的靠山一样。还跟你打保票，知道他说啥不，亚历珊德拉·瓦西里耶夫娜，他说，廖什卡这人，一点也不傻，还有什么可挑的，他就是这么说的，真是愚蠢极了。那架势——简直是廖什卡的靠山啊。

姑妈 （画十字）唉，上帝可怜可怜他吧……

厨娘 在我们这儿，这房客说什么，那就是什么。因为他是个学问人啊，算钱算得可精细了。

姑妈 那个杜妮亚什卡也不是省油的灯。我就不明白这种人——喜欢跟小伙子搞些偷鸡摸狗的事儿。

厨娘 对咯。对咯。早先我跟她说："去开个门吧，杜妮亚莎。"我挺和善的，好声好气地说。她就这么指着你鼻子骂骂咧咧地："告诉你，我，还没贱到要给您开门，自己开去。"她这么说那就别怪我嘴巴不客气了。这事本来不归你干，我说，确实不用你开，可谁让你跟看院子的伙计在梯子上亲嘴呢，这不正好也随了你的

---

① 一个银币为十卢布。——译注

愿。况且你还跟那些客人老爷眉来眼去的，所以你啊，也就是当
个看门的料。

姑妈 天哪，消停点吧。这些年尽听这些花花事儿了。姑娘还年轻嘛，
也是想过得好点。就那点工钱，真是要命了……

厨娘 关我什么事！我就跟她直说了，开也好不开也罢，你就是个看门
的。谁让你收了看院子那家伙的礼物呢，所以你就是。还有房客
的口红……

铃响了。

厨娘 廖什卡，喂！廖什卡，喂！哎呀你，哪儿去了，你。杜妮亚莎也
被支走了，他也不多看着点。

廖什卡把脑袋缩回去。厨娘跑出屋去。

廖什卡 （走进来，对姑妈）不，别指望了。我才不回乡下呢。我这
人——才不笨咧，我决定了，一定要升官给你们看。阻止我
是不可能的，我不是那样的人。

姑妈 哎呀你，别犯傻了你。

廖什卡 哼，那就走着瞧吧。你们一个个都不在家的时候，这里的事儿
还不都是在我眼皮子底下。

厨娘 （脑袋从门外探进来）玛特廖娜姑妈，一起去厨房吧，房客回
来了。

所有人都下。

廖什卡 （往外走）我这人才不笨咧。我眼皮都盯出茧了。

　　房客和女士一道进屋。他把大衣和帽子挂在门上。女士忸怩作态地环视着。

房客 来吧，我帮您脱外衣。

女士 啊，不了，不用。您还记得我们讲好的条件吧。我就在这儿待一分钟，就看一眼你的相册。

房客 亲爱的！我太幸福了！瞧这迷人的小手。（亲吻她的双手）这里请坐。（把她领到桌子边）

女士 不嘛，您干吗呢，我才不坐呢。（坐下来看着天花板）您这里真舒服。

房客 （不自觉地也看着天花板）您能喜欢，我可太高兴了。（抓住她的手）那，请允许我摘下一只手套吧。我太想亲一下这小手指了。

女士 手套？那怎么可能！您是疯了吧……不是，不是这么解开的，这里是按下去的，不是纽扣，真是疯了！

　　门嘎吱一声开了。廖什卡带着火钩子进来，走上前通起了炉子。房客和女士直起身子在两边看着他。

女士 （故作姿态的语气）您的……天花板很漂亮……石膏装饰……我很喜欢那些石膏装饰……

房客 嗯，是吗。这可太好了，特别是夏天的时候……能划船的时候……（白了廖什卡一眼）到处都是蜻蜓呀叽叽喳喳的……还有蚂蚁呀。

廖什卡 （一边翻着炉子一边说）我这人可不笨。咋会是懒汉呢。我干那么多活，一刻都不得消停的。

女士 可我姐姐得过风湿病。这样的话，好像，对她很不好。

廖什卡往外走，看到地上的水迹，再把眼睛投向客人的脚，责备地摇着头。

廖什卡 你看，又踩脏了。回头女主人又要骂我了。这里也没个收拾过的样子。

房客 （尴尬窘迫地）唉，行了，行了，快走吧。

廖什卡出去了。

房客 终于就剩我们独处了。亲爱的！在那些不眠之夜里，我都不停地幻想着此情此景……索尼亚！索涅奇卡！

女士 （躲开了）可大家都知道，您是唐璜。

房客 真是瞎话！索涅奇卡，请摘下面纱来吧！

女士 休想！

房客 面纱都让你的脸庞显得暗淡了，除去面纱的你可比这美丽多了。

女士 别碰我。我说了，不摘就是不摘。（把面纱撩了起来）

房客 索涅奇卡，请叫我别佳吧。索涅奇卡！

316

门打开了，廖什卡带着抹布进来了。房客和女士不自然地僵在那里，俯在桌子上边。

廖什卡　嘿哟，又被我瞅见了。必须的，污渍逃不过去的。她们以为我啥都不懂。以为我是个傻子。我啥都懂。我就像个骡子一样干活！（*走上前就在房客鼻子底下擦起桌子来*）

房客　（*受惊地*）你干吗！

廖什卡　什么干吗？我可不能睁着眼睛不干活。杜妮亚什卡，那个黑心鬼，就知道干偷偷摸摸的事，可一说起收拾家务她就撂挑子了……跟看院子的在梯子上……

房客　滚出去！浑蛋！

女士　（*被房客吓了一跳，细声地*）哎呀，不用，不用赶他走。我们想独处这一点，他自己会想通的……别说他了。（*对廖什卡*）没关系，没关系，小伙子，您可以留下……还有走的时候，就别关门了。

　　廖什卡走出去把门关上了。

房客　（*轻蔑地耸耸肩*）您，怎么了，害怕我吗？

女士　一点也不。您答应给我看看您的相册，我是为这个而来的。

房客　啊哈，没错。在这儿。（*从桌上拿起相册*）这里有我姑妈的肖像。

女士　真的？太有意思了。在哪儿呢？

房客　就在这儿（*凑近去在她后脑上亲了一口*）

廖什卡推门而入。房客吓得跳了起来。

廖什卡 你们让我不用关门的，我给忘了。（*看着房客*）他跳起来干吗？怪胎！屋里这么亮，他怕什么。（*出去了*）

女士 （*起身*）我该走了。

房客 我不放你走。

女士 您疯了。我赶时间，您怎么敢不放我走。（*坐下了*）

房客 请您准许我对您说两句话吧？就两句。

女士 说吧！

房客 您保证，听了不生气。

女士 好，说吧。

房客 您——是个彻彻底底的女人。噢，哲学家魏宁格[①]说得多精辟呀。来，看看您自己，不管您说什么，不管您做什么，一切——都是那么“女人”。所有一切，真的。

女士 胡说八道，没一句听明白的。

房客 您是为什么来的？您来，是为了看我的相册。可您看了吗？没有。这合乎逻辑吗？您跟丈夫扯了一大堆谎，让他稀里糊涂地相信有三个女裁缝、生病老太婆和牙医这种事，就为了这个，来看看我的相册。来了之后，噘噘嘴巴，转身就要回去，连看也不看一眼。这，难道符合逻辑吗？这不正好完完全全印证了哲学概念里“女人”的意义吗？

女士 您不爱我……

---

① 奥托·魏宁格（1880—1903），奥地利哲学家，作家。——译注

房客 请您别打断我。为了辩解您只能这么说，可实际上，您完全不是为了相册而来的，相册只是个借口。如此一来——您是为什么来的呢，我想请问您？嗯？

女士 您……您简直就是唐璜。所有人都这么说……您向我表白爱意，可自己，大概，又把同样的话说给玛丽亚·尼古拉耶夫娜听了吧……对，对，一切都在暗示这一点……还有那个卡佳·维希洛娃。

房客 我在问您，您为什么到这儿来？请快点回答！

女士 而我要告诉您，您就是唐璜。别装了！

房客 您的逻辑在哪儿？

女士 我是要告诉您，您就是……

房客 彻头彻尾的"女人"。那么，现在听我说吧，我替您回答：相册根本无关紧要，您就是过来和我亲热的。对，没错，就是这样。您呀，真是白痴，真的！冒着身败名裂的风险就为了来看什么愚蠢的相册。我要是连这都信，说明我只是把你当个傻婆娘，根本不屑一顾。

女士 您走开！您太放肆了。

房客 （关上门）可是我尊敬您，认为您是聪明的女人，我也知道应当亲吻您，如果不这样做，那毫无疑问就是在惹您不开心了。不，彼得·布加京不会这样……（亲吻女士）彼得·布加京是这样，这样……这样的……啊哈！

廖什卡进来了。房客和女士急忙互相跳开。她的帽子歪向一边，面纱上挂着房客的夹鼻眼镜。房客头上挂着女士的羽毛围巾一直垂到肩上。廖什卡翻搅着炉子。

房客 （机械地拿掉脑袋上的围巾）坐，对，请吧，请坐吧，请吧，您一直站着。

女士 哎呀，不，对着这个……好吧……我坐……

房客 在火车上经常迫不得已跟一些人对坐。

女士 （仔细打量着墙上的画）您在哪儿买的…这盏灯？这东西可真精巧。

房客 我非常喜欢丝绸缎子。（走上前从她的面纱上摘下夹鼻眼镜）对不起！①

女士 （惊恐地）你这是……您在干什么，疯了。

房客 （斜眼看廖什卡）啊哈，不不，没什么……刚刚您这儿……有个烟头。

女士 什么？

廖什卡用袖子掩着扑哧一笑走了出去。

女士 他，好像，看见了。太可怕了！告诉我，您这儿从来都没来过女士？

房客 从来没有。也有，如果那些打扫的老太婆也算的话。

女士 这么说……她们错了，您……不是唐璜？

房客 上帝保佑啊！当然了，我是讨女人们喜欢，我不反驳，可这又不是我的错。你们总不能就这么扣个帽子，一棍子把我打死吧。这才是合逻辑的。

女士 您真聪明。您的话多漂亮呀。

---

① 此句原文为英文。——译注

房客 亲爱的！千万别夸我聪明。这个词我听得太多了。我厌恶自己那点干巴巴的，永远在抽丝剥茧的智慧。我渴望不顾一切的感觉！亲爱的！请叫我别佳吧！叫我别佳吧！

女士 （尴尬地）别——佳！

房客 那你还会再来我这里的吧？对吗？对吗？快，告诉你的别佳……

廖什卡冲进屋子里扯着嗓子大喊。

廖什卡 别跑，混账东西！我看你再拈花惹草！看我不把你拦腰打断了再折起来！

房客 （惊恐地）你疯啦，扫把星！你骂谁呢？

廖什卡 骂她，下贱东西，对她绝不能姑息啊，否则你都活不下去。可不能把她放进屋里。不然惹得一身骚啊。

女士 （双手颤抖着伸向帽子）他真是个疯子，这个小伙子。我怕……

廖什卡 （在沙发底下来回摸索，用火钩子在地上敲敲打打）去去，混账东西！

房客 天哪！这唱的又是哪一出？

廖什卡 （从沙发底下把猫拉出来）什么哪一出？猫！哎哟，还挠人，混账东西！就不能在屋里养她。昨天还藏到客厅的窗帘底下去了……

房客 （捂住廖什卡的嘴巴，把他推出了房间）去你的吧，看在上帝分上！

女士 我的天，吓死我了！我现在就走！我受不了了！

房客 （跪在她面前）亲爱的，消消气！我向你保证——明天就把这个白痴赶走。这样你明天还会来？对吗？来找别佳？

女士 不知道……我的脚都在发抖。吓死我了。

房客 发抖？我亲亲它们，这双迷人的小脚！看呀。这样它们就不会
抖了。

女士 哎呀！

房客 现在亲左边的，否则它就不高兴了。（亲了很久）

　　女士笑起来，后仰着脑袋，用手遮住眼睛。廖什卡进来了。他们没
意识到。

廖什卡 （小声说）我可是个机灵的小伙子！又机灵又勤快。我把炉子
关了……（看着房客，惊呆了）他在那儿干什么？像是在啃她
靴子上的纽扣吧！不……看上去，是掉了什么东西。我来找
找。（走上前赶紧弯下身去）

　　房客跳了起来，照着廖什卡的脑袋猛敲了一下。女士也跳了起来，
神情慌张。

廖什卡 （往桌子底下看看）那儿什么也没有。

房客 （刺耳地）你找什么？你，到底，要我们怎么样？（气得跺脚）

廖什卡 我以为，你们丢了什么东西……像那个丢了胸针的夫人一样，
那个玛丽亚·尼古拉耶夫娜，上您这儿喝茶的那位……（对女
士）回去过了三天她才回来，廖沙，她说，我把胸针给丢了。
喏，我就跑过来，在屏风后面的小桌子上找到了。昨天又说把

胸针落下了，不过我没捡到，原来是杜妮亚什卡拿去了，最后
这才把胸针，给找回来……

女士　（歇斯底里地抓着房客的袖子）这是真的？真的是真的？真的吗？

廖什卡　（镇静地）我的天，那能有假！杜妮亚什卡偷走了，黑心鬼。
要不是我在，她都能给你偷走了。

女士抓起羽毛围巾，朝门口跑去。

廖什卡　我就跟骡子一样把什么活都干了……天哪，像条狗……

房客　（抓起大衣和帽子，追着女士跑过去，朝远处尖声呼叫）我会把
这白痴赶走的。现在就撵出去，让他彻底消失。（跑了出去）

廖什卡　（扬扬得意）我这人可不傻。

厨娘　（往屋里张望一下）都走了，是吧？

廖什卡　跑着出去说什么要把一个白痴给撵走。

厨娘　什——么？

廖什卡　（吐口唾沫）我哪里知道。明摆着的，老天爷。自己的活儿都
堆到嗓子眼了。（咧嘴大笑着）不过如今我要升官了。明天那
个黑心鬼就完蛋了，而我将成为他们唯一一个既打扫房间又负
责服侍的用人。

厨娘　（乐呵呵地）你说什么呢？

廖什卡　我既然说了——就说明自己清楚，我有分寸呢。

落幕

323

扎连科办事处

苔　菲

苔　菲

| 出场人物 |

◇薇拉·阿尔卡季耶夫娜——漂亮，苗条，30岁上下

◇尼古拉·科洛多耶夫——宽肩膀，穿着紧腰长外衣和高筒靴

◇密特罗方——上了年纪，难看，光秃秃的，红鼻子

　　薇拉·阿尔卡季耶夫娜的院子。又大又空旷的房间。一张桌子两把椅子。桌子上摆着账本，一册册线装的。密特罗方趴在桌边上的线装账本上打盹儿。

薇拉·阿尔卡季耶夫娜　　（戴着帽子走进来，身穿女式骑马服手握马鞭）嚯！太累了！（用指尖拍了一下密特罗方的后脑勺）又睡着了？太不像话了！我把所有地都跑遍了，把所有草垛都数了个遍，赶走了三个工人，可他竟然好意思睡觉！

密特罗方　　您……您弄错了！恰恰相反！其实不是您看到的这样的！我可没想睡觉。也绝不会睡着。绝对不会！这辈子都想不起来我什么时候……

薇拉　　（翻看着本子）这里又是什么都没写！昨天没有，今天也没有。

哪怕连看都没看……

密特罗方 恰恰相反！我正打算拿过来……全都写了呢！

薇拉 是我把您从泥潭子里拖出来的！看在这分上总得行行好表示一下吧？可结果呢？我每天五点起床，直到九点还在马背上忙活，您请接着睡觉吧。（朝外走去）

密特罗方 （挠挠头，闷声抱怨）像老牛那样干活的人——可没多少了。你记住了，我离死还早着呢。讨人喜欢的人，没错，以前是有过，不过这些老好人早就不在了，恰恰相反，这些老好人该去另一边儿活着……（情绪缓和了）

科洛多耶夫进来。

科洛多耶夫 对不起……这里是扎连科办事处？扎连科管理员在吗？我找他有急事。这个扎连科在哪儿呀？您，是吗？

密特罗方 我们是，我们是。欢迎光临。不过，不是我本人，是他。对了。请坐吧，请吧。来谈谈吧。

科洛多耶夫 我听说，你们好像在负责管理克瓦京公爵的地产和……

密特罗方 没错，没错！我们还经营着马特维耶夫的地产，还有萨莫苏耶夫也把自己的地交给我们管理。您看看，活儿都堆到嗓子口了！不过一切都井井有条。因为我们很严格！所有事都得盯紧了。您可以看看这个——账本。他什么都没看呢，这人呀，就是个混账，今天还什么都没写呢。我这么跟您说吧，他就是小人一个！

薇拉 （在后台招呼）密特罗方！

密特罗方 对不起啊！我这就来！（出去了）

薇拉 （进来）您好！请问您贵姓？

科洛多耶夫 尼古拉·科洛多耶夫。是个地主。在克拉斯内耶·利普基那儿。您听说过吗？

薇拉 当然，我知道。很棒的地方。

科洛多耶夫 是这样，我想见见扎连科先生。我有事。

薇拉 您有什么需要？

科洛多耶夫 对不起，夫人！[①] 我已经跟您说了，我来这里办正经事，我不跟女人谈业务的。没错，而且，永远不会。今晚我要去莫斯科。待两星期。我本来是不打算把自己的业务托付给你们的，可偏偏有事脱不开身，想必您，也能明白，我，作为一个绅士，应该完成自己的结婚旅行。可我又不能放着田地无人看管。

薇拉 那有什么关系呢？我们一起商量商量。

科洛多耶夫 跟您吗？哼！……你们的扎连科在哪儿？见鬼！完全搞不懂。难道是那个，刚刚坐在这里的家伙？

薇拉 那家伙？才不是，那不是扎连科。他不过是我第一任丈夫而已。

科洛多耶夫 什么？您怎么说得出口？

薇拉 很平常啊。我说了，他是我的第一任丈夫。这有什么大惊小怪的。我跟他离婚了，和另外一个结了婚，后来我成了寡妇，考虑到让他有机会能过上像样的生活也是自己的责任，所以就让他在我这里做办事员。

---

① 原文为法语。——译注

科洛多耶夫 哼……那，扎连科呢？

薇拉 这个扎连科——就是我。

科洛多耶夫 就是您？

薇拉 嗯对，我。我很认真地研究过地产业务，别人都很放心把庄园田产交给我管理。萨莫苏耶夫的，克瓦京公爵的大片经营，还有其他的……

科洛多耶夫 见鬼！您不会是妄想，我会把自己的地产委托给您吧？哈——哈——哈！我倒是觉得，您会把那里搞得一团糟。

薇拉 无赖！

科洛多耶夫 对不起，请别指责我。不过，事情就是这样！我跑了二十俄里烂泥地却连个管理员都没有——真是谢天谢地了。活见鬼！我，只不过是，需要一个管理员而已！我现在还能去哪儿？今天就连自己的办事员都给赶走了。您知道，我不喜欢傻傻地议论别人，除非他是小偷、酒鬼或者流氓，否则于我而言是不会蠢到把一个人喊作浑蛋的。不是吗？不过话说回来，女人怎么可能管理庄园呢？哈——哈！

薇拉 首先，我不是个女人！这是最重要的。看看我穿的吧：又朴素又宽松。没有一点花结和褶边。什么也没有。

科洛多耶夫 嗯，这还挺少见。

薇拉 我就是这么干活的，这副样子，大概，别的地主老爷做梦都想不到！是吧！您一俄亩草场的出让价是多少？

科洛多耶夫 草场？呃……三十的样子。

薇拉 三十？那我就按三十收了！干吗？嗯？别怕，先闭嘴！那畜粪的出价怎么样？一车多少钱？

科洛多耶夫 停一下！这真有点……有伤风雅了。您可是个女人哪……

薇拉 我都跟您说了，见鬼，我不是女人！

密特罗方把脑袋探进来。

密特罗方 要准备合同纸吗？

薇拉 出去。

脑袋缩了回去。

薇拉 看看我穿的吧。我每天四点早起，夜里五点才睡。

科洛多耶夫 请打住！请打住！这是睡了负一个小时。

薇拉 （傲慢地）怎么了？

科洛多耶夫 您四点起，五点睡……哈——哈——哈！

薇拉 您笑得很愚蠢。一个人如此努力地劳动，他应当受到尊重。公爵没有笑，马特维耶夫没有笑，没人笑。只有您笑了，因为您一无所知。

科洛多耶夫 好一个管理员！哈——哈！

薇拉 对，管理员。很多人甚至以此为荣……

科洛多耶夫 唯独不包括尼古拉·科洛多耶夫。尼古拉·科洛多耶夫是不会相信女人的……

薇拉 （跺脚）我不是女人，见鬼！看，我有肌肉！（卷起袖子给他看手臂）快成铁了，都不是肌肉了。你摸摸看！摸一下！啊哈！怎么样？

科洛多耶夫　嗯……（看着她的手臂和脸）嗯……您皮肤真好。不可思议！啊，知道吗，我的未婚妻，就是那个，只要我愿意，她就能跟我结婚的人，喏，这么说，——您明白吗？是这样，她的鼻子很奇怪。想象一下——又大又显得特别老。说实话讲得难听一点，一副老态龙钟的样子。真是大自然的鬼斧神工啊！

薇拉　我跟您那位可没关系。您的地产我也没想要。自己的事还忙不过来呢。您一定在想，这可是个美差啊！可我就算钱再多也不会答应！我这人做买卖，什么话都不信！实在不好意思！这活我不接！从早到晚在马鞍子上没下来过！我的靴子都……

科洛多耶夫　嗯……靴子……您的腿倒是真好看……见鬼！您知道吗，那个未婚妻……她就像只老母鸡。我觉得，就是匹高头大马也不可能驮起她来。实际上——她就是个大南瓜。

薇拉　从早到晚，忙得跟热锅上的蚂蚁。自己到处跑。难道这是女人能干的？我也没欠任何人什么东西。就是靠自己赚钱。还不少。没错。有些男人都赚不了那么多呢。

科洛多耶夫　嗯对呀……之前我脑子里怎么就没意识到这个呢！……她就是个大南瓜……

薇拉　为什么呢？因为我脑子里没什么浪漫温柔的心思！没有！干活就是干活！只有事业！让您的那位去幻想月亮吧。我不需要这个。我应该工作，那些花里胡哨的浪漫啊，约会啊，亲嘴啊，我才不想呢。

　　　　门打开了一点。密特罗方挤着门缝朝里望。偷听了一会儿又把门关

上了。

科洛多耶夫　那您就断定，没人会追求您?

薇拉　没人! 永远不会有的! 没人敢对我有所暗示! 嚯! 您还不了解我! 我会当场杀了他! 我很冷酷，像块大理石。

科洛多耶夫　瞧您说的!

薇拉　就是，像大理石一样。看吧，我的眼睛多无情! 嗯? 怎么样?

科洛多耶夫　天哪! 唉，瞧你的眼睛! 哎呀! 知道吗，我可能，赶不上火车了。随它去吧。大概，您也都看出来了，站在您面前的是一位绅士。没错。尼古拉·科洛多耶夫决不允许自己说女人的坏话。除非这个女人非要凑到我耳根子旁絮叨她那点嫁妆，否则，照理说，我怎么会不知趣地说她是只妄图诱惑我的野猫呢! ……

薇拉　不过，我觉得，您还没迟到。如果现在就走，正好能赶上。

科洛多耶夫　不，迟到了。

薇拉　不，没迟到!

科洛多耶夫　我告诉您，我已经迟到了!

薇拉　（跺脚）那我也告诉您，没迟到。

科洛多耶夫　总之，我不走了。我的事情一大堆。话说您的后跟上钉着铁掌吗? 嗯?

薇拉　跟您没关系。不管怎么说我都无意管理您的地产。

科洛多耶夫　这是为什么呀，能告诉我不? 尼古拉·科洛多耶夫从不纠缠不清，除非他提出了求婚……

门稍稍打开了。密特罗方手拿着纸张探出来。一脸滑头。

密特罗方　进不进来？

科洛多耶夫　（对薇拉）为什么他老是出来。

薇拉　（对密特罗方）喂，您！您进来干什么？

密特罗方　不好意思，恰恰相反。我这就出去。我以为差不多了。我在
门后可什么都没听到。你们说得那么轻。我只听到了"求
婚，求婚"，喏，我这就……（关上门）

科洛多耶夫　他，这是，在吃您的醋吗？

薇拉　胡说八道！别管他。这个——第一任丈夫，他就是个蠢货。唉
呀，那次婚姻，真是我所有经历中最失败的一次。那么，我们是
不是谈完了？

科洛多耶夫　就这样了？

薇拉　就这样。我不同意管理您的地产。听见了吗？不——同——意！

科洛多耶夫　嗯……知道吗……这可不明智！

薇拉　为什么？您想得挺美啊——您的地产就是个烂摊子。

科洛多耶夫　不，我不是指这个。我是指，您说的那个大理石的比方不
合适。您打心底里是厌恶的……

薇拉　厌恶什么？

科洛多耶夫　厌恶大理石！

薇拉　我？我该厌恶大理石吗？您真是疯了！

科洛多耶夫　您只是在做样子，假装对这些胡编乱造的话十分满足，可
事实上……

薇拉　哪些是胡编乱造的？

科洛多耶夫 噗，那些各种公爵的地产之类的。

薇拉 那可是两千俄亩黑土地，在您眼里，都是胡编乱造？好一个地主！我无话可说。

科洛多耶夫 去他的地主！尼古拉·科洛多耶夫知道自己在说什么。好，看看您，一个年轻……嗯……漂亮，迷人的女人，坐在那里，却像个黑母鸡蹲在树杈上。还幻想着，干这活有多明智！扯出多少多少俄亩的事来……等您以后醒悟过来，那就晚了。女人，就该女人一点。懂吗？可您脑子里净是些乱七八糟的！所有这些都很愚蠢！

密特罗方的脑袋再次从门缝里探出来又缩回去。

薇拉 愚蠢？我昨天还为公爵买了二十头荷兰的乳牛呢！

科洛多耶夫 去他的荷兰吧！您应该结婚。

薇拉 就不，怎么样！我蠢呗！就像您说的那样！一棵树上吊死……

科洛多耶夫 您就围着那什么笨蛋克瓦京，蠢货萨莫苏耶夫和白痴马特维耶夫的账本团团转吧……随便来一头自以为是的笨猪都能骑在您上面指挥。所以，我说，别这样，不应该这样……

薇拉 噗，这可未必。在我这儿公爵也只能乖乖从鞭子上跳过去。驾！驾！就像这样。

科洛多耶夫 得了，行了！我知道这些动作是什么意思。尼古拉·科洛多耶夫又不是傻子！

薇拉 反正我就是这么干活的……已经给季莫菲家种了三俄亩地的草了……

科洛多耶夫　去他的季莫菲！既然您对土地经营的需求这么强烈，那您就该嫁给地主呀，那样至少还能有自己的土地可以料理。替别的什么季莫菲干活就是在白白糟蹋您这美丽的脸蛋哟……

薇拉　那就不劳您费心了！

科洛多耶夫　听我一句吧，就当我是朋友！尼古拉·科洛多耶夫是靠得住的。

薇拉　告诉您吧，对我来说爱情是不存在的！我不爱任何人，也没人爱我。

科洛多耶夫　哎，您这简直在胡说！您是完全……呃……完全有人爱的。您知道，我这人一点也不滑头，信手拈来的奉承话我不会说，不过这次……如果我告诉您，您真是个又气人又可恶的小妖精，但愿，希望您不要把我跟那些俗气的追求者混为一谈！如果我会爱上某个人的话，那就一定是您。上帝呀！

薇拉　（若有所思地）可如果您那么讨厌种草料……难道您连苜蓿都不种？

科洛多耶夫　天哪！她在用后跟敲地板……那么，打个比方，如果我尼古拉·科洛多耶夫，说得隐晦一点就是，向您提出缔结婚姻的建议呢？嗯？您怎么说？

薇拉　没什么说的！

科洛多耶夫　这，怎么会这样？

薇拉　我这人，什么都不信……还有您那蛮不讲理的配种知识。要不就把密特罗方带走吧。他太适合您了。把他让给您我很开心！

科洛多耶夫 请打住！这什么意思？您是想羞辱我吗？

薇拉 哪有什么羞辱的意思？既然您不相信女人的话……

科洛多耶夫 大小姐！我把自己的手和心都交给您了，您却拿什么可笑的配种知识来挪揄我，还把密特罗方塞给我……您是在挖苦我！

薇拉 拜托……我是不明白你在说什么……

科洛多耶夫 那我最后再跟您隐晦地暗示一遍：您愿意成为我的妻子吗？愿不愿意？愿不愿意？（双膝跪倒在地，搂着薇拉的腰）愿不愿意？不管生还是死？

密特罗方拿着合同纸进来。

密特罗方 在这儿，给你们！

科洛多耶夫 （跳了起来）您要干什么，配种先生？您看见了，这里谈着生意呢。

密特罗方 我都听见了。给你们——地产管理合同书。

科洛多耶夫 谁请您进来的？

密特罗方 恰恰相反！没人请。只不过我看见了，你们已经拥抱致意，这就意味着双方已经那什么，就是，可以签合同了。所以我就第一时间到了……

科洛多耶夫 他在那儿瞎编什么？

薇拉 （对密特罗方）出去！你犯什么浑呢？

密特罗方 恰恰相反。只有您在那儿觉得我有多么愚蠢。而我对一切规章都了如指掌。只要一抱完，那，意思就是，要上合同了。

上帝呀，又不是第一次了！公爵签合同的时候——就抱了，萨莫苏耶夫也抱了，还有马特维耶夫地主呢……嘻——嘻——嘻……连马特维耶夫地主也……嘻——嘻——嘻！……哦呵！嘻——嘻——嘻！……

科洛多耶夫 他说的是真的！

密特罗方 可不嘛，上帝呀，千真万确！我清楚自己该干什么。可公爵不知什么时候来把副本拿走了……

薇拉 滚出去，笨蛋！嗨，您可别听他的！就当是我第一次结婚认识的傻子在那儿瞎编派，您……

密特罗方 上帝呀，太窝心了！我都清楚自己该干什么了！

科洛多耶夫 大小姐！我得告辞了！尼古拉·科洛多耶夫把名声看得比什么都重。配种先生，请接受我诚挚的感谢。（深鞠躬后下）

薇拉 （对密特罗方）蠢货！把纸拿来。就放在桌子里。（冷笑着，摆摆手）过几天他还会来的！

落幕